The Gods of Frequency

The Gods of Frequency

By Shane Johnstone

Building futures, Bridging divides

The Gods of Frequency
By Shane Johnstone

© Shane Johnstone

ISBN: 9781912092826

First published in 2020
by Arkbound Foundation (Publishers)

Arkbound is a social enterprise that aims to promote social inclusion, community development and artistic talent. It sponsors publications by disadvantaged authors and covers issues that engage wider social concerns. Arkbound fully embraces sustainability and environmental protection. It endeavours to use material that is renewable, recyclable or sourced from sustainable forest.

Arkbound
Rogart Street Campus
4 Rogart Street
Glasgow G40 2AA

www.arkbound.com

PRELUDE: THE PLOOK
November 2004

I staun in the bathroom ae ma maw's hoose fir aboot an 'oor, mibbe mair, look'n at ma face fae different angles. The light's unforgivin, sure, artificial like the lights in supermarkets, an the sink is bulky, meanin ye cannae git right in 'ae look at yirsel. The light's above iz an sideyways, it casts wee shadows oan yir plooks. Thir immense in this light. A normal face fir a boay ay fifteen has aboot eight tae ten plooks, if ye get thum. Thir usually skin spots, wee rid circles, maistly superficial. They can be affected by no washin or diet. Then ye git the spots that come fae right under the skin. Some boays in schuil've goat these, a few big belters. They come firra couple ay months, an go away firra couple ay months.

The majority ay fowk don't get anyt'n. They stride aboot, nevvir hidin thir faces, always lookin straight ahead, intae fowks eyes, nevvir hidin. Whit I get though, ur enormous, rid swellings, that look like wee bulbous mountains. They cause the skin aroon thum 'ae blotch, go dark pink an purple. They sometimes burst un-announced, leavin a trail ay pus oan ma face. If ye don't notice thum first, they'll be spotted by wan ay the neds roon aboot, who're always watchin fir somthin 'ae tear intae. They huv a sixth sense fir this kinda hing. Wi me mair than maist.

Yisterday, a big, brutal ginger ned that I sometimes hing aboot wi, noticed wan gaun in R.E. It wis near ma eye. A big, brutal, purple disgrace. It had burst on its ain, since I heard recently that poppin thum yersel makes it worse, spreads thum aboot, I'd bin leavin thum. A yellowy pus wis runnin doon ma face as I sat there, terrified, as always. He proclaimed:

"Ayyyyyyyyy ya clatty basturt, you've git pus oan yir face."

I instinctually lick ma haun an start tae rub it aff as one does in the hoose, feelin it oan ma face only efter.

"Ayyyyyy yaaa clatty cunt, ye just licked it!" Eh then circulates it roon the room. The news creates an uncomfortable dynamic among the class, some ay the bolder neds join in wi him.

"Ya fuckin clatty cunt...whits wrang wi you...how d'ye no wash yir face?" Maist ay the class are juist uncomfortable. The teacher, as always, says nothin an meekly attempts tae continue teachin in pathetic futility.

Thir puttin me oan this new hormone treatment, the doacters. Some testosterone heavy

drug fir extreme casees, an ye only qualify fir it if yir life is bein affecteed heavily. They sent iz tae a specialist, in the Viccy, she took wan luik at iz an went lit that:

"Yes, I'd say you definitely qualify."

Apparently it's controversial, thirr's behavioural side affects that can last ten year, mibbe mair. The testosterone makes ye angry, irrational, an yir joints get fucked. Athletes cannae take it. Thir's reports, ma da's heard aboot, ay boays toppin thirsels efter treatment.

Eez deid against it, depression in the genes. The stuff can totally chynge yir personality firever eez heard, make ye aggressive, mental. Ma juist says it's up tae me.

How much mair paralysin'ly weird could I be really?

I turn the big light aff an turn oan the wee wan above the mirror, a safter light. The redness aye the bulbous, mountainous lumps oan ma face diminishes. They become unspecified lumps, but ye cin still see how misshapen the face is, lit the elephant man, as they aw telt iz in P.E. the other day.

In between the big lumps an joined thegither wans ye huv the clusters ay wee wans. I coont thum. Therr's twenty-three oan ma foreheid, fifteen oan each cheek, seven oan ma nose, twenty oan ma chin an jaw. Some ur wee, some ur massive.

Since I started secondary they've been here. It's bin nearly four year, aw this millenium's had tae offer so far. Four year ay doacter's appointments, antibiotics, skin creams, mainstream products, diets, staunin in patches ay sun oot in the street fir 'oors at a time, tannin the watter tannin the watter. They juist keep get'n worse an noo they're burstin oan thir ain in classes.

Father David says God makes iz the wiy we ur firra reason. R.E. teacher says eh cares aboot iz aw, mind an pray. Well sorry bit eez no gien a fuck aboot ma coupon.

I haud the wee see through packet up tae the dim light like they dae oan tele. Nae red, nae blue, juist a clinical, dull white.

Fuck it, come aheid wi the treatment. Let's git these hings right tae fuck.

Aw they years, yees made a cunt ay me, we'll see.

I make a promise tae masel, vague, nae words.

"Two thousand an five, that's yir year", I growl 'ae masel wi learned intensity. It trickles roon the sink in ma heid and doon the sinkhole, angry red aw the wiy. A push, low in ma stomach, gathers energy.

We'll see.

Festiepants
May 2011

Aonghas beeps eez horn at hauf three in the mornin oan a pishin May night. Two big brash hoots.

"Fuckin Beeeeeeeepp Beep!"

A long yin an a short yin. Pfffft. Ma stomach tenses, ma lungs let oot polluted air an ma mooth releases a deep broon potion ay toothpaste, fag residue an Guinness. On the way oot ma eyes hit the wans in the mirror, an impact like a jab. "That's yir year…". A wee dizziness, a weightlessness, an involuntary recap through the last seven years ay pushin withoot stoppin fir air. Pfffft. The plooks ur gone, but the eyes ur still black, still no…Nah, brush it aff. Push oan. Festie time.

I say ma guidbyes tae the four cacklin, familiar faces ay the band. The bubble ay equally limited musicians an and the ease ay Rab's steamin back tae back country songs breaks, an I leave ma four cans a' Guinness in a wee pile as ma contribution tae the 'rehearsal.' They'll be 'rehearsin' wi-oot me til aboot ten the morra/the day.

I gather ma gear fae the hallway, aw the fiddly bits, plectrums, picks, capo, couple ay Rab's hair baubles, an his cheap mandolin (had tae plead wi um tae len iz that, just a slight upgrade fae ma ain even cheaper wan). Humf that, huge awkward borrowed bouzouki in case, resonator guitar wi'oot a case, an a big stupit rucksack ay soacks an pants oot in'ae the rain.

"Awright a bhalaich?"

"Heavy burst man."

"Fair douze 'ille. Awa' we gang."

Aonghas talks lit the Rabbie Burns sketch oan Chewin the Fat. A mixed bag ay accents. Lived in the Borders firra bit, up north a bit, the islands a bit, then Glesga. Maw fae Ireland, da fae fuck knows where. I don't mention rehearsing wi another band, eh's auld school. "A band should be a band!" eh says. "Thae young folkies ur aw in six bands an nane ay thum ur guid!"

"Ye hink The Boass will be up'n aboot an pure crabbit?" 'The Boass' is eez name fir wir accordion player since she doesnae take musical orders aff 'um, much tae eez amusement. Ach, eez fae another generation. In eez sixties noo, I hink. Grey, full heid o' hair, olivy skin, short white baird, specs. Built lik the side ay a hoose fae years ay actual work that would betray me in a second as a non-grafter. That type ay fore-erms, pocked wi roughly done tattoos that ye don't see oan this generation, big sausage fingers perfect fir howkin tatties straight fae the grun. The type ay hauns that hurt when they touch ye. We pull up at Iona's wee street, a hidden, quiet gem in the Southside ay Glesga, lined wi wee flower pots ay pink 'n purple wi ivy windin up past the windaes. Even taxi drivers don't know it. F'kn beeeeeeeeeeeep!

"Oh here she is The Big Bad Boass". Eez a narrator. Every thought, every idea has tae be expressed right then an there, tae whoever's list'nin.

"Oh she's no happy at aw at aw a bhalaich." Eh slaps ma knee. Eh's a prolific slapper, poker, elbower. It fuckin hurts. Iona faffs sleepily wi her gear, two suitcasees, accordion, bag a' kit fir the festie. Efter aboot twenty minutes try'nae make hings fit, under the supervision ay Aonghas, she gets in the car wi a grunt an indicates that she'll be gaun straight back tae sleep by removin a pillow fae 'er suitcase, a process that takes five minutes, enough time 'ae realise I need a pee. But awiy we "gang," through Pollokshields, ontae the Motorwiy.

"Mind you've tae keep iz awake noo, dinnae be fawin asleep eh? Lang drive aheed ay us ma braw boay."

Eh rattles up the empty motorwiy towards the west coast, pass Dumbarton, an reach Loch Lomond in nae time. The roads ur empty an huv that night time rainy glow. Stoap at a petrol station, stretch wir legs, a quick fag awkwardly near the road, the sun starts tae threaten 'ae keek through the clouds.

"Oh by yon Bonnie Banks, Shane ma boay!" I chuckle in ma awkward no knowin what tae say way.

"Eh...So ye nervous?"

"Ach, a bit aye. It's weird gaun back tae it eh? Oot the gemme twinty year like." He narrows eez eyes at me, indicating I've tae gie um a draw ay the fag.

"Ufft aye a bhalaich, aht's eh gear. Aht's terrible, shouldnae, Flora wid kill iz like. Ten year ah've been aff thae hings."

Eh's juist comin back tae the giggin after years - eez weans ur grown noo, eez retired. Used tae be different, eh says. The eighties, that wis the time fir folkies, eh says. The wee click ay the indicator, an wir pullin ayr at a bleak petrol station wi the standard wee unhappy worker visible through the windae. Aonghas comes whistlin an singin back wi two petrol station coffees. I offer 'ae start a tab since I've nae money, an I'll pay him wi ma wages.

"Haha, aw son, juist a puir wee urchin wi holes in eez soacks!" He ad-libs. "Eez goat a hole in eez soack, an eez hittin the boak!" In a mock Scoto-American accent. We pelt it, never less than seventy, an the Trossachs start whizzin past as the coffee seeps intae my noo sober an confused brain.

"See aw this? See aw this son? How can we no be independent, wi aw this. Tell iz!"

I remain silent. Too early tae betray signs of political ignorance. Best play the moody hungaer cerd. The sun hits the front mirrors at aboot 6am, the same time as ma stomach lurches wi hunger an, sure enough, the boak. The car heats up, the windaes go doon.

"Waheyyy look who's jined iz! Madainn Mhath hen!" He nods tae the wee mirror oan the sun-shield, an Iona stirs in the back, the sun inescapable. She juist stretches an grunts.

Aonghas commands, eyes ahead: "Stick some tunes oan then son. Thirr's a Gillian Welch CD in therr somewhere." It's wan ay thae glove compartments wi Trebor's Strong Mints, hair pins an bobbles, elastic bands, an case-less CDs. Rootin aboot only increases the boak so I fire in the first hing I find, a bluegrass compilation.

"Howzitgaun?" I offer a wee olive branch generally 'ae the back seat.

"Mm."

"Wir stoapin in twenty minutes tae git a wee munch son, ye starvin?"

"Always aye."

"Well dinnae you worry, oor Flora's made pieces."

"Quality."

We pull ayr in a deed toon near some watter, the sun noo blastin. Wee pish at the side ay the road, an Aonghas hauns oot pieces. We sit in the motor wi the windaes open, munchin.

"Did ye sleep awright?"

"Not really. I'll feel much better after a cup of tea though." She pulls a wee purple flask oot 'er bag.

She speaks clearly an properly, wi a kinda non-accent. She telt me 'er pals at schuil wir aw English an Chinese an German. Some "School of Excellence" in the Highlands. The very word "excellence" ignites a wee shiver of inferiority in ma spine.

Aonghas has been in the midst ay a story aboot eez antics at the festie a few year ago; ye can have wee micro conversations wi Iona while eh speaks an tune back in. Eh speaks fast:

"N then the fuckin cunt goes, 'Naw ah didnae mean...'" "F'ckin sqqqqquaaaawwwk!"

"HolyMaryMotheraGod!"

"Oh my goodness!"

"AyaFuckinBasturt!"

A big steisher ay a gul, a big evil demonic hing, clatters lit a torna-do tryin'ae get in the windae at the pieces. Aonghas reacts quickly wi the wee button tae push the windaes up, which nearly catches its heid. Even wi the windae fully up it clatters its big stupit gul heid against it again an again, big yella eyes pulsin wi rage. Thirr's pieces aw ayr the flair. "Hah. Hahahahahahah. HAH!" Big Aonghas starts tae pish eezsel, in that wiy, startin an stoapin.

"Big...Mad...Seagull Man!"

Eh does that, finds time tae impersonate us, oor way ae speakin, an we nivvir know whit tae say.

"Bit eh...bold wis it no?" I offer weakly.

"The burds ur demons up here sahn. Right ma tha, will we mosie oan then?"

Eh puts eez foot oan the pedal wi the clatterin ay the gul chasin 'n flap'n behind um. Jeez, North really is up the wiy, an the mountains get bigger, grander. Ma maw says I've seen thum afore, but I've nae memory ay thum. Widda bin wrapped up in some gemme or buik, wee weirdo that I wis.

Another petrol station, pee stoap. Oan again, coffee stoap. The wee toons we pass through ur oan their wiy tae wakin up, startin thir wee day ay wirk.

The sun has a wee rhythm: sun, cloud, sun, cloud, smatterin ay rain, sun, cloud.

"Mon stick that Gillian Welch oan son."

I do so, Aonghas sings along, in that Scoto-American accent, punchin the air when it reaches the chorus, wan haun oan the wheel.

"Back baayyybeeeeh, back in ttttaaaahhhhaaaaaam, wanna go baaackk, when you wuuur maaahnnnn!"

Thirr's big, green, broon, blue, purple mountains oan either side. Aonghas pumps eez fist in the air again, says somethin Gaelic as eh does. "Fuck the Campbells! Yir in The Gàidhealtachd noo son woohoooo!" Nae doubt, a profound feelin an understaunin washes ayr ye when ye see mountains lit this. Shame fir maist workin musicians it's fused wi the slow burnin adrenaline in yir gut, knowin ye'll be performin that night. 'Oh it must be so great to travel and see so much of Scotland!' Aye. You travel nine 'oors afore ye start work hittin the boke aw the wiy 'n then try'n appreciate the beauty.

"Where ur we then?"

"Glencoe." Iona offers a rare wee contribution fae the backseat. The mountains ur in infinite supply, the magnitude ay thum warps ma heid. Wee white hooses ur dotted among thum. Who lives there? How dae they get thir messages?

Wee streams, paths, forests. Ah love that stuff. Quality. We'dda thrived oan hoaliday here, as weans. We'd designate the forests and streams in'ae areas fae Lord of the Rings, that forest could be Lothlorien, the bit near the river Rivendell. I'll come back here wan day. Bring big Rab. Eh'd love it.

Signs fir Fort William.

Ben Nevis.

Bilingual road signs. Inverlochy, Inbhir Lòchaidh. Lochyside, Taobh Lochaidh. Spean Bridge, Drochaid an Aonachain. Aonghas points oot the names as we pass, tells me how 'ae say thum. This is where this happened, this is where the legendary auld fiddle player lives, the wan that taught aw the youngins. We pelt it, Aonghas tellin stories the whole wiy, the occasional biscuit passed roon, the odd laugh fae the backseat at some rant or comment. Pee stoaps, fags, views ay lochs, stories aboot places names - "Whit aboot that eh?"

Hauf eleven, the coffee burns a hole in the sandwichees. Time fir stodge, we aw feel it.

A big grey castle oan a loch, "See some hink it wis a blah blah castle, but it uised tae belang ay the blah blahs...Lords ay the Isles... doodldiedoo...then the Jacobites...the English Government...yir heritage...Cannonbaws...". That tiredness, behind the eyes, that even coffee cannae withstand. Ffffffffff.

"My school was just down this road." I twist roon unconsciously, in shock at Iona's voluntary offer. Iona points tae a wee sign turning aff fae Kyle of Lochalsh. Ye can tell by 'er tone that she's talking tae me, switching the focus of conversation away in a subtle move that our age group uses tae direct away from older folk or working class people. It's no intentional. I tense slightly in the stomach in antici-pation of Aonghas' irritation. I offer back.

"Aye? So you uised tae dae this journey aw the time?"

"Well, we'd get the ferry to Skye and then get the bus so it wasn't too bad really."

"I cannae imagine what it musta been like, tae go 'ae schuil up here."

"It was okay. Boring."

Aonghas shifts the focus back, accompanied wi a wee poke in ma erm by an iron finger.

"Thisees the bridge son, ye'll be oan yir first island soon."

Suddenly we're ayr the watter, an YASS! The rain's oan, obscurin the bridge's far end. I wind doon the windae, lett'n a wee blast hit ma face an wake iz up.

"Are they mountains oan the island then?"

Iona chuckles every time I ask a question aboot the islands. Tae be honest, mibbe I play it up a bit, ma city-ness against her rural-ness. The rain hits again, skelpin the windaes, an gargantuan, jaggy, black fuckin Mordor Mountains pelt by oan each side, wi signs fir chippies or campsites next tae thum. Wir drivin fir hauf an hoor when Aonghas' face turns marginally mair serious, an the patter lulls. Asking will make nae difference, but the compulsion comes.

"We be awright fir this ferry man?"

"I don't know a bhalaich."

Shyte. We left at hauf three this mornin. Christ this island's massive! It's hoachin wi roads, toons, shoaps.

"Big island."

"Were you imagining Balamory?"

"Ehhh..."

"Whit happens if we miss this ferry man?

"We miss the gig son."

Another hauf hoor ay clenched cheeks, Aonghas lets eez foot aff the pedal a bit.

"How long 'ae the ferry place then?"

"Ten minutes, should make it."

Mair hills, watter, country stuff that should be lovely but is noo stressful. Finally, we pull uptae the ferry terminal. A profoundly unromantic, modern metal unit that insults ma need fir the place tae be auld. Thirr's aboot fifty cars sittin there, maistly shanners, auld Vauxhalls, Peugots etc. We find somewherr tae park, ageez awiy fae the terminal. Haul wir gear oot the boot, the awkwardness ay these fuckin casees man. Jabbin intae yir thighs an knees at aw angles. Wan day I'll huv proper grown up instruments an decent casees like an actual musician.

Wi the rucksack an resonator oan ma back - mandolin in wan haun, bouzouki in the other - an the others similarly endowed, we trudge uptae the big, boggin, bleak terminal. Know that wiy it makes ye strangely uncomfortable 'ae see a big metallic modern structure, sign or electricity pylon in the middle ay the country? Wir feet get wet in the odd puddle an muddy grass. Add decent shoes tae the list ay grown up gear tae buy.

Ye cin feel the atmosphere within twenty feet. The windy air snaps aw ay a sudden 'ae expose an absolute perty. No yir typical Glesga ash trays pilin up party tinged wi darkness an bitterness. The party ay people whose lives ur dedicated tae that state, wi the poverty somehow unfathomably removed. Jeezo, wit time is it?

Wir spotted by a bunch ay auld guys wearin jumpers that look baith expensive an like thir fae JD sports. They smile as we approach, a wee cloud a' smoke surroundin thum. Wan ay thum is smokin an sportin a bunnet, which eh takes aff an returns tae eez dome in a mock gesture 'ae us. They greet Aonghas, then Iona, then me. Fuck ma heid is swimmin, eyes ur closin, need sleep. Ffffffffffffffffh. Wan ay thum directs a question at iz. I don't catch it.

"'S cò às a tha thusa?"

"Ehhh...sorry...whitsat mate?"

"And wheeeere are you from then?"

"Glesga mate."

"And what do you play?"

Is it me fawin asleep or ur they talkin 'ae me slowly oan purpose?

"Guitar, mandolin, bouzouki, dobro, banjo...stringy hings..."

I get a slow grillin fir a guid ten minutes, then am offert a can. "Cheers," is aw I cin manage by that point. Aonghas opens eez large erms and enters the crowd, they aw know um. Eh swivels at right angles between conversations, switchin tongues an wiys ay catchin up quickly, slaggin everyone. Eh knows somethin aboot each wan ay thum.

"Go fir a walk?" I suggest tae Iona, sideywiys. It's a sideywiys friendship so far.

"Yeah good idea."

Neither ay us ur much fir crowds. We patch the instruments in the terminal, relief drops ma shoulders an ma back unclenches. "Course they're safe!" Iona chuckles at ma paranoia that the instruments might be at risk unattended.

"You're such a city boy."

We walk up the beach, hoods up, lookin doon, squint'n wir eyes at the nourishin wee flecks ay rain an the salty wind.

"Forty seven people in the whole school?! Thir wis five hunner in ma primary, two thousand seven hunner in ma secondary. Biggest school in Europe." Always been proud ay that. Don't know why.

She patiently answers ma questions aboot 'er upbringin, amused at the disbelief.

"Ye played pipes? I didnae know that. Ur they really as solid as they say?"

"How did ye huv the time 'ae play fiddle anaw?"

"Is it true speakin Gaelic really makes ye better at the music?"

"Ur ye fluent then? Is it hard tae learn?"

"How long does it take?"

We turn back, she's goat tae phone 'er boyfriend tae tell 'um we goat here. Thir huvvin some problems.

"Oh aye ye'll get dead guid reception at the terminal." The fuck dis that mean? Fud. Absolute cretin. Right enough wir gear is untouched, the focus bein ootside among the revellers.

Aonghas finds us tae tell us tae get wir stuff, it's boardin time.

The ferry vibrates wi the party energy. Ten odd musicians sit roon a table in the lounge blastin tunes ("Jigs," so Iona informs me). Gangs ay stout lads with naturally chunky fore-erms wander among ruims look'n fir "craic." Maist ay thum sport a can. The smokin deck is rammed wi chatter against the blooterin wind. Iona, a seasoned mariner, heads fir the big recliner chairs fir a snooze. I couldnae. Amongst aw this? Aonghas finds iz.

"Ye wantin' some lunch ya maddie?" Phhhew.

"Hank Marvin mate."

Thirr's a big dinin area wi wee plastic chairs fastened tae the flair, seafood smells waftin. We fling doon wir jaickets an order fish an chips, which comes wi wee peas an tartare sauce. Eh reassures iz aboot later, knows ah'm potless.

"Dinnae worry ye'll get yir dinner the night. The festival gies ye wee tokens fir food 'n that."

I batter into the scran wi relief, followed by the inevitable crash. Aonghas pokes iz again, oohya.

"Ye comin up tae see the views son?"

"Sorry man I'll need'ae get a snooze."

"Yous two ur always sleepin! Somethin weird aboot that!"

I find a recliner near Iona, no in the same row, it wid seem wrang. The row in front. Ye don't want tae be creepy.

"Cannae...believe...giggin...the night...how..."

***

Wir bussed through the island in a confused blur. Iona n' me ur grumpy, wir eyes shutt'n oan the bus, ma stomach churnin at the turns an bumps ay which thirr's many.

The bus buzzes at the frequency a' twenty men mid-party, though unlike a perty a' central belt day drinkers, therr's nae casutlies so far. It's a calmer, slower burnin, less urgent though still imposin, partially macho ecstasy. The big boomin voicees cross generations, conversations, languages. Some Irish accents, some Edinburgh is detectable, some I don't know, some European.

Ma mooth tastes ay fags an lager, teeth coatit in that fuzzy nonense. Wan tooth stings an throbs up the back ay the mooth. We drive fir whit seems like an 'oor, though it couldnae be surely. How big can a fuckin island be. We arrive at some village hall, an walk along the gravel, crunchity crunch. The driver opens the trunk an launches wir instruments at us wi ferocity. A wee baldy guy. Totally sober an ragin.

The sound crew, the guys who greeted Aonghas earlier, the auld be-jumpered lads, have awready set up. We're tae soundcheck last, bein the openers ay the show. The other bands ur musically tight, loud an confident. Wan band, fae Edinburgh, I hink, wi a massive beardy piper, ginger tashy bouzouki player, a big burly fiddle player of farming stock, a normal, geeky lookin guitar player that could just be yer da, fill the hall wi an attackin' set ay tunes, the type that pin ye 'ae the wa'. They make jokes ayr the mic, thirr boady language is outward an macho, standing wi thir feet spread, bobbin thir heids like powerful chickens. They declare what frequencies must be adjusteed to the sound engineer wi the confidence a' those who don't even remember thir first gig, so many've passed between.

"What ye hink?" I raise ma eyebrows tae Iona.

"Ach...they're very tight."

We soundcheck. Awkwardly, intimidated, I flush instantly, takin painful half breaths while tunin the bouzouki. Iona's mic feeds back, wan ay the soundies voices a concern wi that Scottish accent, the proper, industry, I know loads aboot this hing that you don't know loads aboot, over annunciation accent. He cannae get the mandolin loud enough.

"Can you not use the pick up? We're not getting very much out of that."

Who taught you 'ae speak, fuckin John Mackay? Every word enunciated tae fuck. A pumpin ay adrenaline fae the gut an weakenin ay the erms tells me I'm embarrassed: they've fun me oot. I cannae be a real folkie as I've no got a real instrument. I slink aff stage as soon as the soundcheck's done, leavin me an Rab's kiddie oan instruments at the back behind the curtain. Plannin tae spark hauf a fag I've tactically saved fir this moment. Supplies runnin doon.

We hesitantly peek backstage; thirr's a table ay food an hot drinks fir the musicians. Oh dear. Socialisin. We aw pile in'ae the coffee, sit doon, the chatter continues at the table, they aw know each other somehow in that wiy that people dae when you know naebdy. The sound ay a specific, deep male laughter cuts above aw the rest, a sound which always set me aff balance, a wavelength that can only be matched wi pint thumpin an opinions thrusted an gargantuan legs spreadin an buttin intae other legs.

Some young guys take the seats next tae us, they sit bolt upright, heavy posh. Aw curly haired, big built, rugby, definitely. Probably land owners' sons. Nae need 'ae worry aboot money. "Pursue yir wee career son, nae bother, here I'll gie ye ten grand fir a seventeenth century fiddle, nae danger!"

They ask everyone roon the table where thir fae. They must be seventeen at maist, no a blemish oan thum, brimmin wi the confidence an optimism ay a nourished life.

"Glesga", I reply when it comes tae ma turn. Nae response. They investigate Iona as everyone always does, they aw went tae the same school, Iona a few years above them. They reminisce aboot teachers.

"That generation," Aonghas whispers tae me, "Widnae know folk music if it booteed thum right in the clackerbangs." I'd heard thum soundcheck, all tunes flawlessly executed. Worryins ay inferiority flow fae the back ay ma heid an stomach. A wee wumman comes roon wi soup, banterin in that wiy that makes ye nervous if ye cannae come back wi somethin smart. Sounds ay cars oan the gravel ootside become frequent, bringin wi them the maist dreaded noise: the arrival ay the punters.

Oot the back door, the smokers laugh among thirsels. I say "awright" tae thum, they say "awright" or "hello" back, but don't attempt a conversation. Fine. Doon 'ae the last three fags, will nee'ae space thum oot. Aonghas calls me intae the wee side room where the instruments ur stored, we've tae tune up. The slow burnin secretion of adrenaline thuds intae a steady flow. Fuck. Shit.

Some Canadian guy, somethin MacLeod, announces the start ay

the night in a theatrical, showy, North American wiy. "This man is absolutely steeped in the oral traditions of the west and the east coasts, he comes from a long line of tradition bearers, I personally knew his father, let's hear it for Angus MacNeil and friends! WOO!"

The polite applause ay an audience who will sit through the traditional openin act tae get tae the big hitters. We walk oan, the room is purple. Every single light is purple. Aonghas lifts eez heid an speaks.

"How ye aw daein the night? Ciamar a tha sibh uile? We've come aw the wiy fae Glesga an wir cream crackered, but we'll gie ye wir best anywiy!"

Eh's nervous. Eez well over enunciatin. The sentences dip halfway, raw with adrenaline. Eh explains the first song, starts it up, like every song, strummy strummy. I'm hardly here. I edge in at the second verse, the mandolin is awready slightly ootae tune, aw nawww. Eh notices, kinda unconsciously tilts eez heid toward me when a note comes oot a wee bit sharp. Every time I hit that E string man. Rgghhhhh. Oan the third verse, Iona comes in wi her big soundin perfectly in tune boax, juist the melody, straight, solid as a rock, an I feel safety, the warmth ay it wrappin roon the weedy mandolin lit a blanket. Pfhhhhhh. The air among the audience notably changes as she rescues us, shoulders relax. She hauds the line even when Aonghas wobbles, aw the wiy tae the end. Unphased. Phew.

A bit ay chat, ontae the next. Aonghas explains it, voice waverin juist slightly. A traveller song, wi Iona playin a left haun drone in C: huunnngggggg, that immediately glows red an deep an reverberates through the room beautifully. Eez voice grows, mair full an mair confident when eh enters.

I fumble in wi the bouzouki in the third verse. It's juist ootae tune. Aonghas' torso winces again. I wince. Is he wincin? Ur the crowd? I step oot early leavin the two ay thum soundin smashin. Mair polite applause. I look at ma shoes, wishin 'ae God I could huv proper instruments lit every other cunt.

The next wan is wan ay Aonghas' ain. A socially conscious, Americany three chorder, which we find wir wiy intae right away, it bein mair ma usual kinna hing. I load ma resonator solo wi what I imagine ur exaggerated tasteful blue notes.

Mair polite, dutiful applause. Sake! I thought that wis guid tae. We finish wi a Gaelic song. Under strict instruction fae baith ay thum, Iona an I play only the straight melody, only twice, before the last verse an durin the last chorus. It must be a popular yin, some ay the crowd sing along, fillin the hall, aw the voices meetin Aonghas' somewhere in the middle. Eh chokes, just a waver at the end. He offers a rushed, fleeting 'Ta', his boady language visibly hauling him towards backstage, an wir done.

The relief floods ayr me as we exit the stage, an I cin see the same is true fir the others. Instantly, that feelin, the chemicals in the brain, red, dancin, whirlin, a stormcloud behind the eyes, towards: "Right, let's git pished." The guys fae Iona's schuil ur next, they walk past us on'ae the stage: "Well done, that sounded quite good."

'Quite guid?' Jesus. How dae ye no just tell us 'och it looked like ye wir enjoying yirsels!' Aonghas hauns me a can, I down a third ay it gratefully. Ahhhhhhhh. Nice 'n lukewarm.

Through the wall ye cin hear the band leader, the boay that wis sittin next tae me at the table. It's a bassy mumble but aw the inflections ay privilege ur there. Eh speaks aboot eez gratitude fir the opportunity, how eh loves the festival, talks aboot the tunes they're gonnae play, where eh learnt thum. It's a formula. Introduce self. Wee humble joke. Introduce tunes, name drop famous teacher, use word "Craic". There is not an ounce ay fear in that voice.

"Yes we were all taught to do that at school." Iona reads ma mind, speakin through what sounds like a smirk.

They start thir set aw thegither, loud, tight, an young. The accompaniment is filled wi jazz chords an riffs. The notes are aw the same level, they seem tae mean nothin 'ae the youngsters. But who understauns notes at seventeen? I didnae. Did I? Dae I noo?

The macho Edinburgh boays an the Irish boays are in the corner passin roon a bottle ay whisky, we join thum, they pass it tae us. They smell ay fags an saturated spirits, the wiy ye dae when ye've been oan it fir days. I take a tan, Aonghas takes a tan, Iona declines. They say nothin aboot the set, but the Irish boys crowd roon Iona, asking fir a shot ay her flute, which is apparently a rare hing fae some enigmatic maker in Ireland. A baldy, extremely blue eyed man comes up tae me. Eez wi the Norwegians.

"Cen I haff a turn of jour bouzouki?"

"Aye batter in mate."

"I'm sorry?"

"Aw sorry eh...yes go on and have a shot. Bit ay a tough action oan it."

Eh picks it up, tunes it by ear, starts daein a bunch ay mad impressive stuff oan it, gives it back with a dissappointed blankness.

"It's um...yeah..."

"Ur you a bouzouki player then?"

"I play everything. Tonight I will be playing the Flouiknyeflotka."

"Sorry mate whit's that?" Eh pulls oot this...guitar...bouzouki... bass...whit the.....

It's long, it's goat aboot forty frets, some big, some wee, seems tae be made ay some darkish wood, a bass string oan the bottom, aboot twenty other strings, nae soundhole but intricately carved flowery wans where the soundhole wid be. Bet that cost ten grand.

The whole room crowds roon it, lots ay "ooohs" an "ahhhhs". The

Irish band ur announced, they slink away wi-oot a trace ay nerves, laughin an shovin each other. The rest ay the Norwegians sit oan chairs roon a table saying hardly anythin. Some ay thum ur drinkin watter. They're aw thin, healthy, an tall. Alien. Drink is passed roon, cans, whisky, brandy. I take whi'evvir I'm offert.

Iona's quiet, she isnae drinkin or smokin an suddenly it occurs tae me that she must be uncomfortable. The atmosphere in here is lit a rugby gemme. We nip ootside, I smoke hauf ay ma second last fag. We staun side by side, looking at the sea loch in front ay us.

"Ye awright mate?" Oh aye, mind an say "mate", that'll prove you're no a creep. Eejit.

"Yeah...it's...it's just a bit patchy with Ali just now. We've been having a few problems."

I turn 'ae look at 'er directly, just fir a second, no riskin eye contact. 'Er hair's doon fir a change, wavy an dark, blue eyes, always, always lookin doon, lit the song, Fuck! Naw Shane. I repress fuck oot the thought, tuckin it away in the archives wi everythin else that's wrang wi me. Repress, repress, repress. It'll be fine.

"Aw aye like whit?"

Subtle as a brick through yer windae. She tells me, to my surprise, aw ay it, in wan big sentence. Eh's lazy, disnae help aboot the hoose at aw, stingy wi money, dosnae help enough wi the rent, plays eez PlayStation aw the time, but they've been g'noot forever, since schuil. It's a nice relationship in a loat ay ways, she loves eez faimly, eez maw, even eez Granda. Her pals aw did whit private school pals dae, efter uni: left fir different parts ay the globe where higher status jobs could be found. Of recent it's juist been me tae talk tae, wi her fowks back oan the island.

We stay oot there, the sun g'n doon, til the end ay ma can, I force doon the warm uncarbonated dregs at the boattom an we walk roon the front ay the buildin 'ae see the concert fae that side. The ruim is still very purple. The hall is full, wi some folk staunin at the back fir lack ay seats. It didnae look that full fae the front, thank God. The Norwegians're in full swing wi some weird, jaunty hing, full ay stoaps an starts, exclaimations of "YA! YAAA!" Thir's drums, a fiddle, another stringed hing, bowed flat, makin a droney, buzzin sound, an the flimpy flompy hing, wi its toty wee frets an big frets. They finish wi a big drone an pull off in perfect unison, the main guy slidin eez bow upwards like a classical violinist.

The crowd shout this time, especially the folk up the back, cans gettin looser in their sweaty hauns. They take a bow efter the finish, ooaft. We don't dae that here. Mair announcements, a wee brekk, then the two main acts.

***

15

Urrh's seven ay thum. Full drumkit, electric bass, accordion, fiddle, pipes, flute, a guitar player an a singer. Zzat sev'n? They start up wi a tune, wan that thumps ye in the chest. The accordion starts wi the bass an drums playin some funk/rock hing, then flute, then suddenly fiddle an pipes, aw ay thum, blastin. The guitar player starts singin the tune, symmetrical notes hurtle towards us fae two ends ay the stage. In spite ay masel the hairs oan ma back staun up. Ma jealous morale conscience screams in protest that "this is shyte", but somethin in there is stirrin me. They look like thir da's probably own yachts, they aw sport the highest quality musical gear. Confidence flows through thum, the line fae inside tae out unpolluted by self awareness or jealousy.

They play mair hings that seem tae follow that pattern, mixin up the order ay introduction. The young local girls, dressed like Glaswegians fae ten year ago, get up an start dancin, up the front by the stage. The accordion player makes eye contact wi every wan ay thum in between animated shoulder thrusts and squeezes.

Efter thir last set, the Canadian announcer man comes back oan, thanks everybody, reads a wee poem, that some folk laugh at but I cannae tune in tae, bein beyond tipsy, and the folk start pilin oot, the chairs ur tae be taken away an the Ceilidh band tae start.

The musicians ur rounded up by the wee angry baldy driver. A troublesome joab, but we're back oan the road tae the hotel, where apparently a session will break oot til the wee hours, an the festival club, whi'evir that is. The bus buzzes, rocks side tae side, songs brekk oot, whisky is passed roon, cans are offert. Iona puts 'er hood up 'n tries tae sleep. I just watch.

***

The hotel is huge, "Did you think we all stayed in huts?" Three flairs, endless rooms, the three ay us ur in wan away at the far end. Back in the room, bass wallops the flair fae below. I sit oan ma bed, Iona oan hers, tryn'ae read.

"Ye sure yirrr no want'nae come doon? Rih gig sounds slammin."

"Yeah, not my cup of tea."

"Och whit age urrr ye? Mon."

"No I think I'll stay here, thanks."

She disnae look up.

Quick brush ay the teeth tae git the fuzz aff, grab ma can, packet ay Marlboro Lights wi wan an a hauf fags left, an whizz doon the stair. The air seems tae vibrate wi molecules floatin thegither tae spell oot "YASSSSS." The main lobby is host tae fiddlers blastin tune efter tune, punters daein that dance, ye know the wan, ye put yir erm oot an spin each other.

I wander through the halls lookin fir the festie club where I arranged tae meet Aonghas. Wan ruim is host tae a circle ay very serious singers, wi a reverent silence when somedy starts up. The next is Irish tunes, uilleann pipes, flutes, the wee accordions, whistles, mair fiddles. I pop my heed into "The Green Room". The Norwegian fiddler an some auld pished Scottish fiddler face aff amidst a painful amount ay respect fae young fiddlers. What a bubble wir in in Glesga, tae've missed aw this. Tae be denied this as a lifestyle. Ma steamin heart wrenches, knowin I should be grateful, tae be brought here, tae get tae be amongst this, but I feel utterly separate fae it, like it belongs tae thaim an no me. Ye need tae be raised in it they say.

I follow the bass doon tae the end ay the corridor, a big guard stauns ootside, bouncer posture, erms folded.

"Ye goat a ticket like?"

"G't 'n AHRtist pass mate."

Pished.

"In ye go."

The room's dark, mair purple lights, a band ay three baldy guys, wan wi a shaved heid are absolutely slammin oot tunes; a guy oan whistle leadin it, like a wee trim Buddha weavin fae side tae side, glowin, throwin wee colorful glow worm lines left an right. I cannae keep track ay whit eh's daein, cannae haud ontae it fir mair than five seconds at a time, but ye cin tell it's somethin, probably special. They don't look like musicians ur s'posed tae look...aw bald an normal...

"Awright a bhalaich! Where ye been? Where's the boass?"

We shout tae each other, eh hauns me a can fae eez jaicket, which eh wears inside even though it's roastin. He grins an flashes me the inside poackets, packed wi cans.

"Brilliant eh? Ye know who that is?"

"Nah man who?"

"That's Ryan Flanagan's new band, the whistle player. Best whistle player oan the planet son, an eez right here!"

The other members ur there, nae doubt, but ye tend tae watch this boay, even when he disnae play. Eh almost vibrates, the air aroon 'um seems tae blur. Ah Shanedo, your mad wae it.

They "lash" intae another set, slowin doon in the middle, gaun aw the way doon tae a whisper, then buildin up again an FUCK YE! Wir awiy. Shivers.

"Wir oan the bill wi thaim Sunday night son, ah'll introduce ye." Aonghas musta seen the pathetic longin in ma eyes. They play thir last set an the punters trail oot, the musicians wi passes hing aboot. I cling 'ae Aonghas' side, knowin naeb'dy. Eh points tae fowk, this wumman is a "Mod" gold medalist, this guy's a wank, this guy hinks eez famous, this wumman fae Chicago is meant tae be the best fiddler in the wurl. Didnae know ye got fiddle players fae there.

The night blurs, drink efter drink offert an accepted...

***

Sunday, the last day ay the festie, Aonghas wakes us at 8am fir breakfast. "Mornin taaahhmm an the weathers faaahnnn, so come on over to mahnnnnn." The sun pelts through the open windae, he whips the curtain awiy. A morning fascist.

Eh sings, tap aff, still ripplin wi solid muscle, juist showert. He stayed up efter me last night, fuck knows how he does it. Doon in the communal dining bit, the survivors sip coffee an fill up oan the fry ups provided free fir musicians, each groanin, rubbin thir heids, laughin at an wi each other, pattin each other oan the back. "Surprised you're standing boay!" "Ye found yir shoes then?" "Cà' bheil Donaidh? Chan eil sgeul air."

We've only two wee appearances the day, wan in an auld fowks home, an the other at the farewell concert. Efter breakfast, we take turns tae shower an go back tae bed, the alarm set fir three hoors time, wi a big white fluffy hotel towel for wir wet hair.

"Somethin no right aboot how much your generation sleeps!" Aonghas is fulla beans, he floats oot the door an away doon the hall, singin aw the wiy. When I wake, Iona is sittin up in 'er bed, reading wi specs oan. A few 'oors till we meet Aonghas at the auld fowks home, roon the corner.

We slowly transition fae lyin tae sittin, tae staunin, tae walkin. The big beige corridors wi burgundy cerpets ur scattert wi festie survivors, curing cans awready appearin in right hauns.

Groups sit aroon tables ootside in the peltin sun, noddin us as we pass, an we slink straight past, awiy, doon the Main Street, past the wee post office, tae the craft shoap. Ma sisters birthday the day, I'll get her somethin. I love these places, that sell utter shyte, wee rings wi Celtic weaves, cups, scerfs, toffee, rock, wee gemstones, "fossils." Such a comfort. Lit the wee shoaps at the caravan bit we uised tae go 'ae. They bring back the hoaliday colour. I tap some dosh fae Iona tae buy two matchin rings - I'll pay 'er back oot ma wagees, wan fir me, wan fir ma sister, in an urgent hungover sentimental impulse.

We leave the shyte shop feelin fresh, me wi the superstitious buzz ay havin purchased jewellery, fae a real island. We amble through side streets, up a wee hill, up, up the wiy, oot the suburbs, past a wee empty schuil. Hauf the toon is asleep, lazy, the odd dug barks.

Up the tap ay the hill is a wee bench facin the loch, we sit, say nothin fir ten minutes. The sun, the hangover an last nights comparatively successful gig mingle wi a silky wee breeze. They soothe, distract an blow baith wir hair coincidentally aboot wir faces, conveniently negatin the possibility ay eye contact. I borrow another bauble tae force ma hair intae a ponytail, light a wee stub ay a fag, which in the sun inducees a minuscule flash ay nausea in the stomach, the round, saft kind, no the want'n ay do yirsel in kind. Then nothin. Seagulls.

She brekks the silence, lightly at first, tentatively. She's gettin hungry, she's hink'n aboot havin a few cans the night. Then it's the gig the night, musical insecurity. Ye'd never ay known. She's hink'n aboot Aonghas, eez weans, just a few year younger than us, but so different, how hings've chynged fir children. Then it's her parents, faimly. Thir separated, the problems they aw huv, try'nae see each other, spread oot. They sent 'er away tae that schuil, the wan I'm always askin aboot, jealous ay, but it's no aw ye hink. No whits it's cracked up tae be. She hopes I don't hink she's a snob, I say naw of course no. An relationships, relationships, she disnae know if they work, mibbe thir no natural. Then it's a gush, a ploddin, calm, mid-paced dam burstin, never frantic, but spoken in wee six word lines.

At the end, a hint, somethin that happened alang the wiy, wan ay thae - "I'm no gonnae say the wirds but just lettin ye know somethin heavy shyte happened," kinda wans, nothin too vivid, ye know. Nothin ay trample the sun an the wee breeze an a rare first full deep talk wi someone yir get'n tae know. Juist a wee offering ay cryptic possible significance that either means somethin or is nothin.

Mair silence. I say minimal, smok'n a bit ay a rollie that I tapped last night. It gies iz a place tae focus the will tae compulsively comment an offer advice.

Then, fae naewherr...a question floats oot...fae her 'ae me...

"So...how come you bought you and your sister matching rings when you have no money?"

There is, I think, playful affection in that, though it's hard tae be sure, I can never tell.

I cautiously open the gates: it's ma sisters birthday the day, I fucked it big time oan her birthday once, badly. She grows interestit, I think, shifts in her seat a bit, gets comfy. I cin imagine a subtle eyebrow raise under aw the hair still flapp'n aboot. "Ye want'n this bauble?"

Says naw. Asks another hing, I let it oot like a painful breath: the acne, the hormone treatment, the batterins, gaun aff the rails, get'n huckelt by the polis, trouble in wir street, meet'n Cathal an Rab, get'n intae music, get'n a bit better, fuck'n it in schuil, aw the wiy up tae here, omitting mair than hauf ay it, the darkest hings, keep'n the bits that I hink make me seem tough an troubled an interestin. The story gathers a bit ay confidence, she keeps askin the sideywiys hings, right up tae the end, a dark hing slips oot. Somethin fae years back. Wan fir wan. She dosnae respond. Fuck. Too far. Retreat.

Another five minutes, the wind drops, total silence again, except the waves flappin oan the big stanes straight below, the odd echoey bird-craw. The view across the sea loch is nothin but another cliff, rocks, an grass.

"I think I might have to end it with Ali."

".......Aye?"

"Yeah. I think so. I don't know."

***

Aonghas meets us ootside the auld fowks home, "Where did yous two get tae?" "Wis gettin worried". "Ye missed auld (something something) daein (something funny)".

Inside the home, the smell ay pish wafts right up 'n hits ye. There's juist nae gettin awiy fae it. Wir telt tae sit in the middle ay the flair, oan clinical white chairs, restin wir feet oan wir cases, look'n aboot fir some clue when 'ae start, whit tae dae. We set up in wir usual wee semi circle an wait. A middle aged nurse, a wee wumman wi huge earrings, juist nods tae us, in between wanderin roon aw the beds collectin somethin.

Maist ay the auld fowks ur sit'n look'n straight aheid, aroon aimlessly, three or four turn 'ae face us.

An auld lady smiles, at Iona I hink. She gets it wherever she goes. Naeb'dy says a word.

Aonghas looks at us wi a twitch at the right side ay the mooth: "Well away we go!" Starts wi an open chord, like always, strummy strummy, leavin space fir whit feels lit a minute.

"Green grawwwwww,
The rashees ooooh,
Green grawwww,
The rashees ooh-ooaaaaaah,
The sweetest 'oors that ehhr I spent,
I spent aaaamang the rashees oaaah-oaaah"

The accordion faws in at the verse, when it dis the closest auld wumman smiles broadly at Iona. Aw the wiy tae the end she looks at 'er, Iona lookin doon. She shows nae sign ay noticin, juist looks doon an plays solidly as always, her right foot tappin unconsciously, fae the front ay the foot then the heel, wan...two...three...four.

Thankfully Rabbie Burns gies me a guid few verses tae ponder that. When the song finishes, she looks up again, rummages in her bag, a black velvety hair band hing, I've tapped 'er ay baubles. The hair's gettin aw ayr the accordion; she pits it oan, the hair goes back, exposin 'er whole face. Thae thin wee eyebrows ur drawn, eyes narrowed...meanin...somethin.

The chatter an the wee dots an scurryin colours that worry the side ay ma vision narrow doon, lit a camera comin in'ae focus... Click! I'm in a bubble, sound an light ur focused, peripheral vision increased, an time is juist an abstract hing...

Aonghas starts the next wan the same wiy an the different key jerks iz away. Suddenly am concious. Is she worried? Huv I juist creeped her oot? Is it the auld lady? It's the Gaelic wan we throw in sometimes, I recognise the word that sounds lit "Vatta."

The wee auld wumman keeps 'er eyes oan Iona, clapp'n at the end, gesturing wi each clap towards her. Her face lights up each song when the accordion joins.

Eight times we repeat this formula, eight times the wee wumman reacts the same. At first I thought she recognised the songs, but as they roll oan it becomes apparent, it's the accordion...the accordion or Iona. She does huv that hing aboot her.

We pack up, feelin strange, the air ay death hings oan the place. Time is different in there, an oan the island, but it isnae a terrible depressin hing like ye'd hink. It's no happy, or sad, or depressing, or anythin. The wee nurse comes up tae us: "That was lovely thank you, especially the box, oh I love the box! Such a big warm sound!" One of the residents was asking if she could talk to you my dear, would you mind? Bheil Gàidhlig agad?

***

Back tae the hotel, fling shirts oan, Iona her make-up, doonstair fir the bus, patch the bouzouki, it's shyte, leave it, pick up the reso-nator, an Rab's trusty shyte mandolin. A big crowd loiters roon the bus, chatterin at a low hum. The wee angry driver tappin eez feet impatiently in the driver's seat.

Bus lurches away. Ma internal compass is confused. The light still bein guid an the sky clear, the island is mair visible and less impossible than it seemed two nights afore. Where wir drivin, it's barren, tufty, flat. Broon.

The mood ower the travellers is wan ay hungover tranquility, the hard work's done.

The bus shudders ayr wee wooden bridges, wiggly hauf roads, pot holes. It crunches oan gravel wi nae fanfare, musicians trickle oot. Another post-war grey schuil.

Twenty slumpin, amblin jaickets an instrument cases an ruck-sacks full ay cans float taewards the alleged venue, past collages, haun prints, big Gaelic words made ay papier-mâché an magazines, boom, a theatre. Like an actual, decent theatre ye wid see real acts in. Wance again its purple curtains, purple lights, purple chairs, star-tin two feet fae the stage, then higher, higher aw the wiy back so ye cin juist aboot see the end.

We soundcheck first, nae hassle, juist mics hingin across the stage, some big fluffy yins descending fae the ceilin. The sound is warm, it catches for a milisecond afore floodin the room, Aong-has' mighty voice lasts forever, the chesty resonance shoogles yir organs.

In renewed confidence wir led tae the green room roon the back, a schuil gym, of course. Everythin in Scotland happens in a schuil gym. Foosty soacks an foosty musicians leakin whisky through thir pores. The racket is glorious and unsettling. Chanters being warmed up: "Crooooooo!" Full sets ay pipes "F'kn Hyyyyyyyyyaaaaaaaw-wwn!" Fiddles batter tunes together in wee groups in the corner, mandolins, whistles, accordions an guitars. The whisky is back, God knows whose, anonymously passed fae person 'ae person. Wan band floats oot, soundchecks, returns, drinks, instruments ur enquired oan, turned ayr, approved ay "Here huv a shot ay this," "Is that a roomtytoo?" "Aye he's goat a waiting list noo," "Last wan made afore he died!"

Aonghas hauns me a can. The buzz is dizzyin. I make a concious choice no tae git hammered afore the gig, twenty minutes or no. Two cans maximum. Then batter it.

The mix of accents laughin an howlin wi mirth oan tap ay the din, Irish, Scottish, Scandinavian, American, Canadian, I'm introduced tae people I've seen somewhere but cannae place.

"So yir first fruity folk festie a bhalaich, whit ye hink'n?"

"Dynamite man, life shuid be lit this aw the time."

"If ye've chynged yir pants, yir daein it wrang."

The Canadian MC is back, wearing a big red jaicket wi tassels, he addresses the room, tells us when wir oan, roughly. "Island Time."

"Who wants to lead the stramash?" Chuckling, giggling, hiccup-ing, nae answer, mostly nae notice.

"Fuck it, Ah'll dae it."

Aonghas thumps eez cheist. "Take wanna firreh team." The MC nods, the band wi the big bairdy man fae Edinburgh speak next. "We'll lead the tunes after eh?" The MC leaves, takin the band ay Norwegians wi him. They're easily rounded up.

"Whit's the stramash man?"

"We aw go up an slam oot a song an some tunes at the end."

"Whit like, un-rehearsed?"

"Aye, it's a guid laugh."

Scandinavian stoppy/starty melodies drift through the curtain an wall, they return, others go oan, again, again. I sip ma can wi restraint. Guy efter guy asks Iona "OHHH is that a doodledoo flute? Made by dahdledee? The famous roomptetoo?"

"Wir up a bhalaich," Aonghas clatters me oan the shoulder wi his big concrete haun, better go tune up. I gather aw ma shyte, plectrums, finger picks, slide, an we go intae the wee tuning room, start tae tune, suddenly:

"Fadooooom! Fadooooom!"

Fuck ye, adrenaline, right tae the heart. The hauf audible MC introduces the gig.

"I'm fuckin shyting it. Was fine til two seconds ago..."

"Me tae son." Iona says nothin.

"Aonghas MacNeil and friends!"

We sit, eh starts up straight awiy, turns eez heid, mutters the song title.

"Sploiinnnnggggggggggggg."

"Wan ye'll aw know, sing alang if yeez want."

The two ay thum dae a verse, an at the second chorus, a guid few in the audience join him.

I sit, awkwardly poised, tryin 'ae look happy, grateful. Fuck, I'd love tae be the musician that "goes tae that place" when they play, so that knowledgable Highland lassies wid say "He just...goes to some other place when he plays, it's amazing!" But a thousand thoughts hurtle through ma heid in that wan song, it feels like an 'oor. First proper applause ay the festie, almost annoying. It doesnae feel earned.

Aonghas looks across at us: "Wan, two, three, four!"

This wan is a pleasure, a nice, moving, medium paced melody, movin enough tae occupy ma mind, haud me there. I even feel comfortable enough tae allow some blue notes, no the done hing here. Fuck it.

Straight intae the next, Aonghas' ain. Eh barely gies us time tae swap instruments. I have tae dae that awkward putting doon of the mandolin, an plectrum, pickin up ay picks, resonator, haudin it tae ma ear 'ae check the tuning. The resonator guitar's tuning's slipped oan the bottom strings, nae bother. I keep tae the tap, it sounds rich an warm through the fluffy mics, an each note catches as it hits the air ootside. Ye can see thum glide, the accordion floods the room, an wir awiy - we've passed the finish line an wir awreddy pattin each other oan the back in wir heids. Only wan ay go. Phew phew phew. Can taste that efter gig fag.

"We don't usually dae this but ye'll get a loat ay Scottish music the night so here's a wee blues number: Wan, two, three, four." He launches intae a blues in a sunny G, right in ma comfort zone. I over-indulge, lit a beached whale finally hittin water again, stuffin measured bluesyness intae every line, slidin, doing the auld haudin oantae a blue note fir too long. Pimps. The audience clap, as near in time as an audience can, Aonghas nods at us fir solos, Iona slightly self concious and ever so accordiony and major but brilliant, wan mair chorus:

"Well if the river was whiskey an ahh was a duck,
You know I'd swim to the bottom Lord an nevahhh come up,
Tell me how long,
Do ah have to waiiittt?
Can I get you now, or have tahhh hesitate."

The final lick, stoap, nice applause, an wir done. We walk backstage, some fowks pat Aonghas hard oan the erm, "Nice wan, guid stuff!" Several fowk crowd roon Iona wi compliments. I go oot the back fir a fag, Aonghas having bought me a twenty deck an six Guinness tae be deducted fae ma wages.

Sun's going doon ootside, nicotine an Guinness mingle wi the endorphins in ma pickled blood, wi the compliments we get, tae be here, tae be...infatuated...ah'm burstin. Wi somethin. Wi...juist... something...

Heavy need'n a pish.

Power walk intently tae the bogs - where's eh bogs? Gents toilets, phew...fly doon...boom...awiy...A huge, slim man is staunin in the toilets wi a can, mess ay black hair, short baird, I kinda recognise him. He stoats up tae me...slurring slightly...eyes ootae focus.

"Thahht wass very goood, I enjoyed youhr playing." Ooaft. Breath is festie howlin, like mine must be. "Good song choices. It's goood to hear some goood Blues. Heard a lot a' trad this weekend like!" Eez face an beard ur inchees awiy fae mine.

"Aw fanks man. Ur you playing the night aye?

"Ayyyye. Might be up next so I might. Better go an see eh? HAH!"

What an accent man. Wherr is that? Wales? Wheech up ma fly, where dae ah know him fae? We stumble back tae the room, me an big wobbly; the baldy band ur crowding roon Iona, her flute oot the case again, each baldo pickin it up, examining it, tak'n a wee shot.

Wan, the wee whistle player, shiny heid, tanned, glowin wi health, looks doon it approvingly as if it's a telescope. Another, the fiddle player, an unhealthy, horseshoe bald, jumper wearing, middle aged university lecturer lookin giant wi bags under eez eyes talks tae 'er. Can in right haun, leaning oan a wee classroom table, full ay importance, his hand movements explaining to her that he knows things, he's probably used to "charming" young female traditional musicians. I don't need to hear the content to know he's talkin about "His travels" or some insufferable drivel. The phrase, "Fucking lecherous cunt," sounds in my head. Oaft, where'd that come fae? He inches closer, she steps back. I make nae conscious choice, impulse causes me 'ae step forward, though I know I shouldn't. Should I? Is there a right hing? Too late.

"Ye fancy gaun watchin some ay the gig?" I address Iona sideywiys fae the corner ay the mooth.

"Yeah." She replies flatly.

We wind through the wee corridors ay the school, disorientating primary colours everywhere, weans' paintings, pink an purple words, an come oot a wee door, the tap ay the theatre, behind the crowd. The pished guy that spoke tae me in the bog is oan stage wi a banjo player, an two fiddlers. Eez speak'n intae the mic, noo he sounds completely sober:

"...Two Irish jigs that Charlie taught us, then inta two guid Shetland reels tih finish."

The ease with which they talk to the crowd, their comfort oan the stage, they've done this a million times.

"And noow Kirsty will gie us a weeeee slow air on de fiddle. Scotland's traditional musician of the year, Kirsty Hoy everyone."

She plays a slow air wi classical presicion, but I cannae listen, mirth an mischief is brewin, we giggle 'ae wirsels, punch each other's erms, dae impressions.

"Wherr the fuck is he fae anywiy? Wales?"

"I'd say Shetland."

"Where's that?"

"An island up North."

"Near here?"

"No." She smiles.

"Do they speak Gaelic there?"

"No, they're pretty much Norwegian there."

"Have you been?"

"Yes."

"Is it like wherr you're fae?"

"Kind of."

She never seems tae mind bein interrogated. She chuckles again at ma ignorance. The quartet leave the stage, Edinburgh boays come oot, aw swagger, tweed jaickets, elbow patches, the piper wi eez enormous baird, ginger boay wi a big waxed tash, the other two yir eye isnae drawn ay. I feel calm resentment toward thum, swelling in my bitter chest as the Guinness filters. Thir privilege fills the room. So tangible ye could cut it wi a knife an put it in yir pieces.

"Is this wherr the perty is?" Aonghas pops up behind us. Thir first tyoon starts the wiy they talk, fearless. A slow, jumpy thing. It's that rhythm ye learn aboot in school, slow an exaggerated.

"That's a march." Iona answers before I ask. The fiddle an pipes ring the-gither in perfect tightness, then it speeds up: "Daggum dum ba daggum dum."

"Strathspey" - She's amused and is noo drinkin hersel fir the first time at the festie. She's sportin a Guinness, mine presumably, everyone else drinks Belhaven or some kinda ale. They come 'ae a deid stoap fir a second or two, an launch, with perfect rehearsed tightness, which tae me, feels lit arrogance, intae a reel, designed tae intimidate, alienate, dominate, but still, in the context ay this festival, is exciting. They stomp an "Hyyyuuup" an make primal man noises. Pricks.

"What ye hink?" Aonghas nods in thir direction.

"No ma cup ay tea man."

"Hyyyyup! Aye!" Iona speeds up the sip to breath ratio oan the Guinness.

Another reel, fuck sake, cunts in the crowd actually staun up an clap an shout. Through the overall instinctual againstness though, a wee feeling, again, keeks oot.

"I'm gaun firra fag."

"Suit yirsel." Iona grins, putting oan a Glesga accent an raspy deep voice.

'Lot ay shyte' I hink tae masel. I hope it's a lot ay shyte. Is it?

Must be worth a combined thirty grand, what they've goat on stage wi thum. Fir whit? Bet they aw went tae they private schools anaw. Bet thir daddies bought thum three grand fiddles when they wir twelve. Ach...try'n enjoy the festie man. Ye always dae this.

Back in the musician's room, the tall boay comes up tae me, pished, Iona an Aonghas ur back. Eh winks at Iona. Who winks? What sortae person winks? I spitefully crack another can.

"That thing is cool, is it a lap steel?"

"Resonator I call it mate."

"Let's have a jam then."

Shit.

"Thisizzz a weee tyoon I wrote. It's in B."

"Nae worries, go firrit." Fuck. B? Kinda key's that?

It's a poppy folky country hing, eez voice is that breathy way, but eh's bein nice tae iz so I tune up, don the finger picks an glide in, this sorta hing bein ma breid an butter. A wee circle developes. I'm stuck in open G tunin, but nae hassle, I work ma wiy roon, followin eez chords a millisecond efter ey chyngees, watchin eez hauns.

"How are you managing that? In B?" Iona blurts, her third can clearly tampering wi her perception ay the decibel. We hing oan the last chord.

"Wooooohooooo!"

"That was great man! How do you juist dae that?"

"Michty chops young sir! Michty."

"We'll need tae get ye oan the next E.P. doin that."

"Let me know when you're free for some recording man."

It's annoying. The lack of control we have ayr peoples admiration ay the music we choose tae play. Ye could rehearse yir heart oot fir two year, play yir best, pack it wi emotion, an nothin. Wan wee turn roon a country three chorder oan an instrument that naebdies heard ay, an offers ay recording work, praise, temporary acceptance.

Aonghas stauns there, silent, eyes narrowed, disapproval evident oan eez face. Nae doubt some ancient grudge exists between him an the Shetland boay. I'll hear aboot that oan the wiy haim.

"Ladies and gentlemen!"

The booming Canadian voice interrupts ma confused happiness.

"The time has come, shall we stramash?"

"Yaaaasss!" The beardy piper thrusts baith erms in the air, despite ma natural aversion 'ae um, the gesture is unmistakable. Aw across Scotland, we know whit this means. It means a shiver up the back, the concept ay the morra gone, only noo, the buzz, an alcohol.

"Who will be leading us this year?"

"Big Aonghas, mon big yin!"

"Aonghas!" Someone shouts eez name, like the "Wallace" bit, ye know the wan.

We pick up wir instruments a' choice an head oot.

"Wait! Yeeztunedupurdoonlike?" The tashy wan barks at Aonghas.

"Eh?"

"Yeez-tuned-up-or-doon? A or B flat?"

"I've...what..." He looks tae Iona fir help.

"A." Iona intervenes, bluntly.

"Doon we go boays!"

Hauf the room starts de-tuning at once, a great droning, Eastern, almost spirit leavin the boady racket.

"Heeeeeeeeooooooowaaanannnnnnnnyyyeooooooooooooannnnngg-gggggeeeeeewwwahhh."

"We right?"

Aonghas addresses the vibratin congregation like a pirate commander. Eh walks oot the front ay the stage. Wan by wan we join him, til there's thirty or mair oan the creakin medium platform.

"A?"

He turns tae us aw, almost asking, an starts the chord progression. Accordion joins, a proper mandolin, a few fiddles, a whistle, a flute, the mad Norwegian fiddle, wan by wan an aw at wance. The air starts tae vibrate.

"Almoooost heeeeaaavaaaahnnnn,
West Virrginnnnyahhhhh,
Blueee Ridge maaaahhwnttainssss,
Shannendoaaah Rivvvvaahhhh!"

An eruption fae the crowd, the greatest of any since we've been here. Mair fiddles join behind us, the Irish boays let oot an Inter-Celto murmur of approval. Maist folk know the melody. A wa' forms roon Aonghas. My weedy wee mandolin will be naewhere 'ae be heard. I feel bare an useless, a preposterous imposter.

"Cooooouuuntry Rooooaaaaaaddsssss,
Takkke new hoooooooooome
Toooo the plaaaaaacceee,
Ahh beeelaaaaaannnngggg."

Each boady contributes, a wee line here, a glissando, a slide, even just noise, creating a glow that shakes the air, seemin 'ae pulse a thin white strand through the hall.

Thir's wan line that seems tae glow the brightest, so bright ye can see it. It draws ye right tae it, the baldy whistle player, Ryan somethin. Ye know it's him though ye cannae see 'um. Eh plays the melody, straight, nothin flash, nothing self. Yir attention is pulled tae it, sitt'n there sonically atop the rest, silvery, dreamy, other.

The crowd laughs, sings, we go and go, til some folk ur juist skitin up an doon thir instrument, diggin right doon, tae the last chorus, Aonghas turns tae us wi mischief oan eez coupon, "Fuck it!"

Eh puts doon eez guitar, walks ayr the monitors, steps aff the stage an offers eez haun 'ae various wummen in the audience, aw in thir sixties. The first two shake thir heids an decline, til eh finds a big, joyous, grey haired, gold earringed granny. She takes eez haun an they dance, eh spins her, they dae the erm hing where ye link elbows, the audience erupts wi laughter, whistlin, yoo-hooin, clappin.

Eh tries tae git back up, fae the front, realises it cannae be done, has tae disappear roon the back, look'n firra way back oan, shrugs eez shooders an smiles up at the stage. The four chords slowly dissipate wi musicians fawin awly, again, again, til nae'bdies left. Som'dy shouts something that I cannae catch, an everywan starts tuning again, fir at least two minutes.

Aonghas is back tae back pats, an chuckles.

"Ya maddie!"

Finally, the beardy piper breaks the lull, "One, two, three, four!"

Straight intae a reel, it roars. The Scots an Irish among us seem tae know the tune - the Norwegians play droney, choppy riffs, a great racket, wi bemused smiles oan thir faces. "Huuuppp!" The piper has tae scream ay be heard, an I finally discern that we're in B flat. I tan out useless, rhythmic chops oan the feeble, drowned mandolin. Iona is flowing oan some borrowed whistle, her wee fingers like a stream comin aff the rocks, wan ay the Irish boays makes eye contact wi her ayr eez fiddle, smilin. The audience claps, whistles, hoots, wan or two fowk fae the front row get up an dae the linky arm hing, the tyoon goes up, shivers, smiles aw roon, full pelt, the molecules in the air themsels seem 'ae be hurtlin, wan ay the wummen fae the crowd gestures tae Aonghas tae help 'er up oan stage, she gestures tae wan ay the soundies, who seem tae know 'er, near an ambient mic. Some fowk look at each other, nod.

She steps up tae the mic an starts singin the reel! Her voice is nasal and marginally ootae tune, no fully audible ayr the music, but somethin in it is strong and...right...touching.

We go roon three or four times, before the piper shouts "Hup!" A few mair bars, stretchin, stretchin, finally:

"Spppplooooooooooooooooiiiinnnngggggg..."

Thirty odd musicians bow, blow, strum, batter a big B flat note or chord, some at the tap ay thir instruments, some the boattom, the auld wumman hugs Aonghas, the Piper,

"...ggggggg. Two, three, four...Splang!"

***

Iona an me leave the carnage at the hotel, the night warm enough tae allow fir a jaicketless wander. The sea loch in front ay the hotel wafts that seaweed smell an a wee salty breeze, we follow its edge, roon, roon, the sound ay pipes, boaxes an fiddles dyin awiy.

I light a fag, sixteen ay twenty, an sip a can. Tae stoap drinkin at this point, efter such events, dosnae enter wan's mind. The moon allows enough light tae wander oot the toon, an we come 'ae a wee stony beach that happens tae offer an abundance ay flat, three inched, wee roon stanes. I pick wan up, fag in mooth, an pelt it intae the watter. It skims five, six times.

"Never been able to do that."

"It's nae bother ye juist need ay hit the watter flat an no oan the side. Kinda whip it."

She picks wan up, throws awkwardly an unnaturally, straight up an straight doon intae the watter wi a "blouump." I try an quash the surge ay...somethin...in the cheist...wi a big draw ay the fag an swig ay the can.

"Ye need tae whip it so it's parallel 'ae the watter."

I take 'er haun an attempt tae show 'er. We both know she wullnae learn it, has nae interest. She disnae stoap iz. She throws another wan, usin 'er elbow joint, straight up, straight doon. We laugh.

"Well least yir guid at music."

She smiles.

"I think I'm going to head in, got the early ferry in the morning."

"It's no til noon though?"

"Think I'm going to go home for a few days and see dad."

We both staun fir a minute, look oot at the loch. Fir a few short minutes I'm blissfully unaware ay the cliche ay lookin meaningfully at a loch.

"Mon then, I'll get ye back up."

We talk aboot the future, she wants tae make an album, she's been writin. We both say we'll gie up the bevvy, I say I'll gie up the fags, we don't mention Ali.

We hug fir juist a second back at the hotel, less than three seconds, she doesnae look at me, an she goes up the stair. I sift through the hotel fir the big yin, each room is host tae its ain culture, serious songs room, Irish room, Norwegian room. The Green Room again seems host to some private concert of religious level reverance. Nah. Mon. I find Aonghas in the lounge, eh stauns wi a pint, the room is deafening wi a set ay reels. Fifty musicians blast roon the table. Aw agees, wummen, men, smiles aw roon, stampin, woopin, screaming that scream when the tune changes.

"Where're they fae?"

"They," Aonghas pauses tae point, "Ur fae Shetland. Arrived this efternin."

The scene is a blur, countless fiddle players, look'n fae each other, tae the punters, stompin, staunin aw the wiy doon the hall. It's something else, a wall that keeps lifting, inviting ye 'ae firget, tae go ay some place, up the wiy an doon at the same time.

The music is enormous, beautiful, but the exclusion aches and claws at the heart. The urge tae join thum wrestles wi the urge tae enjoy, till it wins. The meanin ay life is in there somewhere. In the midst ay thae notes.

This is fir me, I hink tae masel. I staun there, eyes narrowed, tryin desperately tae somehow inhale its essence. Nae matter how long it takes. How much money, work, pain, I hink tae masel, I'll get back here, be wan ay thaim in that circle. I promise masel roon an roon, eyes narrowed in bitter determination at the circle a' joy that is nothin whatsoever tae dae wi me. Don't look away. Lit a tap, the compulsive hunger fills ma heid until it's everythin. Just yous watch.

PART WAN: THE FEAR
November 2017

They're knoackin the Viccy doon. It wis nevvir a joyous place or a smashin buildin, nae great times wir tae be had in there, but it makes ye sad anywiy. I'm staunin on Battlefield Road watchin it, baltic, steak bakes turnin cauld in the wee paper bag. It occurs tae me what Cathal an Wullie wid say, an I make a mental note tae talk tae thum aboot it. Thirr's an easy metaphor there 'ae start a four 'oor stoat: the Auld Glesga bein demolished tae make room fir the new shiny wan, juist like the people. Thae boays, two ay ma best mates, two eccentrics, they don't care fir the bearded, non full pint drinkin, affected bunnet wearin, rolled up trousers, hipster colonisation of the Southside ay Glasgow wan bit. An they love a metaphor.

They're really knoack'n fuck oot it. That hing that wis there yir whole life, absolutely panned tae bits in seconds. Should this make ye sad? Crushed?

Course it could be the three day hangover ay the type that makes ye doubt that happiness wis ever real. That offers only pictures ay bleak socially apocalyptic futures where even yir cat hates ye. Where the memory ay the endorphin, ay the release ay dopamine, has passed tae myth, intae legend. When yir boady's bin devastated an yir brain feels lit a battert fish supper sprawled disgracefully in the gutter fae the night afore, that ye find the next day an it's rainin an by that point it's been trampled oan.

That makes ye wonder why ye've rattled through life at a hunner miles an 'oor, yer heid pumpin wi ambition, no stoppin tae hink, no wantin tae, lit a snowbaw gatherin weight, absorbing wee beliefs along the wiy that ping aff the walls ay yir dome back 'n forth, fightin fir the front view, so you an yer pal can angrily relay them back an forth tae each other, reinforcin them, til they burrow their way doon intae yer subconcious like wee worms ay bitterness.

And why ye've never really stoapped tae examine yersel, whit yer daein an whit this journey is that yer oan, and why yer oan it and who's coming wi ye, and why thirr's a dull layer ay anger underpinnin yer life when ye should be baskin in pure joy. Shouldn't ye?

And why ye do hings, stupit hings, terrible selfish hings, bizarre hings, hings that don't make sense, that ye wid never dae whin ye wir sober, that ye cannae really ever forgive yirsel fir.

How did ye get so pished again? Ye know when ye wake up at hauf three, pm, still mingin, wi nae clue how ye goat haim or whit ye did, but a message oan yer phone tellin ye juist enough tae know ye've been a right cunt, a right wierdo and ruined every cunt's night? If only I'd had this life bendin revelation four days ago instead of three, that I'm no the sort that can drink alcohol, that I'm need'n sorted, thirty wan years auld is too auld tae behave lit this, I coulda worked oan it an no ruined ma life in the final of what wis really a sixteen year carousel ay disgraceful incidents.

Hangovers are bad at this age anywiy, but when ye have tae move back in wi yer maw 'n da, lookin lit boiled shyte, turnin up wi lank, sweaty hair, smellin a' foosty booze an tell thum that Iona finally kicked ye oot efter seven years ay yir alky pish. That yir bandmates ur sick ay ye, Rab's beyond scunnered wi ye, ye've got fuck all cash left in yir account but ye'll be signin oan an ye know a whitey is comin at some point, juist tae underline yir absolute lowest day. Aw Shaney Shaney Shaney boay.

So the Viccy's gettin knoacked doon, an I'm walkin up the road, back tae ma maw's, wi a greggs an Fanta, where we'll have some tea an eat an I'll pretend that I've no juist considered flingin masel in front ay the 44 bus, an talk aboot how the Tories are terrible.

Then I'll go 'ae ma room, watch Lord ay the Rings oan ma laptop like I dae in times ay crisis an faw asleep efter a guid greet. An wake up confused I'm no in ma auld flat, wi Iona no therr, wi nae cats tae trod upon ma coupon.

When ye walk up Cummings Drive ye cin see in'ae aw the grun flair windaes. That means ye see yir maw or da sittin there, watchin telly, whole minutes in advance. Comfortin, but it also means ye baith have tae start awkwardly wavin at each other, then ye have a guid fifty seconds a' no knowin wherr 'ae look. Very handy fir an advance warnin fir the puttin oan ay the kettle though. We're both awkward souls so she sees me and gestures pourin a kettle and goes in'ae the kitchen.

When I come in I can hear the familiar kitchen sounds that let ye know yir haim, the kettle boilin, drawers openin an closin, cutlery rattlin. "Hello Shane, feelin better the day? I'll take a wee donut aye." I can tell that she's worried since she's just unneccessarily first named me but there's nothin left tae discuss concernin ma utterly pathetic situation and world view. Is...is part ay that look disgust? Is she disgusted at me? Stupit question. Why would she no be. She gets the tea oan and we have a wee chat about the usual, we tan the Greggs and I say I'm tired and am gaun 'ae bed.

"It's only six o'clock, are you alright? D'you want to talk?"

"Nah I'm fine mum juist tired."

I go in'ae the room, close the door, sit oan the single bed an remove ma hoody an shoes wi great effort. This is the room I spent the latter hauf ay ma childhood in. Thankfully they've done away wi any embarrassin cliche band posters an it's juist left wi the bed and wardrobe, an the first guitar we had in the family oan a wee stand. It's been painted green (the room) an there's ma maw's type of rugs, kinda Africany, woven hings, oan the flair.

I sit fir an 'oor, scrunchin ma eyes, grindin ma teeth in discomfort, try'nae work oot that night, an aw the other nights a' idiocy. It's barkin, but somet'n aboot think'n ye've ruined yer life is comfortin. It's trauma. It's a wean clatty wi dirt obliviously playin wi thir dinosaurs while thir alky parents scream at each other. It's a wee blanket roon ye, like wan ay they scratchy wans ye uised tae get that ye don't see any mair. Ye know, the tartan wans? Nae wunner ye don't see thum any mair, why would ye gie a scratchy blanket tae weans? Go 'ae the bog. Look in the mirror fir a second while ye wash yir hauns. Mistake. Know that wiy ye hink ay yirsel, in yir heid, aw handsome an yir quirkily unwashed hair hingin healthily oan yir shoodirs, aw mysterious and troubled? It disnae transpose intae real life too well. Thir's some mess ay a boay in the mirror. Bloated, baldin an lank. Whit...happened there? Turn aff the brutal sharp light. The angle ay the saft wan casts shadows oan the scars left fae the acne, it could be the same face. Are the eyes the same? Blacker maybe. Too black tae see whitever mechanism pushed this mess ay sinew through the last fourteen year.

Pffffft. Back tae the room. I lift the guitar efter...time, gie it a wee inquisitive strum but it's howlin ootae tune, so I tune it by ear, which takes aaaaagees, and start fingerpick'n "These Days" by Jackson Browne. Everyone has a song or a lick or tune or something that they play when they first tune an instrument. The thought presents itsel during ma wee indulgent rendition that Cathal wid approve ay this, this pure expression of real, terrible feelings, wi nae agenda, what wi ma real "blue" situation. A brief, weakly stewed idea floats tae me that ma life went wrang cos I wis meant tae be a singer an no an instrumentalist. Then I hink nah, Cathal wid prob'ly think ma singing is shyte. He'd probably be right.

Though perfectly aware, inescapably, ay whit a cliché I am, havin bin recently dumped, sit'n singin sad songs in ma teenage room in ma maw's hoose, it's far too temptin tae indulge and have a wee sing-greet an feel sorry for masel. An thir's that cruel musical phenomenon: ye'll play yir best this wiy, traumatised. It's lit super powers. Nevvir did I play like this in front ay another person. It's lit havin a heightened awareness, when yer daein yir hing and some auld drunk jakey is screaming at ye in a pub that yir playin the wrang hing, time slows right doon 'n each note is suroondeed by air. Maybe it's adrenaline. Auld Cathal wid say it's the magic. "It."

Stick the laptop oan, Lord ay the Rings will cure iz, distract iz at least, openin credits...What an indulgent generation we ur. See, wir Da's, back in eh day, they wid just go 'ae the pub and get blazin, repress the fuck oot the pain like guid workin Glaswegians an get oan wi it. I like think'n aboot them. The last generation tae huv proper fore-erms. Ye cin go 'ae the gym aw ye want but ye don't get guid fore-erms fae anythin bit a lifetime ay actual work. Iona's auld da's like that. Big, bairdy afore it wis trendy, fore-erms 'n legs lit tree trunks, unrepentant belly, claithes covert in paint. A great man 'ae luik at. Though eh'd hink I wis a "poof" fir sayin that.

We, the children ay the eighties an nineties, wallow in wir devastation fir weeks, months, and people let us. Encourage us! An we dae hings like play sad indulgent soft country songs and think aboot problems. Whit happened tae us? Mibbe Iona's auld man is right. We never knew whit we wir born wi.

A greet and play fir a guid three 'oors, if that's possible, the whole repertoire, and that fair works up the hunger so I decide tae go doonstairs fir somethin tae munch. Ma maw is nappin. She sleeps peacefully an un-guiltily oan the couch every day. Mibbe that's 'er secret. That an she wis nevvir an alchy mess that treated people like shit.

Efter makin a quality cheese 'n tomato sandwhich wi white breid as quiet as possible I start walkin up the stairs, an as I put ma foot oan the first stair, I catch a glimpse of the outline ay a wumman oot the corner ay ma eye, staunin near the curtains. "Oohyafuckin!" I exclaim, an thoroughly shyte masel. A tingle flood'n doon the back an the hairs staunin up oan the neck.

"Ye awright son?" Ma sits up worried.

"Eh?"

"Ye awright son, ye've been staunin there fir aboot five minutes?"

"Wis ah? Thought ah saw somethin."

She squints 'er eyes at me. She prob'ly knows somethin...somethin wise that I'd juist reject as ye dae when a parent imparts wisdom.

I sleep that night, one ay they crackin sleeps ye get when ye've gret yirsel back intae emotional equilibrium. A feature length greet. At that point, at night, ye can convince yirsel ay anythin.

I'll sort masel, this is it, finish...finish hings I started...show Iona...show aw ay thum...no a bad...bad person...

***

The fear ay that dread hittin ye again is as bad as the hing itsel. It takes me hours tae consider showerin. Maw an da ur away tae thir studio, and it's winter so it'll be dark in aboot three 'oors. They'll be haim the back ay five so I'll nee'ae be gone or get hassle fir stayin in aw day, juist like auld times. I know I should be look'n fir joabs but as ye can imagine, cannae bring masel tae. A far mair soothin temporary plan: have a cup ay tea then head oot firra stoat, see if Wullie or Cathal are aboot.

Tea itsel isnae the maist remarkable ay drinks. It dosnae dae much. But somewherr in the course ay wir lives oan these islands we aw come tae associate tea wi great comfort 'n that lasts firrever.

SHANE JOHNSTONE

Like when ye goat dumped when ye wir a teenager, yer maw would get the tea oan an ye'd talk through it: it wis ayr that brew that she'd impart the wisdom that stayed wi ye, ye'd be open, if just fir the length ay the cup, an information could be ingested an washed doon. Ye go 'ae yir gran's hoose when yer granda dies: cup ay tea. Granda's funeral: cup ay tea. Right noo, three, or is it...four days aff the bevvy, I'm abusin it fir its comfortin associative qualities. But it can distract wan fae thir pathetic situation fir only so long, so I fling ma big jaicket oan, lock up an head oot. Even if neither ay the boays are aboot, I better get oot soon anywiy fir some daylight. Us city fowk always loack doors, forget whether we loacked thum, head back, an realise that aye, we did. This I dae. Iona it wis...she pointed that oot.

Since I forewent breakfast I gravitate tae Greggs wi the image ay a steak bake and a black coffee hoverin in ma vision. Sometimes its goat tae be a steak bake. Still only two poun, cannae beat it. Cathal loves a Greggs, I'll gie 'um a text, therr a conversation starter. Greggs he approves ay. It gies us somethin 'ae bond aboot, every sausage roll a mini rebellion, lubricating the conversation intae the guid stuff. It's a bit frosty in Mount Florida an ye can see yir breath, I speed up an boost at a semi depressed pace tae Queens Park, havin a couple a' 'oors of daylight left. There's a wee bench at the flagpole wi a nice view, an I sit doon, painfully aware, again, of the cliché ay a man just dumped, sitting in the park lookin at the view thinkin aboot eez ex. At least I'm no starin oot at a loch. Is thir anythin a recently dumped person can dae that's no cliche? Is it cliche 'ae hink about bein cliche?

Nah. Sometimes ye juist need'ae sit in the fuckin park an look at the view an tan some Greggs coffee an incongruously slam a steak bake and have a good wee reflect. I look doon at the broon ooze. Baith pleasure an shame an Iona's wee, pale vegetarian face will not shift fae ma internal vision.

The gears in ma heid start crankin, strugglin 'ae explain, fir a possibility that this situation isnae ma fault. I goat battered in schuil, hings wir different when a wis growin up, we wir religious, oor attitude tae wummen wis learnt, aw Weegies ur problem drinkers, abusers. Ach. That's enough ay that. Back under the cerpet wi ye.

The coffee works its way intae yir blood first, ye feel energy in yir limbs, heart speeds up, eyes widen. Efter five minutes, it reaches the brain, opens it up like a flower turnin towards the sun. Hnnng. Thoughts left alone wi nae physical output, like an instrument or words or exercise, are dangerous fir us over thinkers. They speed up, become different conversations wi yirsel, layers. Thirr's the narrative, yir logical brain, tellin ye 'ae dae the hings ye've learnt tae believe ur right, an the other brain. The furious fog, the wan

36

that fights fir attention when a personality affectin drug comes intae yir system. No every person is changed by narcotics right enough, unfortunately I don't faw in'ae that category. The coffee, direction-less, allows that illogical, other, gut Shane, the one that bullies past that deepest, milky, tranquil Shane that had five first happy years, tae come tae the surface:

Ye need'ae dae somethin, this is nae guid. Trains tae college: sky's still dark, fuckin deserve better, horrible pub gigs, angry auld men, 'play some Pink Floyd son, no that Irish pish!' Bareley remembered sessions, anxious recordings, push, push, push...basturts...hud it haunded tae thum...never goat that...deterioratin mental health, brain feels lit a dried oot peach, chest's tight, no ma fault...we wir macho then...Aht's Glesga fir ye...nights oot and in tae try and show friendship, tried ma best...naebdy tried as hard as me...naebdy... world's fucked...world's fucked...blackoots, hink yir winnin, hink yir winnin an 'en fuck ye, albums deid in the wa'er, they looked doon oan me...no a real folkie...no fae the tradition...ye nee'ae grow up in it...cannae juist learn it...cannae be learnt...poisoned by wine in the bakin heat in Italy, poisoned in Austria, Germany, Belgium, Holland, the looks oan thir facees, no impressed, juist sad, didnae understaun, fascinated mibbe...Flemish thought ye wir scum...why Glesga...shouldae been born in the Highlands...how could ah no huv been born therr...aye...nee'ae dae somethin...nee'ae chynge, chynge completely, need baith Shane's 'ae chynge, the tap an the boattom wan...

Young, unbitter studenty types walk past laughin wi thir bairds an stripy troosers. Whit dae they know. Whit real life huv they had tae deal wi. Aw thae years makin yirsel ill forcin yir hauns tae play trad, no a real folkie...Ach Shaney Shaney boay, whit ye gonnae dae...

Images of a version ay masel that could play flute an whistle lit a real folk musician float tae the front...surroondeed by real musi-cians: "Banging triplets mate...Nice rolls sir...sounding michty..."

Balance a fragile sense of self worth an identity oan the playing ay a particular musical ornament. The triplet. Three notes jammed intae the space ay wan an then thir gone. An ornament so minute that punters don't know they exist. But if ye juist execute thae ornamental Ryan Flannigan triplets oan that whistle, play rolls perfectly, sing deep fae the stomach wi lots ay lovely ornaments and get in, get in, get in with thae musicians. Fir whit? Thae musicians don't gie a fuck aboot ent'n that goes oan ootside ay thir bubble, a bubble which has nevvir contained a person whose parents had less of a joint income than sixty two grand a year. How did ye no juist stoap five days ago...whit happened tae ye...Scotland's elite, the academyfolk, the inner circle. They'll never accept a bitter non native, a Weegie, wan that might...huv somethin tae say, live in

Glasgow though they dae. Wi eez grand ideas, a chip oan eez shoulder, wi eez inability tae socialize wi'oot six pints. Ye made yirsel ill... took oan too much...get a joab fir her...fuck the loat ay it...An for this, ye make yersel ill an fail tae see ye've hud everyhin right where it should be? Fucking arsehole, idiot, numpty, fucking tube, alky, worst cunt mess, weirdo...they wir right aboot you, there's somethin wrang, somethin no right...

A picture offers itsel fae the confused wasteland in ma brain, an idea. Wir very superstitious aboot ideas, ma type. They must come fae some deep sacred place within us and be listened tae and nurtured, a gift fae the ether. It's a idea that's always floated itsel 'ae me in times ay turmoil: that I could move tae Uist and work in the hotel, look solemnly oot tae the sea on ma time aff, maybe be approached by some beautiful mysterious island lassie wi dark hair blowin in the wind. An I'll be attracted tae her an her tae me, an she'll find iz mysterious cos I refuse tae touch a drop a' alcohol an I'm always writing in ma book 'n I'm quiet 'n tortured 'n that. But alas she's planned tae emigrate tae Australia an she's got a joab there, an I'm haudin a caunle fir an auld love, so we have tae part knowin that it wid nevvir be...

And I could get intae writing ma buik, an in it wid contain the truth and a deep lamentin apology, evidence ay ma transformation an that I'm nae longer a despicable, alky, obsessive compulsive neurotic bitter train wreck. And it wid become famous, under a pseudonym, an Iona wid read aboot it in the paper an know it wis me an forgive iz, seein how righteous I've become. Fuck aye man, I'll dae it! I'll go 'ae Uist and be healed by its pure sea air and achieve fluency in Gaelic an learn 'ae hink like an indigenous person, I'll find the answer there and - the phone bleeps: Cathal, eh's up for a stoat and I've to head roon his wiy, eh'll be oot in 5.

I gie wan ay thae exhales which results in a wee cloud a' vapour. Ye know when yir gettin aulder, when ye start exhalin 'ae make a point, aboot the effort that's invloved in the act of staunin, even when there's naebdy there. I staun up, patch the coffee an steak bake wrapper in the bin and set aff towards the Viccy, where I usually meet Cathal.

As I walk I stuff ma hauns in the poackets of ma big coat, cos it's cauld, an hauf shut ma eyes against the noo dryin yir eyeballs oot wind, an I cannae help but imagine masel in this moment some kinda deep Bob Dylan or Jack Kerouac figure, with insight and unreachable depths because ay ma sadness. Wanker, you wanker. I walk past two lassies jogging, allowing them tae catch a glimpse of ma wounded depth in aw its squinty splendour. Idiot...bloated... beer belly...need a haircut...beard like Alan Parsons fae Jumanji.

Spot the big yin fae the tap ay the hill. It's normal tae me, that he dresses so gallusly even when goin on a wee stoat aboot the South-side. The only time I ever match is the winter when I've goat ma big coat oan an that requires me 'ae wear boots and no trainers, cos ye absolutely cannae wear sannies wi a winter coat and even in ma current state I wouldnae dare. Ye can see the long black barnet wi the absolutely no receding Irish hairline, leather jaicket, jeans that fit (a rarity fir maist men ma age) an tan Bruce Springsteens fae the tap ay the hill. Eh's a sticker oot, nae doubt.

The grin that occurs oan meetin that type a' pal appears oan ma face despite the madness in the background, yet we spot each other fae far aff and I cannae maintain a solid eye contact fir the thir'y seconds. I dae a stupit gesture lit a cowboy haudin a gun, 'ae try and seem a bit less awkward. Ye daein?

We catch up quickly, I casually tell 'um whit happened in a thir-ty second showreel. Iona kicked me oot, I tell 'um I'm fine, even though I'm no. He believes me, fine, oot the road, ontae the guid stuff. When Mairi dumped me back in two thousand an five, he'd logically acknowledged it and moved ontae philosophical monologue within seconds. Back then, I juist listened tae him speak in pure anguish, ma boady wrenchin itsel. Noo I welcome his impenetrable patter as healthy distraction. Eh talks in "jazz conversation," wan big chain of theory, philosophical, political, cultural, musical, histor-ical, an picks apart whit's wrang wi wir culture here in Glesga tae this day wi absolute certainty. It requires concentration tae follow the seemless links and segways, but if ye cin allow the time, it will get ye stirred up. Eh'll float a statement, link it wi somethin else eh loves or hates, link link link, I find gaps here an there tae make a wee contribution. I've known him long enough tae know whit the "correct" beliefs ur, so's no tae distract too much, no tae induce a rant, allowin us tae dig deeper in'ae this particular wee poackit ay the brain that we call wir friendship. It's a kinna movin lecture/ther-apy wi the backdrop ay the Southside ay Glesga.

"...Movin awiy fae punk intae the crisp an cool while in America ye hud..." "Mhmmm."

"Important but pretentious, The Existentialists were up thir ain arses but..." "Aye...yup."

"Eh says that but eez no even read Plato's Republic!" "Oh aye."

"The Jazz men wir the real geniuses." "Aye...uh huh."

"Became meaningless acoustic wishy washy pish..." "Mmhmm"

"Hendrix wis vastly over-rateed, the real blues men were..."

"Absolute worst cunts!" "Aye totally".

Eh gets excited, the hauns an erms start flailin this way an that. Eh works eezsel up tae the point of rage when talk'n aboot modern music, modern people, modern culture, modern poetry, modern this or that. It's a dynamite distraction.

Towards the end I work in the space tae rant. We each have wir topics, mines is the upper middle class, how they've taken ayr the Southside and folk scene, an as always, the Conservatoire. Eh supports iz, tears in'ae them wi me, we pat each other's backs.

Eh hits eez markers. When we reach the garage at Shawlands, we're on Punk. Auldhouse: today's vacuous consumerist culture. Pollokshields: Henry David Thoreu, Blake, the Beats. Strathbungo: French, German Philosophy, Jazz is the only true art form. Pollok Park: Irish Political History. Cathcart: The growing arrogance of the middle class, and the traitorous new emerging petit-bourgeois, wi thir Americany accents, stupit specs, tattoos, beanie hats, an the knoack'n doon ay the Viccy tae make luxury flats.

Finally eh pulls it aw thegither: "An thir's a line that runs through from the blues of the thirties to the beats and the mods an French an German Philosphy an Punk and the Jazz men of the forties and Stevie Wonder and Dylan...." Eh traces a line wi eez thumb an index finger fae eez right side wi eez left haun 'ae eez left, startin at the hip, up, up, ayr the heid, doon 'ae the left side.

I try 'ae focus oan whit eh says, try 'ae match eez conviction but noo the words ur coming limply oot, when they do. I cin nae longer look doon oan these people fae a raised morale platform. Nae longer feel smug satisfaction that I'm a puir, oppressed wee artist an them lesser, faux intellectual hippie capitalists. Bad people. Ma hert's no quite in it.

We have an instinctual unspoken understanding, when it's time ay go up the road, indicated wi shoulder movements. We subconsciously gravitate tae the Viccy. Fawin intae this hauf aware state is guid fir a messy soul like mine. It's a soothin wee weekly ritual, like he said it wis fir him when eh had eez relationship woes. Though at least eh's spared the guilt - eh wis always a guid guy. Eh never did the bad hings. Eh says eez a wee bit scunnert eezsel, nuthin g'n oan wi any lassies, nothin g'n oan wi music. Eez goat a wee idea, a throwawiy wan. Eh floats it oot sideywiys...mibbe me him 'n Wullie could dae a wee project, a writin project, bit he disnae know. Mibbe eh says. I agree mibbe, I'll say tae Wullie when I see um. It's nice that he'd want tae, efter the last three times we tried tae start a band...

Through ma narcissistic gloom a wee bubble of gratitude breaks free as we hug an eh tells iz eh hopes I'm awright. I say I'll nee'ae go, cannae hink aboot hings lit that right noo.

Back haim Maw's goat the dinner oan, fish, tatties an some tomatoey sauce hing. Much needed an appreciated nutrients fir ma shambolic boady that wants nothin but Greggs' steak bake an pity. Nae cookin seeps intae yir weak limbs an restores ye like yir fowk's. Mibbe yir gran's. The two ay us eat dinner an in ma gratitude I try

tae pull ma heid oot ma dour arse an ask aboot her wirk. I hear frag-
ments ay whit she's sayin. She's goat 'er first Scottish exhibition fir
years comin up. A big deal in some circles. She talks aboot it calmly.
The concept is slightly complex, but she always dumbs it doon fir
me. I have a feelin she's calmly producin the best work ay 'er life
an won't be runnin aboot shoutin aboot it. She has the ability tae
turn aff the angst like a tap, so it seems. When it hits six o'cloack,
she enjoys dinner, actually tastes the food, enjoys tea an biscuits wi
shyte tele withoot tearin 'er hair oot, while the rest ay us (ma da,
ma sister Roisin, masel, Cathal, Wullie), we put food in wir mooths
but wir brains are whirling an grinding an turning ayr some project
or impending problem.

"Ye lovin the work then?"

"Aye, I'm enjoyin it."

I resolve at this moment tae be mair lit her an wan day 'ae show
'er thanks fir being so patient wi me, but I say nothin in this moment.
We've no had a real heart tae heart in years.

It's aw politics an art in ma faimily. We wid aw talk so excitedly
aboot politics, Iona 'n me, Roisin, Ma 'n da. Wir roads ur aw differ-
ent, artistically, spiritually, politically.

What nights we hud, the six ay us, putt'n away sixteen boattles
ay wine, (maistly ma da, sister an me). Tearin intae the Tories, the
Media, conceptual art, fillin in each other's gaps in history. An Iona...
she wid drift aff tae bed, always, always knackert. Nevvir, evvir
wid she be smug in the mornins when we hud tae nurse wirsels,
battlin wi existentially threatenin, bone crunchin hangovers on wir
wee caravan holidays at the sea.

But tae really tear intae these hings, wan must possess a clear
conscience an that's no me. Limp. I cannae juist go 'ae bed so I sit
wi her and though the words come oot ma mooth, thir memorised,
drafted fae articles. No the excitin creative exchange ay two artists,
but hollow.

We nevvir meet eyes, me 'n ma maw, no really. I look at ma
dinner, she looks at her dinner, when da comes haim we'll hug an
shake hauns an meet eyes fir less than a second, an go back tae no
lookin at each other. An that's the wiy we aw like it. We flick vacantly
through the tele channels, landin oan some nature program. At least
the wee snakes that eat the lizards don't feel guilt. They've goat an
excuse.

It's clear that she's wantin 'ae move the conversation on'ae ma
situation, and since it's been a marginally less painful day and some
of the anxiety has dissipated it might as well go that wiy. It cannae
be avoided forever. She takes wan ay thae tans 'a tea, wi a wee
breath afore it, that lets ye know a question is comin.

"You're a bit of a mess since it happened Shane, can ye not talk tae her?"

"It's no like that mum, it's complicatit. I cannae talk tae her, no the noo anywiy, need tae git ma heid oan straight 'n get a joab 'n that."

"An the boys'll not have ye back in the band?"

"Nah mum, sorry, I know yir tryin'ae help. I wis need'n oo'ae that anyway. It wisnae...wasn't getting oan wi..."

She takes a slightly tenser breath, a sip, and the next question. Ma arms clench.

"Right...what's the plan then Shane, just sit about here and go to Greggs once a day?"

Her tone shows a twinge ay frustration that wis attempted tae be masked in affection.

"I've got a kinda...idea, something I've kinda always wanted tae dae, I don't think ye'd...agree wi it though."

"Right, what is it then?" Cracks in 'er glossy patience can be detected.

"Well, me 'n Iona had always talked aboot movin tae Uist one day, if we wir gonnae have weans, but we'd like...always change wir minds again. An I thought I couldnae dae it cos ay the music, but thirr's hee-haw happening here noo."

"Right, so what you want to just leave everythin here and hide? Ach, you'll not be saying this in three days Shane. You think you want to quit music again but ye don't, you'll start making some mad plans for a week then go back to it because you won't be hungover any more, then you'll go out and get hammered again, and do it all again."

Ouch.

"Och ano mum but...I don't know. Mibbe ah shoulda gie'd it a miss a long time ago."

"What, music?" Her face twists subtlety. She wants to remind me how they took oot an overdraft fir guitar lessons. Ma granda's life insurance payed fir that guitar that I sold tae get pished, an how much talent I had an how everyone said I had, an thought I wid be famous an that. Thirr's nae doubt that tae some extent it's a wasteful idea. Tae her, the music means keepin me outta trouble, excuses her disaster of a son's selfishness. She was always so proud...I don't want tae, cannae tell her the God's truth ay it, that I truly hated aboot eighty percent ay that life. The lack ay appreciation, the conformity, work'n wi people who fill yir chest wi stress. The hollow compliments fir shyte work, the ragin brides an grooms, pelters, casually aggressive audience bigotry, the fully aggressive audience bigotry. The competition, the rejection, the isolation, the snobbery ay those wi ten grand instruments. Those who 'grew up wi it,' the swimmin against the current...in ma heid I travel back through it

The Gods of Frequency

aw...in seconds, right up tae noo...

"I thought with that last band with Viktor and Wullie that you were finally sorted Shane. It was great! Really great. But I'm going to tell you something that's fir yer own guid and you can lump it. You're far too picky, you want hings tae be impossibly perfect but they're not going to be. Everyone has stress an everyone has to work with people they don't like. And Iona is the best thing that ever happened tae you. And ye don't want tae hear this either but sometimes you weren't the best to her. We used tae see ye speakin ower her when she tried tae talk and it did our nuts in cos that's not how we raised you. You need to apologise to her properly and see if she'll take you back and not wallow about here like a big jessie. And going to Uist is not going to change anything, you've always romanticised that place but it's just the same as here but with less shops."

She still thinks I want that musical life, and it's a ping like the microwave bein done an I realise that naw...naw...naw! Everythin I've been daein is wrang an this discomfort is knowledge, that I need tae, fir the first time in ma life, set oot oan ma ain! Yes! It aw comes rushin tae me a big, liberatin, magic stream, how ma life will be, the whole poetry of it. I'll go awiy an come back an adult! I'll know how 'ae fish and look efter masel. I'll be quieter, I'll listen mair. Ma Gaelic will be fluent. I've nevvir lived anywhere but Glesga an noo I can be one ay thae people who's lived other places. And I'll write the buik there an it'll be real, an I can get it published an wan day we'll meet again like in the films but we'll be even mair grown up. An I'll find some peace there an learn tae live wi masel.

Oaap, she's speakin again. Whit's she sayin, shit whit is she sayin, it's probably important. Whitever she's sayin, she's probably right. C'mon man, focus. I tell her she's right and I'll have a think in ma room noo as I'm tired fae the food an the walk an everythin.

The excitement starts tae build in ma room lookin at possible joabs in Uist online. Thirr's fuck all but kitchen porter positions, which is aw I'm qualified fir anyway. The thought makes me shudder. Fuck it! I fire awiy some lazily tweaked CVs, certain. Definite. I cin see it, conversations wi the wee shoap owners. Get involved in the festival runnin. Start a wee session, go roon aw the auld fowk, collect the stories! An juist five days a week washin dishes, that's aw it will take!

I've always had a great romance fir washin dishes, the nobility ay the work. It lasts, durin periods ay no washin dishes, until the day ay yir first shift.

It's easy 'ae be inspired at night. Aw hings seem possible, even certain. Undeniable. It's a plan and there's nae chance at all that it won't work.

Then the mornin comes and volleys that sandcastle ye built tae bits.

43

***

I sleep long and deep again. Dreamless as far as I cin remember, an wake up wi a whole gless ay watter next tae me, meaning I didnae even wake to take a tan. Usually, it's a wonderful hing. Sleep so deep that the brain is allowed space tae put its affairs in order. Tae come back tae the world lit – "Yass, it's aw solved."

This has been done, but this time, it's allowed the frantic momentum ay fourteen years ay pushin and pushin tae come 'ae a halt and the only reality, in aw the corners ay the brain, is uncertainty.

The ridiculousness, the futility ay aw that effort. How juvenile and utterly naïve. Aw that tryin, forcin, brass necked, bull heided stubborn fightin, wis fir nothin in the end. The ridiculousness ay ma idea which the day before had seemed so pure noo in the daylight under nae influence ay caffeine seems impossible an laughable. The selfishness ay it, the narcissism.

What a terrible hing, the final, total loss ay 'It,' whatever "It" wis, that keeps us gaun. It's juist...

Four...five...six...days previous I wis livin wi the loveliest person I'd ever met, earnin mair than four or five hunner spondoolies a week for two nights work. I wis certain oan at least the maist immediate layer ay consciousness available, that the life ay an artist, a musician wis fir me.

In this moment, lyin here oan this childhood bed, boady complainin ay hunger and thirst with hardly any light tae speak ay, though it must be two in the efternin, the motivation, the desperate reason fir graspin an splutterin an flailin fir the attention ay other miserable people through the medium ay frequency eludes me completely. Nae part ay this brain that I cin access offers an explanation. Why wid humans dae this?

The fear, days efter the point wherr alcohol alone cin be blamed, is palpable in that room. Ye cin see the dark molecules ay it hing in the air. Aw roads had led back tae the makin ay music, but human beings an thir fear an hatred ay things they don't immediately understaun, an their habit ay makin thir feelings known have, this mornin, along wi the absolute ferocity ay the alcohol consumption that matched the manic tunnel vision an never-endin push, flattened this person intae black fuck all-ness.

The next few hours pass in a daydream, the shyte light that hardly breaks the curtains fadin quickly. The last few years come back in perfect bubbles, in nae particular order, the guid an bad hings, maistly bad, that I've done. Some pished, some sober, an I make nae effort to get ootae bed, dress, wash, eat. These memories havnae been requested, and maistly had been filed awiy at the back ay the storage cupboard, gatherin foost. I make nae real effort to push them awiy like I had when I was wi Iona. Just hinkin these words in ma head cause ma stomach tae twist. "Wi Iona." I've nae real awareness ay masel in this state, other than how weird I must look, starin vacantly ahead at the chest of drawers.

The painful flashbacks ur the maist vivid. Ma shyte deeds thrust towards iz in slow motion, even the acts I've nae trace ay visual memory for. That ur pieced thegethir fae accounts gie'd tae iz by various pals who witnessed them, are as real tae iz as though they'd happened.

Ma phone goes a guid few times, but tae look at it wid be tae admit that thirr's a wurld oot therr and people I know, even some people who need me fir hings. I patch it.

This unfoldin process continues past when the keys turn in the door and the sound ay footerin in the kitchen starts. She obviously thinks therr's naeb'dy haim. I hear a low male voice at a point, Da's back. The smell ay stew starts fillin the flat which triggers a rumble in the belly but nae real desire tae move presents itsel an this stomach is too full ay stress tae consider allowin any nourishment tae enter.

Only wan real feasible option comes, in the conveyor belt ay memories and non memories an self-flagellatin thoughts an guilt and guid hings shared wi friends an Iona and noo ma auld man. That I need tae leave Glasgow. It's certain. Imperative.

The next few 'oors are spent in this state ay paralysis. The dam's burst in ma heid an the flood comes aw at wance. I know I should eat but that means leavin this room an talkin 'ae ma maw, da. Nah...I curl instead, phoetal.

Fourteen years ay constant forward motion, nevvir stoappin, breathin, never acknowledgin stress, allowin bitterness tae set in. Thousands ay gigs, sessions, recordins, weeks in the car, in the van, heart palpitations. Whole weeks a' practisin neurotically in the hoose. Aw the drinkin, aw the complainin, aw pass through ma vision an ma defences ur non-existent, so I make nae attempt tae stoap thum, tae divert focus away.

It aw really happened.

There's nae greeting, nae movement at aw.

My solar plexus is writhin wi anxiety, brain fleein like a zoetrope on tap ay a zoetrope. If somb'dy wis watchin they'd see nothin.

"Ye didnae even say sorry or help me try an look for her" "People say that's just Shane" "I don't hink it's okay any mair" "You were mental last night" "Yous coulda done so much better wi that album" "When you come home drunk it's really difficult" "Sorry, I love you man but had to leave last night" "Ye were shouting at them an bangin the table."

"Ye stood up, gestured tae the session an shouted 'Ya bunch a' wee wankers'" "Ye were cawin everyone a 'cunt'" "Ye wurnae makin sense" "Aye ye wir winchin this random guy last night" "Fawin aw ayr the place". "Had yir haun roon thir throat man" "You guys are too drunk to record any mair" "Put yer claithes back oan man" "Shouting Scotland, Scotland!" "Used ma toothbrush" "Whitied in the sink" "Pished in the cupboard" "Brought haim by the Polis" "Tried tae drink the tap watter" "Swingin each other aboot" "Don't hink ye wir quite as smooth as ye thought" "Throwin straws at the bouncer" "Never seen anythin like it" "How'd you get sho drunk man? We drank the shame shtuff?" "This guy wis feelin ye up an ye didnae even notice ye wir so burst" "Trying tae fire intae burds, far too mad wae it" "Had tae take ye up the road, so she wouldnae have tae deal wi ye" "Ye flung yer Chinese oan thir tent" "Ye were grisly last night man" "You're a pure idiot takin a pill fae that guy" "Too mad wi it" "Too mad wi it" "Too mad wae it" "Cannae be arsed wi ye when yer lit that" "How dae ye no juist drink less" "Ah'm gonnae shoot a Tory in the face" "Heard you tried to batter into Cheryl". "Started greetin aboot the African weans" "Aye ah heard yees through the wall". "The same stuff that happened afore" "I'm sorry, don't know what ah'v done" "Get oot!" "Sorry the singer hasnae arrived yet, we can't reach him....full refund" "Uist is pish" "Here dae ye know wonderwall?" "Go back tae Ireland if yer gonnae play that pish, this is Scotland" "Gonnae play Grace fir iz, he's sayin he disnae know it" "Might need to gie the Philosophy Club a miss the night mate" "C'mon, cans in the back" "He's a fuckin..." "Heard you got aff wi another guy" "Had tae drag ye intae the car" "Sorry to tell you Mairead has pulled out of all the gigs" "That hurt man, seeing you guys run away like that" "That zombie Shane is still there, sleeping upstairs" "Yer a baldy cunt last night, nephew disnae gie a fuck" "Aye ye kinda screamed somethin in Gaelic" "'S e ablach lot a th' annad!!" "Dno ye came in an said somethin in Gaelic an fell asleep" "Who you talkin tae ya, ya..." "Lyin oan yer back screamin, Eddy Reader's a..." "Ah'm a protestant noo" "Shane ye wir tryin tae stamp oan yer guitar" "Ye threw yer phone intae the quarry" "What a strange hing tae say aboot somedy" "C'mon, let's get mad wae it...Ah don't want tae...mon...ay awright..." "Greetin aboot yer granda" "Kinda waitin for you tae ask me back out" "Don't sing fae the nose, sing fae here (whacks haun aff stomach)" "Ahhh lovvve yooos" "It's okay, we aw get a wee bit too drunk" "I'll no get too pished the night, just a few then up the road" "Nooooo, where um ah??" "That's a shame, they're enjoyin takin their gear doon mair than playin" "What dae ye mean ye cannae work wi this singer, he's a professional singer" "Ye pure wurnae there fir me man" "Musta left the door wide open last night" "Don't think we can have ye stayin here again" "Aht's a shame, shoutin at them lit that...it's no easy performin" "Tae be honest, what ah've heard the night hasnae been very guid...The wee lassie oan the flute...she's guid...the rest ay them though..." "Aye ye tried tae spark a fag in the venue..." "Fell intae the Christmas Tree" "C'mon, gies somethin a bit special...no just that Irish stuff" "Fuck eez fainted, get him ootae ma hoose, cannae huv the polis turn up here, too much gear" "Any chance of crashin wi you the night...Ah've nae money..." "Have to express our disappointment that the band did not..." "You're drunk" "The worst Ceilidh Dancin ah've ever seen" "Oh I heard about you...the great cat emancipator" "Jesus somedy gonnae tune that banjo" "We think at the last gig some of the students might have drank too much" "Ye disappeared wi some lassie" "Who was that lassie ye were wi...she wisnae that nice Shane" "Cannae get a hawd ay 'um...phones ringin oot...need tae start in twenty minutes..." "And is Shane a qualified guitar teacher? Does he even have a degree?" "You've been sittin in the dark playing whistle all day darling...you've not stopped...I think you should take a break...I can't listen to any more triplets" "To be honest, I expected better from your business, the band left early and ruined our night" "Fknnn...Glasgow Uni wankers..." "It's mental that ye need tae sleep so much man...something no right aboot that" "I take it you're drunk then..." "I hate all that Irish shyte" "The father of the bride is asking if you could stop playing Irish stuff?" "Ahmm sorry..." "Didnae mean..." "Need tae practise...." "Need tae..." "Need tae be better than him..."

The attachment atween the thoughts and boady is a thin string...I see the outline ay a guy in the dark. Long lank hair, thick eyebrows, ungroomed baird, curled on eez bed...starin...

***

I open ma eyes painfully. It's totally dark, an ma stomach is shoutin an bawlin fir food. Musta fell asleep. I look at the phone fir the time an it's hauf four in the mornin. Thirr's twenty wan messages an ten missed calls. Nah. The hunger bein the maist immediate reality I go doonstairs tae the kitchen where I know ma Maw will a' left some stew or whitevvir she made earlier.

Instantly awake and aware, an thirr's...thirr's nae real anxiety left, nae anythin really. As I sit in the dark kitchen tannin cauld stew like some psycho (didnae wantae wake embdy wi the microwave) I feel wi almost perfect calm that I know the truth ay everythin, a phenomenon that certain drugs have afforded very briefly in the past, lit the peek through a windae that the second strong coffee ay the day offers a well rested brain and likewise wi the right strain.

Aye. A perfect calm, a wee windae. Aware ay the finiteness ay it, I sit withoot urgency fir the first time in God knows how long, juist knowin different hings at wance, seein it aw simultaneously, detached, removed, the wheel ay fortune an aw its colours...

At the age a' fourteen we down wir first gless ay wine oan hoaliday at the dinner table in a near wanner oot ay sheer curiousity, at sixteen that wan beer at a faimly barbecue juist to know ye could down it. When we decide tae drink a cloud forms ayr wir brain which eliminates logic, that we'd nevvir meant herm tae anyone, that loneliness and desire tae gie love and be recognised by another person fuse wi a chronic cripplin social anxiety, absolute self doubt and shattered self worth an lead tae manic obsession wi the abstract concept ay manipulatin female people's emotions in wir late teens. An obsession that doesnae mix peacefully wi alcohol abuse, wir ideas ur pieced thegither wi whatever promotional junk is available oan the internet an yir pals' terrible, terrible advice. That the discovery ay a social 'wavelength' or 'character' at age sixteen when we meet wir first pals disnae eradicate, as we thought it wid, the belief that nae person other than yir immediate relatives could really like ye and that eleven years ay bullyin an batterin at schuil will burrow deep intae yir psyche an ye'll probably nevvir truly believe ye deserve happiness an aw that can really be done is try tae traumatise the next generation less...

Wir existence is a series ay obsessions subconsciously offered tae distract fae a deep discomfort.

Shane is nothin but sinew an impulse an accumulated propaganda.

Maist among us chose music because ay what we thought we could get fae it, later tae discover that some kind of expression was possible, but too late tae stoap years ay self destruction. But it's fine!

Aw ma pals, poor humans, strugglin wi thir deep identity crisis, the scourge ay wir time. Music is the French Dictionary that gets stuffed under the table leg ay thir self esteem, which hauds it in place temporarily, but will nevvir be a table leg.

Glesga is ill, legions ay coulda been geniuses batterin thir organs wi the bevvy which is so deeply ingrained intae wir identity an culture that we wear it wi arrogant defensive pride. It's a wee parasite that we've gied a name tae an feed wir blood tae an swing wir can ay Tennents in defence ay when reasonable fowk caw it a parasite. That we take selfies ay wirsels wi, take it oan stage wi, work it intae wir professional life. That we hink it makes us hard, rebellious, "mental," quirky, popular wi other countries. That it makes iz creative, though we never create within a seven days radius of it. But it's nae hassle. It's fine.

This pleasant wee temporary state serenely displays tae me a series ay wee flashin images that could mean somethin or nothin. That don't feel guid or bad, that are juist part ay the architecture ay ma brain the way bricks are part ay a buildin. A faimly in a black hoose, weans battert in schuil. A da, sweatin alcohol, beats eez wife. Fiddle hidden under the coat, sacks ay corn sailin away. A vague abstract sense ay injustice aimed at anyone wi money, vocal muscles haltin in the middle ay a word. A wee gadgie wearin fifties schuil shorts, guy gaun intae a factory, greeting weans, eighties, da's an alchy, son's an alchy...

A wean, parents readin tae it, a teenager, parents staunin ayr, thumbs an forefingers rubbin, makin sure eh studies. A transfer ay money, thir bank accoonts as they leave fir Uni, again when they move in'ae thir first flat, again when they buy a hoose, again when they get married, again when they huv a wean, transaction efter transaction between parent an wean, bit the wean juist sits there when naebdy watchees onywiy, starin at the tele, wi a hole in thir cheist...

Floatin...whirlin...a man sittin at eez laptop, narrowing eez eyes wi rage, clampin eez feet tae the flair...

Dancin in between aw the wee colours an scenes an realisation is the answer...

A straight path...a clear line fae here tae whit ye thought ye wanteed, it tells me whit I'd need tae dae, tae be that trad musician, tae be in wi thae people, tae huv the tours, the recognition, flash, flash, flash...an it throws up abstract feelins...bad feelins...that it's no the answer...it's a desert...it's done wi...

"Jesus!"

My da stauns there in nut'n but boccies.

"I juist aboot shat masel, whit in the name a' God ye daein sittin there yersel in the dark? We thought ye were awiy back tae yir flat!"

"Sorry, ah wis starvin, tried no 'ae wake ye."

"Well ye did. Wi that!"

Ee points tae ma spoon lyin oan the hard flair, musta clattered, musta drapped it. Stew everywhere tae.

"That you up noo?"

"Aye. Gonnae go a run an dae some wirk."

"I'm gaun a wee cycle up the Campsies if you want tae join?"

"Sorry, I should really get back sharp and do some wirk."

"Och okay nae bother."

He always says "Nae bother." Ye always did huv mair important hings tae dae. Wan day ye'll pull yir heid oot yir fuckin erse an dae that cycle wi um. Selfish wanker.

But ma wee insight is still oan the cusp ay ma conciousness so I run uptae ma ruim an write it aw doon in wan big unintelligible scribble in wan ay many wee notebooks I keep in ma bag. Wi the random allowance ay energy that comes wi these moments I throw oan an auld pair ay sannies fae under the bed, auld fitba shorts that ma parents huv kept in the drawers in ma ruim, lift a poun' fir a boattle a' wa'er, pap 'eh hair in'ae a ponytail an head oot.

It's pishin doon, magic! No exactly Linford Christie efter years ay tannin the fags, the run is a series ay well intentioned starts and stoaps, a peaceful hauf five in the mornin Queens Park, in the pishin rain. Cleansin rain! An I imagine some force ay nature healin ma wounded, dried oot boady wi each big dod ay rain in the face slidin aff the branches. Always hated the sun, nae need fir it, ruined in childhood fae the deep association wi the dread a' schuil. All traumas have a sunny backdrop. A close, grey, familiar sky is far preferable tae an immense, endless, expectant blue hing. The park is deid cos ay the rain an this allows firra stroll the last five minute stretch oan the return leg. Since it's oan a hill thirr's a wee orange glimmer strainin fir leverage behind thae hills tae the South, whatevvir thir called. So this is why fowk rise this time ay the mornin, new day new start an aw that. The wee orange light mixin wi the milky light aff the moon oan the wet concrete path glows in the noo spittin rain an fills ma chest wi that country feelin, in the city, that insantly links tae a surge ay ambition fae the gut.

The Supermarket lorries are oan thir rounds noo an the cross at Battlefield Rest is fillin up, an the clatterin ay shutters an alarms an the pushin ay wee security buttons that make a wee bleep which used tae mean walkin haim fae the dancin but noo means ye did well gettin oot yir bed tell ma brain tae be tired an that's fine. The run is done an thirr's coffee galore back at the hoose. Fuck it, I'll tank the last five minutes.

Wi a heart satisfactorily blastin I clatter back intae the close, slow doon wi much weezin an puffin an eek the keys intae the lock an squeeze through the door. A click in the brain, back oan track, I can feel the hangover startin tae leave, time fir a shower an then 'ae face up tae reality an confront aw they texts and missed calls, an whitever they say, I'll accept.

Wan ay the best showers in memory, the maist promisin, wi the endorphins buzzin an the boady bouncin back. These are hauns, I hink. I squint at thum an flex thum through the watter, a snippet ay the revelation pingin roon the dome an the answers flickerin at the edges ay the vision.

When that's done, hair dried, coffee percolated, mair stew heated up, the heatin oan and the livin ruim tae masel, the phone havin charged. I pick it up, finally, press the wee combination in an confront the screen, wi defiant optimism and, of course, inevitable adrenaline.

The smart phone must be wan ay the maist anxiety inducin, soul wrenchin, nullifyin certainties in human history. Aw at once, as soon as the screen shows me aw thae the missed calls, emails an texts, ma heart pummels an limbs go weak an useless.

Almost aw the missed calls ur fae Iona. Which, deep doon, I knew, an buried. As ye dae, if yer a coward. Thir's texts fae her tae, "I need to see you urgently," "Can you answer?" Nae 'x' at the end, but whit did ye expect? To see yir partner ay seven mental years' name withoot that wee cross...

There's wan fae poor, long suffering Rab, whose birthday I ruined nights ago, no fir the first time. A long one. It's what I thought. I'll no be playin wi the boays ever again. Ma comrades, faimly for the last seven year. He tells me whit I need tae hear, but gracefully, wi kindness that I don't deserve. I welcome the brutal honesty, smiling at it. Yes! Yir right! Yir right! I know I'll never dae anythin like it again, never touch a drap ay the stuff.

The next text is another acceptance ay an apology. Nae firgiveness but acceptance. I'll take it. Mair than ye deserve Shanedo. Ffffffpfffhhhhhhhhhhh. Ma lungs let oot air like a burst ballon.

Thir's Wullie requestin ma musical services fir a gig. Aonghas askin iz tae rehearse. Pete asking if I'll be daein the gigs this weekend. I quickly reply 'ae thum aw:

"Sorry I'm no well will text next week x".

I need tae text Iona, an sincerely tae. Shouldnae've dingyed the phone but wis dreadin that final death knell that somehow still hasnae fully arrived. Fir wance, I slowly, deliberately write a sincere text:

"Hi Iona, sorry for not replying sooner, been trying to work through things in my head. I can meet you anytime today or tomorrow for a talk, up to you. Just tell me where and I'll be there."

Shoulda put an "x" in it...basturt...why'd ye write her first name? She'll hate that. That's what ye dae tae a colleague, no yir life partner. The bastartin sun's coming oot noo, bad hings always happen in the sun. The phone pings straight awiy, she's up early as is her way.

"Can meet you today at 2pm, Gusto And Relish",

"Okay I'll see you then thanks x".

It's no bad news. It cannae be bad news if she wants tae meet there. Can it? If it wis bad news it'd be the hoose. Wouldn't it?

That gies me a guid few 'oors tae get ma heid sorted. There's nae question that if she wants tae keep me aboot I will be game. I'm no really sure she even broke up wi me, so great is the fear of bein confronted with yir misdeeds that we'd rather avoid confrontation aw the-gither. I sit back oan the couch wi the coffee fir a think, pushin aside the instinct tae go an pick up the guitar or write or generally no address the situation.

"Never drink again...she's an legend...gies me another chance...

apologise tae everyone...constructive wi the anxiety...write it doon...
Uist wis a stupit idea...gie up the gigs an get work...never touch a
drop again...have tae apologise tae a lot of folk...mibbe a buik as an
apology...sit at ma desk wi a cot beside me...be a da wi short hair
an a baird an specs an a jumper...take the wean tae the park...she's
gonnae tell me...nee'ae make a gesture, ay show.....

A picture ay a new me presents itsel. I allow it: A new, less selfish,
more responsible, more livable wi version. Need a gesture. So great
is the feelin a' hope at this time an the reality ay this new person so
possible. So much understaunin that had tried tae be realised but
rejected. The coffee sends the realisin in'ae overtime, double speed
images.

Therty wan years ay age, this...hing is realizin consciousness fir
the first time, is wakin up fae some dream. Pumped by hormones,
instincts, thin beliefs accumulated fae tele an the internet. This shell
ay meat an tissue has been flung intae the wurl and watched the
whale hing through a blurry lens. Nevvir really contemplatin, ques-
tionin. Juist realisin, juist in time...

The sentences come in picture story, snippets ay the past. Painful
sentences leavin ma gub that wir lifted straight fae the pages ay
some buik written efter two thousan an ten or some article. Each
memory ay a flimsy drunken argument, botched rehearsed chat up
line brings a wee wave of nausea.

Never chose anythin....

Every decision evvir made by this lump a' pickled, cheese stuffed
sinew an gristle wis a hormonal or emotional wave...offered fae
deep doon in the boady in the form ay some urgent picture, buyin
an instrument in an act ay pure urgency wi the last ay the months
cash. Or tae drink again, start a band, learn a language, arrogantly
thrust an opinion.

A life ay imbalanced, irrational, disconnected decisions offered
fae below and interpreteed as precious or gospel by the complacent
brain. And wan hing...the worst hing...that time. Always a shadow
hingin ayr yir attempts at guidness.

Arrogant...infantile...bizarre...disgustin...but no too late...

The instinct tae divert blame rears it's heid.

If thirr's nae conciousness...surely there's nae blame...Shane has
been, until noo, juist a label on a walkin talkin sack ay organs...
almost pet like and comical.....at whit point can we be sure ay a
human's responsibility? Adulthood...which fir me came too late tae
avoid causing serious havoc tae aw in the immediate path ay this
unconscious lump, is startin right here oan this couch...I mean...wi
aw they hormones pumped in'ae yir boady. Whit if thir still swimmin
aboot? Did they make ye act? Two thousan an five, that's yir year...a
mighty, gathering push.

Yir capable of badness nae matter where it came fae or whit events ran uptae it...ye cannae blame the hormones. It just remains tae be seen whether it will define the rest of yir life. Time ay sort it. Time ay change Shaneyboay. Juist need a gesture.

Two or three 'oors pass. Mair coffee.

Piling the caffeine in'ae wan's system probably isnae sensible preparation fir this meeting, but it's cool! Like ye said decisions are hardly made by the logical part ay yir brain. I'm no even decidin this! At least it's coffee...

An legs are walkin up the stair, pickin up the guitar an capo an searchin fir a pick. An legs ur walkin doon the stair an hauns are placin the guitar doon. Thir turnin aff the gas, pourin the coffee in'ae yir da's green an white mug, takin it ayr 'ae the gless coffee table, pickin up the guitar, slidin oan the capo, adjustin the capo cos it's squinty. Noo the right haun is movin an the left haun is movin...Eb... Eb/D...Cmin...Bb...Ab...

"Well ahhh've been out waaaaalki-i-in...

Ahh dooon't doooo that much talki-i-in theeese days,

Theeeeese daaaayyyyyayyyyy-ayayays....

Theeese dayss ahhh stop an think about...

Aw the things...ah forgaht ti doo-oooooo-ooo,

For you-oooh,

And aaaallll the times ah had the chance to.

Well ahhhhh had a loo-ooooove-e-errrr,

So haa-aarrrd tih risk anooothe-e-er these dayyys..."

Thirr's a pair ay hauns puttin the stew fae last night in a bowl an pingin it in the microwave, a heart slammin in a chest, an eyes scrunchin against aw the wee whirlin purple an green lights that are no really there an are exaggerated by coffee or weed or alcohol. Juist a gesture...

Pictures ay the future slide in'ae vision, walkin in the park wi Iona, a wean: a wee boay or lassie tae huv secret wee Gaelic conversations wi oan the bus or park. A wee black haired, blue eyed three year auld miniature Iona ay put oan ma shoulders as we aw walk doon the beach oan wan ay the islands, accompanied wi that feelin a' havin a week aff fae any responsibility. Wi me humbly sayin tae the folk whose lives were made difficult: "Aye that's me aff it four year noo!" Pictures that used tae feature me oan the stage wi Treacherous Orchestra, slammin oot triplets oan the whistle, or bein admired by Western Europeans fir an absolute mastery of beautiful bubbly whistle rolls: "Check thoshh rolllsh out man! Hissh rollsh are sho tight." Pushed aside fir a new picture, there's only ruim fir the wean an Iona an I'm forgiven fir ma sins, thir long forgotten!

An thirr's a picture ay a new man, wan who disnae spend seven 'oors a day in the world ay frequency, ignorin her, mak'n eesel ill.

Playin whistle till it gets dark, forcin competence, who's calm, who listens. It's The Musician! The Musician is the wan that's selfish, who's compulsive, obsessive, who dis the bad hings. Eh's goat tae go. The thinker, the writer, the linguist, wullnae be. Eh'll be conscious. Eh'll be present. Eh'll be guid.

A pair ay hauns puts a shirt oan, a shirt intended tae demonstrate sincerity. Jeans, shoes, head'n oot the door. Time tae boost it doon 'ae Gusto fir a new life. It's a line in-between calm an anxious I'm walkin the noo. Walkin up the hill tae the Battlefield monument, no even remembering loack'n up the flat or walkin up Cummings Drive.

The walk is gaun too fast, wis meant tae prepare somethin 'ae say but preparation always evades prolific procrastinators lit me. Ohhhh shyting, bastarding, arsehole. Heart's rattlin, vision blurry an spin-ny, erms weak. Nearly through Queens Park noo, through Queens Park, the fuck am ah gonnae say? Huff...huffff...huffff. Ye wir never at a loss fir wirds afore she flung ye oot, uised tae speak fir five minutes at a time, talk ayr 'er, trample 'er, shyte oan 'er. Assumed yir constant subconcious vomitin wis too valuable tae censor, that her voice of reason wisnae reason but nagging. Mibbe ye should say that...

Past Shimla Pinks, past ma wee barbers....nod ma heed tae Amaj through the windae, see ma reflection in the windae. She never did like it, the hair, the smelly beard. She never actually said she didnae like it, but ye know. Yir start'n ay git a big baldy spot oan the tap, aw thin 'n strawy. Yir no twenty any mair. Stoap deid. Mibbe...mibbe...a vision flashes tae iz, aw the guid qualities that ma chynged sel could offer her. That's it! Duke in, the wee bell rings, plonk masel doon, wide eyed, thir's nae queue. Only you...me...wirsels an big Amaj...

"Awreet bro? Vit ye fir the day? Vee trim?"

"Wheech it aw aff mate. Number wan."

His eyebrows slowly raise til his foreheed is crumpelt.

"Dje sure? Dje know how short that is bro?"

"Aye man. Defo. Go firrit!"

"Dje vant me 'ae dae ent'n vi the beard?"

"Same, number wan."

"Ur ye sure sure bro?"

"Aye mate. Gaun baldy an recedin anywiy."

"Vell dat's true innit."

Bzzzzzzz! Eh turns the clippers oan, then goes away an faffs wi thum. Ma fingers pummel the erms 'ae the seat. C'moan! I imagine aw the years ay frustration an obsession an constant pushin an badness juist fawin awiy 'ae reveal a Buddha, a Ryan Flanagan. Bzzzzz. Aya f'cknnnn! It touchees ma heid, digs in, owya, Jesus, Jesus Christ. That is short, fuckin hell, ma coupon! Years an years gone. It's an alien, somedy ah don't know lookin back at iz. Quite a bit less like Brad Pitt fae Fight Club than ye'd anticipated eh Shaneboay. But it's new.

"See vit ah mean mate? Short." Juist lit that.

Piy the guy wi cerd - it isnae declined, phew - an I leave the barber, feelin every centimetre ay ma bald dome an face. The breeze gets right in aboot it. Aw the wee ridges. I run ma hauns ayr it, ma face, aw jaggy an fresh, It makes perfect sense. It's only wan block fae here 'ae Gusto. I'm still a bit early. The wee bell rings, walk in, it's aw slow motion. Say hello 'ae ma pal that works there: "Oaft." Eh says. Ye've goat tae say somethin.

Walk tae wir usual wee table at the back, peripheral vision heightened. Everythin aroon is slow an exaggerated. It's tepid warm. The till chings. A saft murmur ay chatter in the background. The coffee machine whirrs. Couples sit wi vaguely agitated weans, dugs scatter the flair. It's a busy place, busy isnae too guid fir her, knackers her. Order an Americano an an oat milk latte, any second she'll be here. The last four or six days huv been an eternity, but I've chynged. Nee'ae show her. Pfffffffffffffff. Try 'ae regulate the breathin, wan two three four hauuuuuuuuuuuuuuud oot two three four hauuuuuud. Aw the infinite broons ay the place swim in ma vision, aw the purples an greens an wee twirlin dots speed up. Haauuuuuuuud two three four ooooot two three four. Coffees arrive, go straight fir it, roastin though it is.

The wee bell goes. It's Iona, her appearance slams the stomach like a body blow. She looks aboot. The waiter asks dis she want tae be seated, she says she's meetin some'dy. Walks in, looks up the back, scans ayr iz, scans back. Sees iz, the eyebrows flicker, revealin little. She walks ayr 'ae iz an sits doon. I kinda hauf staun up, awkwardly, bumpin ma knee oan the table, then sit back doon. She looks tae the side, an back tae iz, an away again.

"Fucking hell."

Ah want tae tell her everyhin, aw that I've learnt, but I wait.

"H-how ye daein?"

She looks at the latte, picks it up, takes a wee tan, puts it doon. Is it me or is thir a wee smile oan the cornir ay that mooth?

"To be honest had a pretty terrible couple of days. That's fuckin weird Shane!"

Ouch. She first named me. She existentially shocks me to make sure I stay present. This is serious. Slam. She looks up at the scarcity ay hair then straight back doon.

"Aye, ah wanteed tae, luik ah'm, ah'm really...really sorry..."

"I've got some news. Before we talk about it I've got a few wee things I need to say."

Fuck. Her eyes flick wance mair 'ae ma alien heid, she narrows 'er eyes an lowers them tae the coffee. Fuck.

A Second Chance
December 2017

Weeks ay relative calm follow ma historic, appropriate arse skelping by Iona, efter the big revelation. Ma brain's minced neural passageways creak in effort tae understaun the last few weeks, years. They offer short, true sentences fae the sides, they drift fae left tae right an disappear. Pregnant. A father tae be. A second chance. It's near impossible tae imagine ever having wan ay thae moments a' clarity where the world snaps back in'ae focus (the mair blackouts ye've had, the lesser thae moments ur). I goat a joab, the wee supermarket oan Pollokshaws Road. Efter a week, the adrenaline's worn aff, the heid still fogged up an the attention dotted. Aw ma worst acts noo play as a black an white auld film wi patchy reception an white noise, watched as an observer instead ay a HD tele wi surround sound. That I've done shyte hings and acted shyte tae people is a rhythmic mantra oan a loop in ma heid. It interferes each time thae feelings a' superiority that uised tae put me oan ma high horse when somedy lets slip a jarringly opposite political opinion tae mine. Even that they wance voted Tory. "But mind whit you did, mind whit ye did but." Mibbe it's juist as well. Ye cannae pass it oan, thae beliefs. Nee'ae gie the wean a clean slate, let thum make up thir ain mind.

There's a loat tae be said fir physical work fir the worried mind. Us musicians, us arty types sit aboot an ponder aw day and tear wir hair oot, quaffing wir fags an coffee an booze, work'n fir wan or two days a week, three at a push, no sleepin fir days, thumbin the screens ay wir smart phones, numbin wirsels, an ev'dy else is oot knock'n thir pans in, forty 'oors, comin haim knackert every night gettin a guid sleep havin uised thir boady. A whole generation is being raised right noo, ay which I wis a part, ay musicians who have never hud the need tae wirk, a new class among the middle. Mibbe they'll never earn mair than twenty grand a year fae actual exchange ay services rendered but somehow always have money. But ur they free a' cripplin paranoia and anxiety? They seem tae be. I don't know. Who does.

Tae be aroon people who don't get paid fir the service ay providin frequencies fir other people 'ae jump up an doon 'ae and moan aboot is refreshin. It reminds ye that yir no special cos ye can play music but yir lucky. That ye huv somethin tae get ye through yir day, 'ae get ye ootae bed fir. When ye pick up yer instrument ye get tae express, connect.

Came across that Iris Dement during a five hour Youtube excursion last night, 'n she says that that's whit music is fir her, that's what she wants tae gie 'ae 'er weans. That hing that ye cin lean oan when times ur barkin, which times ur fir almost everbody really. That gets ye oot yer bed when yer full ay the depression. Her parents wir preachers an lived the Gospel life. Ye suspect that the Gospel singer, whether yir intae that or no, that pinnacle ay musical expression, must be some kind ay 'other'. They must be burstin wi light, whether purely cerebral or spiritual, an that when they sang that wis aw they expressed. But there ye go.

Aonghas says that eh wants tae teach eez weans that it's an income, that any time times ur desperate, they can go buskin or get a gig, they'll meet people through it, people that can help thum.

Some want tae pass oan that big social universe eh inheriteed frae gaun 'ae Ceili Band, friends fir life is whit ye get apparently. It's true, the Irish, they aw grew up thegither, playin tunes as natural as breathin, n' they go aff 'n dae other hings 'n it's fine, they can always come back tae it.

Rab played classical guitar 'ae the wean, plays it Classic FM, cos it apparently gets kicks an stimulates brain development. Mibbe thirs somethin tae that. It's no gonnae dae thum any herm.

I want tae say that aw we want is fir wir wean tae be happy. Ev'dy says that. I want no tae want the wean ay be a wee genius Uilleann piper, want no tae be the sort of da that lives eez broken dreams through eez wean.

Through aw the guid meaning, a wee, toty, obscure, peekin oot fae behind the door part ay me wants a trilingual multi instrumental genius tae join a family band. They say that wance they're born though, that that wullnae matter any mair, they say...

"Shane?"

"Aye sorry?"

"You want me to show ye again?"

"Eh...aye please man, juist so I definitely don't firget it this time haha."

"So ye type yir CR number intae the rooptididdlydandedoo... press function...diddleyspandiflumpdidang, spoondy-roo-tiddley-plong-bumbleydumbleydoo."

Fuck, whit is he sayin? Cannae believe a month's went by, joab, wean oan the wiy, livin thegither again, quiet, allegedly time tae write next week, ultrasound scan next month. Jammy, jammy bastard. Still gaun unpunished. Mental.

"Have ye got that d'ye think?"

"Aye should be grand."

Naw, naw ah don't. I don't have the faintest Scooby Doo whit ye juist said an noo I cannae ask again so I'll dae it wrang an ye'll think I'm an idiot.

"Are you alright to cover the till yirsel fir hauf an 'oor while Chris goes on break?"

SHANE JOHNSTONE

"Aye nae bother."
Oh dear! Shit.
"Hello. Ur ye wantin a wee bag wi that?"

The Superstition Ay Baldy Shane
December 2017

Always, in the layers ay awareness that musicians possess or are cursed wi, there ur wee developin activities, themes, universes. Fir a time these notes and runs and rhythms made up a whole reality. Thirr the backdrop tae every event in yir life. They don't ever stoap, we don't get any peace fae thum. There's nae volume dial in there. The last seven year, erratic, broken jigs and reels have rattled through ma heid, accompanied by a movin rainbow ay increasin abstract anxiety. Recently though, reason fir hope. Sometimes it moves towards somethin new. A soothin, walkin blue note bass and swingin brass that sifts aboot then dissipates. Sometimes thae soothin runs are interfered wi by a mess ay banjo notes. Sometimes a solo oan an instrument ye don't play. Beyond that is another new phenomenon. Under aw that mess, coming fae somewhere doon below, which seems tae accompany a milky taste, is a third harmony. In any key really, slidin up fae one fret below, oan a telecaster. It's partly bein played by Cathal and partly masel. And in this thought Wullie is there, and these notes contain the meanin ay everythin we ever said or thought thegither. I see it facin me, though I know I'm makin it. It presents itself both aroon and in front ay aw the other music I hear in ma heid, like Atlas haudin up the wurld. It sounds an feels lit the enormity ay cuttin a million blades ay grass wi a pair ay nail clippers. Since ma wee breakdoon it offers itsel almost every day, an it might be the answer. An if or when it comes in'ae real life it means a corner will'a been turned. Somedays I listen tae it. Some I dae ma best tae turn awiy fae it, fae the destructiveness ay aw music, tae focus oan whit's important.

The days creep oan. Awiy fae the night that blootered the mind intae a thousand bits. The mind attempts tae heal, tae bundle up the thousands ay fragments that if gathered might form a person. Aw the scattered, movin musical forms form a sometimes tranquil, sometimes queasy backdrop tae this attempted re-buildin. The mind pushes in an oot ay real life, the eyes in an oot ay focus. Among the noise an black an white images ay terrible hings, occasionally, it focuses oan wan. A whole event. Ayr an ayr, fae start tae finish. Thae times when the answer seems closest an that soothin, third harmony is within reach, it pings me aw the way back, graspin fir some kind ay reason.

Jab Him
May 2004

F'ckn brrrrrrrrrrrr, goes the bell fir lunch. A treacherous time fir a second year. Especially in this God firsaken schuil when ye've nae pals tae eat yir basturt lunch wi. "Hawl spotty," hurled fae wan ay the neds. "How d'ye no wash yir face? It's fuckin clatty!" "Fu-ck up!" I bounce back wi straight away, but ma voice cracks.

"Haaaa fuu-hickk up. How are you such a shytebag, Johnstone?" "Shane jab him don't take that shyte." "Don't be a shitebag Johnstone!" "Ahahah mad spotty!" "Mad eyebrows Johnstone."

I pick up the pace, awiy fae thum, breenge straight fir the Cathcart Road end ay the schuil so's tae make ma way up tae Viccy Road fir a munch. Usually two rolls 'n egg 'n tottie scone fae the Queens Park Cafe. Sometimes Mark is wi iz. No the day. Eez awiy wi'eez other pal the day.

Ye luik lit a weirdo, gaun fir lunch yirsel, but right noo, these days, I prefer it. Clear the door at the tap ay the school an shoot up Albert Drive, a hilly street wi trees aw up it, an lampposts that look like thirr fae agees ago. A comfort in the middle of this toilet called Govanhill. I pass the hoose that's abandoned look'n but has a donkey, dugs an some mad birds cuttin aboot in the yard, over the tap ay the hill an doon the otherside tae Viccy Road an the Queens Park Cafe in five minutes.

"Two tottie 'n egg scones an a can a' red bull please meht." Shyte. Didnae quite nail it. I consciously practise ma best ned voice when thirr's naebdy fae school aboot. They'd recognise instantly that I'm really no hard, no a ned but a "pure poof." The guy's exceptionally dour. Eh doesnae even say "awright mate," juist flings two tottie scones 'n eggs oan the fryin hing an gies me the can. "Two for'y." I haun 'um it.

"Saft or crispy?"

"Sahft please." That sounded quite guid. Eh says "any sauce" but like a statement, no a question wherr the inflection goes up at the end. "Broon please." Eh rolls the scones up an gies me thum wrapped in newspaper.

"Yir chynge." "Cheers meht," I practise sayin these hings. Like "broon," an "meht" over an over. Eh lazily hauns me ma chynge but draps three ay the twenty pences an they go skitin ayr the flair. Fuck sake. Ma face goes rid, fuck knows why, an I make a right cunt ay pickin thum up. I take the rolls an can roon tae a bit ay Albert Drive where thirr's big pine trees ye can staun under since it's rainin, take thum oot, an wire in.

Stoappin, havin executed the "get'n a scran" part ay the lunch break, allows some unpleasant thoughts tae wander back in. The picture ay that leader ned's face. The big rock solid Rottweiler foreheid, wee tiny deid psychopathic eyes, big ears, impossibly strong upper boady, wanders tae ma vision wi a wee jump in the chest. Next class is Art then P.E, that means fitbaw. That means hassle.

No a single thought enters ma brain during the school day that isnae about avoidin the verbal abuse that seems tae follow me everywhere. They really go fir the sensitive wans. They juist know.

"Spotty mess," "Lasagna face," "Eyebrows," "Shane's ma takes it aw wiys," "How d'ye no ask some burd tae nip ye?" "How come ye don't clean yer face," "Hawl clearasil!" "Ya smelly basturt, dae you no wash?" "Gadgy basturt, thae shoes ur fakes, only two stripes oan thum," "How dae you no talk ya weirdo," "Here that weirdo Shane juist luiked it me Stewart," "You luikn'it ma burd ya fuck'n bam? Ah'll kick your cunt in efter schuil. Ah'm gonnae wait fir that cunt efter school," "Shady, eh just lets that boay hit him," "How you no hittin me back ya weaklin? Mon, hit iz back, hit iz back!" "You fuckin looknit???" "Glaikit cunt, doesnae even say anythin if ye slag um. Here listen, 'You're a fuckin stupit spotty mess,' See? Disnae even turn roon,"

I walk back up tae school wi the red bull kickin in an the utter dread fillin the chest. Art isnae the worst, sittin next tae Mark an a wee ned called Graham, who's awright. Eh sticks up fir ye when ye get slagged. Eh's goat hair that needs cut, long fingernails wi dirt trapped under them, wears an umbro jaicket which is fae two years ago so eh gets slagged as much as me. Sometimes eh taps ye fags that eh gets fae eez ma, but eh doesnae eat enough, says his maw isnae aboot that often.

We huv tae draw an animal in Art. I can draw like fuck, could since a wis wee. The first class ay the year wi this guy I drew a white wolf an eh said tae ma parents: "This boys an artist," But I hud tae revert tae drawin a bit worse. Draws too much attention. Threatens the neds. Makes thum hink that ye feel yir above them. Ye try 'ae be stupiter in every class.

Eh pretty much doesnae care this guy so we sit aboot an talk. Wan ay the neds whispers "Look, ye cin see up Ashley's skirt." Wee Graham says tae me an Mark: "That's fir beasts that, heavy shady that. Ye cannae dae that, pure shockin." "Huv you ever nipped anyone?" Mark asks him. They clarify that nippin is when ye kiss someone an fling your tongue aboot, as opposed tae juist winchin. "Aye, aw the time, doon ma bit." "Huv you?"

Mark tells um eez story...

Fuck. Even wee Graham's nipped somedy. Mark's goat a guid story, he juist says aye, eh nipped somedy doon in Hagerstown Castle, oan hoaliday. Wee Graham draws a frog. He likes art, eh says. Draws animals.

Me an Mark head tae the sports buildin fir P.E an wee Graham goes tae the park. Eh dogs it whenevvir eh wants, wants tae get kicked ootae school, doesnae gie a fuck. The class we have fir P.E is hoachin wi the maist mental neds in the year, fae the Gorbals or Toryglen, Govanhill an Castlemilk. They're sometimes awright wi me in P.E. cos I'm a decent centre hauf. Depends oan the day. Gettin chynged thirr's the usual slaggins, but thirr's mair ay us so it's mair spread oot, the larger built fowk usually take the brunt of it in here. Wan poor big guy, gets a guid gangin up oan by maist ay the class an naebdy jumps in fir um. I say nothin.

"Ya fuckin fat cunt,"

"Look at the state of ye ya fat basturt,"

"Ye smell. How dae ye no wash?" Etc. The teacher comes in. A big baldy, rid faced guy wi a tash an an umbro jaicket. He barks:

"Right OOT-side the day," an jabs an alcoholic purple thumb taewards the direction ay ootside.

We file oot, aw the neds sniggerin, through the wee door, past the line ay lassies headin ay the gym fir thir netbaw.

"See how much he smells?"

"Chick is puire stunnin in thae shorts!"

"Ayyyy did ye see how hairy Shane's legs wir?"

Past the line a' lassies, don't make eye contact, keep yir heid doon, oot in'ae the rain again, the familiar, reliable, friendly rain. Aw the teams ur picked, I get picked second as this wan ned is convinced I'm guid tae huv. It's rainin lightly noo, which is a comfort. A ned called Ross, a big, skinny guy wi a shaved heid, freckles, huge ears an plenty ay gold rings oan eez right haun, who's oan the other team, is walk'n aboot the pitch boot'n puddles ay wa'er at people. Eh gets tae me, aw I dae is laugh awkwardly, an he's laughin anaw, but efter two mins ay it I put ma foot up (a fitbaw boot, wi studs) an havin misjudged the distance between us the bottom ay ma foot catches eez shin. "Aw sorry meh..." "BOOFT!" A big sovereign littered fist crashes intae ma gub an slices ma lip. Ye know the feelin, instantly tastin the metallic, coppery blood in yer heid an mooth, seein colours, an the adrenaline envelopes ye, stops it fae hurting at aw.

The shock comes fae the embarrassment, nae pain. No yet.

I say nothin, some ay the other boays are a bit shocked anaw, usually a game actually starts afore a fight breaks oot.

"That's heavy shady Ross, whit'd ye dae that fir?" "The cunt fuckin booted me!" "Aht's shady man he's greetin look!" "Here man eez face is aw fucked look!" "Shady man he's heavy bleedin oot the mooth."

The teacher looks oan but says nothin. He's scared ay thum anaw. Eh blows the whistle fir the game 'ae start. It's true, I'm greetin, an that much that I cannae get words oot. Mark asks if I'm awright. When we hit each other it's always on the erms or the stomach or back, never oan the face. That's a different hing. I cannae answer, just nod ma heid. "Yer face is aw swoll up meht, looks heavy bad," Eh says. The game goes oan, I play awright but generally try ay avoid the baw.

When it's done, we come back in the chyngin room an the guy, Ross, walks past. He doesnae say anythin during chyngin. Fir some reason thirr's mirrors up an doon the chyngin room. I turn roon 'ae put ma uniform in the bag since ye can leave in yir PE gear. Ma face is aw swoll up, the top lip aw puffy an red an ma eyes ur red. Thir's dried blood oan ma lip.

Walkin up the road Mark keeps sayin, "Ye shoulda jabbed him back, ye shoulda fuckin jabbed him!" I keep sayin: "S'fine man, s'fine." A weaklin, covered in spots, wi fucked up massive eyebrows, wee skinny erms, skinny hairy legs, an a weird deep voice that cannae say a full sentence.

Back haim, ma an da say hi fae the couch, fae the midst ay some adult conversation. I hide ma face an go straight tae ma room an have a repressed greet. Birthdays comin up, I'll ask fir weights.

Just afore I go tae sleep I ask God tae make ma spots go away an make iz bigger, like I dae every night.

Please Big Yin. Fuckin please.

SHANE JOHNSTONE

Flickers
December 2017

The mind jerks back tae the present. It offers flickers an promises ay slippin back intae focus as I sit waitin fir ma pal Mairi in a coffee shoap callt "Smug" in the west end, near her work at Glasgow Uni. I know enough ay life at this age tae understaun that these wee glimpses are temporary, and it's awready pullin away fae ma reach in'ae the distance.

She comes in, her traditional Euro-peacock big beige stylish jaicket, retro specs, big haunbag, gallous healthy unmatted ginger hair wi the ears stickin oot. She's accompanied wi a wee blast ay cauld air. That we might be able tae converse as normal adults is an abstract idea, so fried are the connections in ma brain.

I put doon "Nausea" (aw the pain, the middle class pain! Ya insufferable, bloated, fat cliche! Aren't ye so oppressed an workin class, sittin reading Sartre in a west end cafe).

I don't look up fully, just at the table, taking wee glances in her direction, in attempt not tae be creepy. She luiks effortlessly healthy fae what I can discern. It makes ye so aware ay the strain ye've pit yir boady through, yir bloateed belly, yir coloured teeth, yir new wrinkles. At least the lank Barnet's dealt wi. I glare a hole of self awareness in ma cliched book. Ye hink yir so deep and smart and troubled, growin up in Govanhill skint wi yer artist parents who loved an nurtured ye an taught ye tae read. You're awful. I feel a tug at my side.

"Shane...Shane? I'm trying to give you a hug man..."

She's at ma side ay the table an I've no noticed, erms reaching oot. An olive branch ye don't deserve.

"Oahp Sorry mate didnae realise, are eh, are ye getting scran?"

"Um...yeah I think so."

Ye've reverted back tae fifteen year auld awkwardness. Aw that 'progress' an ye still cannae form a comprehensible sentence usin yir vocal chords in live time. Why do ye even impose yir awkwardness oan other fowk at aw?

It's ma first social encounter wi embdy other than Iona since ma wee episode. I'm shytin it. I luik at ma hauns as they pull a comically vast coffee cup towards ma mooth. Nae matter who, how close, how auld the friendship, even the closest, it takes me five minutes. Five painful, awkward, long minutes, tae find the flow.

She puts 'er jaicket oan the chair an goes roon 'ae the till tae order food an coffee. She drinks as much ay the stuff as masel. She's tall, successful, fully fluent in three languages noo, just back fae Barcelona wi her work. Just breathe Shane, don't soil this. Her other pals are intellectuals fae aw ayr Europe. She's used tae talkin literature in her second an third languages wi her intellectual pals. She probably read an actually understood Nausea when she wis ten. Why would she want tae hing aboot wi fat failed neds? Breathe man.

I pick up ma buik, tae disract masel. "Somethin somethin and I felt the walls closin in, and I was a dot just lookin at the wall not really existing or..." These Existentialists, whit ur they even sayin?

She sits back doon. Haul ma eyes up tae hers, social level. Nae bloodshot eyes, just pure whites and then brown. But then she's no recently been poisoned by alcohol.

She's goat a smile on the corner ay her mooth.

"Good to see you!"

"You too mate!"

"Ehm...that barnet is pretty radical Shane."

"Aye haha..."

She disnae say it looks guid or bad. I suppose yir ain barnet isnae of major consequence tae maist people, but paranoid theories oan whit 'er opinion might be linger anywiy.

"So what have you been uptae?"

"Just eh...pfft...loads ay hings...been writing, goat a new joab."

"Oh right where?"

"Co-op, the wan in Shawlands."

"Oh that's handy...are you not playing with Rab and the guys any more then?"

My heart swells and I leather it back into its box.

"Nah eh...takin a wee break fae the gigs."

I quickly fill her in, looking doon, not riskin any further meetin ay eyes and what they'd show. She quickly does the same, she's juist back fae Barcelona, diplomatic trip tae Dublin, work is mental. We know why wir really here:

"How wis the hoaliday?"

The smile erupts, it's aw straight white teeth an bashful lookin doon at the table in a way that pings me back. 2005, the smell ay Daz washin powder, the time I wis wearin Rab's parka which smelled ay that, the songs fae that CD she made us all, whirlin back wi a wee glimpse intae somethin profound aboot that time which wis, the last time I wis truly innocent before...

"Well eh, I've got some news..." The left haun sports a wee, tasteful engagement ring. Jesus that's tasteful. I mean...I hink.

Ooaft, that's a new hing. A flash, a twist in the gut, a no quite diagnosed incongruence. Cathal's face presents itsel. He'd say: "That'll be aw the conformists noo, like "oh I'm thirty, better get married and have kids right away!"

I say: "Aw amazing mate! I knew it!" We staun up ayr the table, an hug.

"Another coffee 'ae celebrate?"

"Too right."

Cathal did predict it aw, the weans, the marriage, the hooses. Is eh right? We banter aboot weddings fir a bit as she brings the second coffee. "Fuckin hell, the size ay that coffee though!" Relief creeps in the side an the coffee opens the foosty neural passageways: we'll have somethin tae talk aboot fir the next year ayr coffees. I dae struggle when no oan the subject ay music or Gaelic. When ye gie up the drink, when ye cannae go tae that character any mair, the life ay the party, the happy drunken musician, the "Oh Shane, whit's eh like eh?" Ye need these hings.

"We've goat a bit a' news tae…"

"Oh my god…is Iona…"

"Aye!"

"Ahhhhhhh!"

Under the influence ay guid news an a comedy sized west end black coffee, a communal feeling allows itsel space. Juist a flicker. An there it is. Just a root-concept. Tae be normal, tae be balanced, tae talk aboot hings that urnae conceptual, juist tae have guid pals who juist look oot fir ye an you fir thaim. Tae huv auld fashioned, non musical news fir wance.

It's relief. Nae contrarianism, nae "this is whit's wrang wi the music industry." Nae conspiricy, nae hate, nae spewing. Normal, glorious everyday shit. I walk her roon tae her building at Glasgow Uni, accompanied wi a line ay patter that's so predictable that it fills me wi elation.

"Ye know ah've been hink'n aboot 2005, before we hud aw this. Juist cuttin aboot, nae responsibility, 'n Rab had braces n'you had wee ears that stuck oot a bit 'n ah wis a wierdo that walked aboot punchin eez haun."

"Aye, changed days eh. That was a quality time. I think about it a lot these days as well."

Thirteen year since we aw met, since ma first conversation wi a female person other than ma maw or sister, which wis nothin more than the exchange ay strained frequency but made ye feel that little bit less terrible.

Mired in yir ain shit, ye'll never know whether others feel sorry fir ye or want tae throw back wi ye, but she humours me, listens tae me, the words leave ma mooth, she watches wi the calm wisdom ay someone who appears tae base her life oan measured decisions, no impulses. Who nevvir seemed tae feel the need tae blooter thirsel. By the time we reach her wirk, wi the view ay a guid snippet ay the city, I'm gone. A chain of thought that I need tae hold on'ae oan this noo distracteed wee walk up the hill, covered wi frost, as I struggle fir balance wi shoes that loast thir grip years ago. "It" is oan the edge ay ma mind.

We've awready left each other by the time we reach the door ay her buildin an have an overly polite guidbye. Straight awiy I WhatsApp her fiancé, Malcolm, wi congratulations and feel a surge ay goodwill as I walk back doon the hill, daein ma best no tae deck it ayr the homeless man covert by a sleepin bag, stuffing the stab ay guilt awiy, under the cerpet wi the rest.

Jump the subway fae Hillheid back tae Buchanan Street, gettin a quick blast of the Nausea, see what Sartre has tae say tae it. Among the rattling of the underground train, the jumbled, real words on the page an the abstract ones whizzing aboot ma brain, a sentence sticks oot. That I had lied to myself for ten years. The buzz ay recognition an validation echoes in ma heid, an wee droplets ay the ambition that wis crushed returns.

As I step oot the subway at Buchanan Street, finally, finally, wan ay thae moments. Fir the first time in at least a month, certainly since the last consumption ay alcohol an fags. It's a rare, precious moment ay enlightenment like tae that which I uised tae experience weekly or even daily, which years ay cynicism and alcohol and fags an take aways an failed ambitions have quashed. A brief transcendence intae colour from the dull, grey background film.

The words, the barrage ay useless information, memories an music don't exist in this moment, an the people aroon cease tae be walkin smokin shells an be humans ay colour again, wi lives and souls. This must be the result ay a month's abstinence fae alcohol I hink, an the presence ay coffee wi guid souls. It's taken a month ay exercise, contemplation, art, adrenaline, news and impendin fatherhood tae start tae throw aff the shadow of the last drink. And two days ay these wee meetings that I'm realisin are actual food fir the soul, an tae neglect thum is starvation, much as we'd hibernate firevvir if left tae wir ain devices, Iona 'n me.

At the end ay Buchanan street, the barrage threatens again, but this window is strong enough that it can be pushed aside. I can easily turn the focus back tae the people aroon, guys wi bunnets an grey hair pokin oot the side, wummin wi long jaickets wi billowing stressful steam, belting aboot fir Christmas shopping. I don't hink aboot Scotland, or Glasgow, or life, or anythin.

The spirit ay community and ma physical detox has finally pulled me back, momentarily, above watter, an I resolve tae live lit this mair. The answer can always be found in other people, when yir ready, I hink. The state wullnae last. "It" never lasts, and I lift the laptop as soon as I'm haim 'ae try an make it immortal, knowing full well that if I stoap tae allow the flood to return it will be swept away. This window, this state feels better than the shallow buzz of executing a reel over a dance beat or slammin oot banjo for easily

impressed, greyin punters. Banjo that means nothin, juist a series
ay fast notes ayr a popular song, an again I question the last four-
teen years and allow regret to soil ma fading victory. Ah well.

Cathal's Idea
July 2005

The summer hoalidays ur impenetrable. Wan by wan we've turnt sixteen. The last ay iz the day: Cathal's birthday. Me an Rab sit in Cathal's room wi-oot urgency. Eez maw's made us cups a' tea wi plenty sugar, an pizza. The room's aw blues: blue cerpet, blue curtains, couches, bedclaithes, some wee futon hing. This summer's aw newness. New pals, new age, new smells. Ma skin's finally cleart up, finished wi thae bloody hormones. Juist need'ae apply Vaseline 'ae ma lips every hauf 'oor fir the dryness. Fullae beans lit nevvir before. Burstin. Fillt oot a bit. I walk aboot punchin hings: bins, lamp-posts, ma haun. The edges ay ma vision shimmer a bit rid. Shaved ma heid tae. Number wan. Looks fairly mental. Feels mental.

Cathal stauns wi wan leg up oan the wee futon hing, showin us eez guitar fir the first time. That eh could play wis only rumour uptae this point. It's black an it's goat a wee wire that goes intae an amp, it makes a noise that I seem 'ae recognise. Me an Rab request hings wuv heard, lit "American Idiot," "Can't Stop," "Smells Like Teen Spirit" an "Bombtrack," an eh knows them. Eh dosnae play the main bit that ye would recognise but another bit that ye kinda recognise that I thought wis somethin 'ae dae wi the bass. Turns oot its no an the bass is a low hing. Eh does this hing tae, which starts up the tap end near the big hole an climbs doon. It's excitin an I instantly, badly want tae be able tae dae it. He looks quality wi long black hair ayr eez face an the leg up. There's somethin aboot the whole thing. Wee lines jump oot in'ae the air fae the amp or the guitar or him. "Sumbuzz," big Rab says. "How long dae ye need'ae play afore ye can dae that?" I ask. "Aboot three years" eh says. I hink eh's chuffed tae be showin us this.

Efter a guid 'oor ay this eh carefully packs it awiy intae the corner ay the room, hauns shakin slightly, an we start makin moves, it still bein light an warm. It takes a while 'ae get gaun. Rab likes tae pick stuff up, turn it ayr, look at it. Eh picks up CDs, looks at the back, then the front, then takes oot the wee leaflet. Eh's that relaxed eez boattom lip seems tae hing there, takin a brekk. Wi juist t-shirts an joggies oan, Cathal wi consciously smart jeans an Doc Martin's, a few poun in wir poackets fir the inevitable scran later, away we boost. Tae Shawlands, The Shields, tae Maxwell Park, then ultimately Queens Park, where we meet the group, where everythin is pink an purple an blue an green an orange, an the smell ay Daz washin powder follaes iz.

We talk aboot lassies that are hingin aboot the group of pals. Every conversation ends up there. Cathal isnae happy aboot thum hingin oot wi us. Rab is fir it, bein the sort tae like everyone. I maistly listen an skelp ma left haun wi ma fist. Everybody's been designated a lassie tae "fire intae." "Firin in" will commence later the night. It means, fae whit I cin make oot: sustained conversation. Ah mean...De fuck?

Cathal an Rab've decided we should get me 'n Rab some instruments, tae start a band. Rab's gonnae grow eez hair long lit Cathal, they agree that I should tae. I say mibbe, but would it no take ageez cos I've goat a baldy? They say ye need tae dae it fae the baldy stage anyway. So it's aw even. I say mibbe. Rab's chosen the guitar so I'm left wi the bass, which is fine cos it's kinda a guitar, apparently. Cathal's cousin Mick plays the drums a bit. We talk aboot aw the hings we could play, the songs we could dae. Cathal rules oot a guid deal at the outset. Punk is eez hing. He talks wi intense certainty. We'll be a punk band. I shoot ahead a few year, til I can dae that twirly stuff. A picture presents itsel ay the three ay us playin a Red Hot Chilli Peppers song, daein the twirly shit, an dazzled admirers gaun "Oooh!"

A coupla laps roon Maxwell Park, then roon tae Crossmyloof, past Rab's hoose. We meet eez da ootside the hoose, eh's fully pished. Eh luiks at Rab: "Luikit the sizeayye son...ye juist...don't dae it..." Eh's goat wan eye kinda open an wan leg is searchin aboot fir somewhere 'ae staun even though thirr's plenty a' pavement. Eh goes in. We pish wirsel fir aboot five minits, none mair than big Rab, then head tae the Queenie, via Ariman's.

Queen's Park. The center ay aw that is.

I've yet tae survive mair than two minits in conversation wi a female person, but aw the other boays manage almost indefinitely. Thirr's some kinda correlation between how long ye talk tae them an whether they "like" ye or no, apparently. I resolve tae talk fir mair than five minits, an rack ma brain fir some hings tae say. There is wan. I've sorta talked tae afore, she's talkin 'ae everyb'dy, she's kinda gaun roon, here we go...here we go...

"Hi!"

"H-" (That wis too low, I alter ma voice slightly 'ae be in a higher register, lassies apparently don't like boays wi low voices).

"Aw-Awright!"

F'ckin badoom!

"You're Shane aren't you?"

"Ehhhaye. Yirinmaphysicsclass!"

"Um...sorry?"

"You're...inmah...physeecs...class."

"Oh yeah that's right. You sit behind me."

Basturt. Makes ye seem creepy. Shit.

"Howd'yeknowChris'n'Rab'n'aht?"

"Umm..."

She takes a wee minute tae register that, does so patiently, and replies.

"We met on the school trip, we were all on the same bus. It was really fun."

"...Yeenjoyit aye?"

Oh dear.

I imagine this is whit soldiers in the First World War felt like. It's fuckin solid. At least the war didnae involve so much talkin. Chris stoats up, the transformation in 'um the last few weeks, eh's Oot! Still an awkward boay like aw ay us, but eh's ootae that boady. He flounces aboot, entertainin, campin it, daein accents, impressions, singin, twirlin, I could nevvir dae that.

I look at her talk'n 'ae um, laughin, ears stick'noot the sides ay 'er ginger barnet a bit like the lead singer fae Kings of Leon, that band Cathal showed iz, but a lassie. She's goat braces an wears converse trainees an her feet kinda stick oot sideways. But she's been "designated" tae Chris, he's the wan that likes her. Fuck it. Juist the talking tae, the havin had her attention oan ye! An elation that's been held back through years of eating lunch masel.

Aw I can hink ay 'ae talk aboot wi her is other members ay the group, I ask her questions aboot 'er pals. She has two pals wi 'er. Rab an Mick have thir eyes oan them. She's very polite. Wance or twice her eyes dart tae big Rab. Wan ay they miniscule movements that seem enormous in the moment.

The idea that she might fancy 'um though it widnae be "right" grinds ma stomach fir some reason. The image ay the two ay them winchin hits me, him aw big an handsome an gallus an lanky an black haired (lassies prefer guys wi black hair apparently) an her wi 'er hauns oan eez back. Euuuucccchhhh. I ram it oot ma mind. Ma fists clench 'n I start punchin ma haun absentmindeedly.

Thae two minutes huv made ma day, week, month an relief washees ayr iz. It's the longest conversation av evvir had wi a lassie that isnae a faimly member, an even then...I hink aboot how girls might fancy iz a bit if I played the bass because lassies like people that play guitars apparently, as well as guys wi six packs, guys wi black hair, guys that don't huv really low voicees, don't huv big eyebrows, guys wi heavy clear skin.

I'll need tae dae that again. Talk 'ae 'er again. I can dae better. Juist nee'ae hink ay some better patter. How do ye make the hings ye think inside ye come oot, through yir lungs, yir voicebox an oot yir mooth, in another person's direction, withoot thum bein aw jumbled thigither?

Thirr's some staunin goin on. Just staunin in the park. Wee Chris is in the middle ay the group askin questions, movin eez hauns a lot.

Eh's guid at impressions, he does a kinda camp American accent an quotes some film that everybody's seen an the whole group laps it up. At times thirr's nae sound except me punchin ma haun.

"Sckluik! Sckluik!"

The lassies sometimes look at me wi a raised eyebrow. Ur they impressed wi this manly display?

When it starts gettin dark, the sky aw orangey an purpley, we aw walk back Pollokshields way, since we aw stay aboot there. Rab, Mick an Chris pair aff wi the three girls an me an Cathal follow up the back, talkin aboot wir band. Him comin up wi wir setlist, me jabbin the objects we pass. I try ay stoap ma eyes fleeting tae Mairi, talking wi Chris so animatedly. I juist don't get how ye dae it.

We aw walk each other 'ae wan another's hooses, it turns oot Mairi lives roon the corner fae me so we get an extra two minits a' time 'ae talk, or rather I'm afforded this time 'ae attempt talk tae 'er. Fadoom! Daz washin powder an purpley perfume fill ma nostrils, an the milky sensation ay comfort underlines the jabs ay conversation in the form ay wee questions that come fae the back ay ma heid roon the side, tae the front.

"So um, why do you walk about punching your hand?" Like hurtlin oan a fuckin magic cerpet made ay cloud here.

"Wis oan'ese drug hings fir ma acne, they makeiz daeit." Whit a cool hing ay say, I hink, 'n wonder if lassies like weird stuff lit that. She disnae stoap tae say bye when she reachees the corner where she lives, juist keeps gaun. I lie oan ma bed an faw asleep like a big heavy stane hittin a pile ay wet sand. The wee nuggets of conversation shimmer before me aw night. It's a pure, comfortable happiness ay sheer light, untroubled by darkness or guilt.

I resolve tae dedicate every ounce of energy tae somehow extendin that conversation. Chris? The decision plants itself, lit the roots ay a tree crawlin down, further than the brain. Every detail ay the day is somehow available at once. I don't suspect I'll hink aboot anythin else, ever again.

Mair Days
December 2017

As the weeks faw by the tight knot in ma chest shrinks day by day, an the acknowledgement ay ma drunken sins trickles away tae a few words in ma heid noo an then: ye did this but, ye did this but. The fear that the chynge wis only temporary reminds me that it isnae, any time the temptation tae mount that morale high horse an look doon oan others arises thae wirds are therr: But you did this hing.

I hink sometimes, sippin the coffee at wir wee desk in the mornin, or while slammin stock ontae shelves in ma wee supermarket, ay the type 'a justice that Cathal endorses. Eez calm, angry face, speak'n through the teeth. "That a bad person is bad an eh has tae live wi eez-sel bein an utter cunt an that's punishment enough." But thir wir times these last weeks a woulda welcomed a guid floggin. A guid auld fashioned batterin.

Cathal's face is vivid in ma heid these days. Eez definite wiy a lookin at hings, guid an evil, right an wrang. Mibbe I need that. Eez wee face, long black barnet, smilin, eez voice, the rhythm ay it, tearin some person or other ay bits. Eez monologues are burnt in ma heid like a film ye watch ayr an ayr. The history ay American Music, the Philosophy, the moral code, the rhythms ay it.

Whit if eez right...is eh? If eh is, then I must be scum.

If am ur, might as well be productive wi it. Psychos ur always smart in the films.

So I throw masel intae the Gaelic, start a new course, write every night, work like fuck, keep the heid doon. Push the mind wi language an the boady wi work, faw asleep burst every day.

We talk aboot the wean, an the kinda hings we could aw dae thegither, a sense ay rhythm an order forming.

Mair an mair as the days go oan an ma boady gains distance fae alcohol, the crystallisin moments return, an the world slides closer tae focus. The string that hauds aw the scattert pieces ay person stretches noo an again, the routine hauds it in place. Work, learn, write, sleep. I keep the barnet at bay often, every ten days odd. The image ay long, selfish strands ay musician hair gies me wee judders ay the fear.

In hauf an hoor I will head tae work at the supermarket in an unflatterin uniform an there will attempt tae talk aboot hings I don't understaun an squeeze ma beliefs tightly in attempt tae fit among guid, better people that never did the hings, an come haim tired an happy, a day closer 'ae faitherhood, an allow the new rhythm ay the new life tae usurp the auld wan, the new identity as a sensible writer linguist tae usurp the place of the arsehole musician at the root ay the brain, an hopefully, wan day, firget masel again.

Wullie's Life's Wirk:
Timin

December 2017

It's funny 'ae hink aboot timin. Coos an trees, sheep an trees pummel past us oan the train ay Edinburgh.

Sip ma coffee, trynae ay blast the blackness away fae the edges ay ma vision, Wullie bein occupied wi eez phone, executin some frantic, urgent hing across fae me. Juist last night eh offered me a last minute gig in Edinburgh which I accepted, havin ran right ootae money. Eh looks efter ye this boay. It'll be ma first time playin in public since ma wee meltdoon. I urgently sip ma coffee as if it's gaun somewhere, borderline burn ma mooth, gie ma baldy heid a harryin wi sweaty winter palms, worryin it, worryin it...the wee tiny short jaggy hairs ur a focal point...breath man...pffffffffffffff...

Wullie juist laughed when eh first saw ma beardless, hairless nut. Laughed an said "Brull-yant."

The coffee seeps, pfffft. Timin's yir whole life as a musician. In the playin ay music many musicians appear ay have nae real interest in gaun beyond it. Sure, university graduates haud rhythm work-shoaps wi famous folkies, but dae they have an interest in a phrase played outwi the digital metronome's idea ay time? Which is baith concious and unconcious, fullae possibility, wi-oot agenda, juist ringin, alive. That's real timin! I shout in ma heid. The verb ay the noun: time. Tae really know time an ignore it.

The inhabitants ay the world aroon seem, in ma sluggish mornin state, tae insist on bein spoon-fed thir enjoyment ay music wi a bib. A bib which absorbs the ninety five percent that they spill doon thir front. Loud drums, roarin electric bass that fills the room, constant blooterin banjo, the smilin an movin ay feet fae side tae side that's meant tae equate tae energy, hugeness, massiveness, tangibility. A huge voice near 'ae the amount of Hertz required tae sound "in tune" is deemed "soulful," regardless ay the meanin behind it.

"Well arranged!" Ppffftt, ye hear that a loat these days. What does it mean? It means starts, blastin chords for a bit, stoaps for singin then blastin harder. Dark tendrils ay ego rise an are kicked back doon again by the hings ye did.

Breathe man...pffffffffffffft...pffffffffffffft...sip yir coffee, cin ye no juist...ppfffffffffft.

This is the sad bit, this is the happy bit. This is the crescendo. Instrumental music in pubs must be presented by a bunch a' smilin pixies, stampin thir feet, pint glesses movin closer 'ae the edge ay the table. Tae be played as loud as possible wi the order ay keys movin frae low 'ae high so the listener gets an easy guide tae whit tae feel. Don't want the public tae have tae work too hard noo. Make sure 'ae exaggerate yir bow strokes and shout "Yip!" When a tune in A or E major comes roon.

Whit ur we daein. Slammin wir instruments in futile desperation, if we could only slam harder then maybe people will go "Oooohh-hhhhhh," and the girls will go: "He's so troubled an deep that one, look how hard he's bashin that acoustic instrument. Look he's even stamping his feet, he must be really intae it!" What are we, we're nothing...

How can the blues people of any folk music these days, who dance aroon the "rhythm," who don't throw a note in yir face, but present thum tae ye, wan efter the other and say "here, how aboot this eh? Isn't it quality, look at aw the infinite colours..." How can we survive this decade? Insteed we huv "Look at this big note, it's red!" "Blue!" "Yeeellllllaaaah!" How can a note no weave its wiy through the four the wiy animals cut aboot in the wild, and create a space fir listeners tae feel, an feel no just happy or sad, or angry, or lonely but everyhin?

Calm doon man, this always happens tae ye afore a gig...mind yir breathin, back intae the moment, intae the ruim! Pfffffffffft.

Timin. If I'd been oan this train wan year ago, wi Wullie, booked tae play traditional music, oan a boat, wi a real folkie, a genius nae doubt, Cian somethin, I widda been shytin, but in a nice way. Burstin' 'ae impress wi aw ma tunes, aw ma knowledge, full 'ae the brim, throat muscles clenchin and tensin as I imagined the execution ay tongued or rolled triplets on the damned whistle.

But it's no last year an I look across the table at Wullie, firra coupla seconds at a time, an hink aboot bein haim wi Iona the night, conversin minimally, wi a curry. The night's ma last gig in the diary fir a long time, thank fuck.

Bless um, he won't be bent or broken by ma pessimism. He batters through lit a horse wi the blinkers oan. I tune back in'ae um, consciously wrench ma heid aff that narcissistic train track. He's talkin tae ye, whit is he sayin?

"...Was accepted, so the album is happening!"

Haud oan a minit.

"Whit! No way man that's dynamite! When you want'n ay dae it?"

"I've already booked the The Cabin in The Borders for February."

"Oaft. No wiy! That's dynamite news!"

"Yip. Should give us time to promote it before I go away in June."

The news gies me a lift, blows away a few clouds, the possibilities rocket through ma heid. It could be great, bring everyone thegither, aw ay us loast wans.

"Who ye want'n oan it?"

"I was going to ask you, I've asked Cian to do fiddle, I need a female singer, a bass player and drummer..."

Eh starts driftin intae that mode...the mode a' possibility.

"...How do we make this album...How do we make the recording... How do we choose the bass player who can...Is the right female singer...Going to ask Sam to play some guitar....Maybe big Andy for box....would Iona be up for it?"

"Ah d'no man, she's been wantin a break fae the music tae. Ye cin try askin her. Andy wid be great anywiy!"

It is impossible 'ae be aroon Wullie an no 'ae be caught up in the absolute tidal wave ay excitement an possibility that is eez life, when eez attention's oan ye that is. When it's awiy, it's a bit lit wit it's like when the sun goes awiy. Eh sits in front ay me oan the train, oan the way tae a rather normal gig, wi a pinstrip dark blue suit, a red shirt, cowboy boots, aw curly hair, greyin a bit at the sides, handsome face, big bum chin like the Americans have. He has a rhythm tae his speech which is deeply infectious that I catch ma own mooth mimickin sometimes.

"How...do we make this album...completely-pure...without... any...pressure...no arrangement. Ab-sol-Ute-ly-no-structure?" Eez thumb and index finger make a circle which eh flexes forward wi every stress.

It's something tae hope fir. It's a dream really, too far aff tae git truly exciteed aboot, but enough tae rekindle hope. We make grand plans oan this forty-five minute train trip tae Edinburgh, make lists a' musicians we could get oan it, an near Haymarket I realise that I wis lookin forward tae the train journey mair than the gig. Tae catch a force like Wullie oan eez ain, fir any length of time, is a feat. Wi nae-where to go and nothin 'ae distract him: priceless.

"And this is crucial...what bass player to use..."

"I'm pushin fir big Pete man, he'd dae a guid joab..."

"And the drummer...do you know anyone? I think it's important to use people who have the right attitude...Glasgow based...can improvise..."

I get a flash...the connectedness ay it aw...

"Whit aboot Cathal man?"

"Cathal? On drums?"

"Aye? He'd love tae dae it man."

"I've not heard him play the drums, he's a great electric guitar player...but we've already got you and Sam..."

"Eh's a great drummer man, the best. Eh can improvise, aw aboot havin nae structure..."

"Okay...I'll think about Pete and Cathal."

"It'd be guid fir 'um, eez been a bit scunnered wi hings."

"Would Pete be okay with the improvising? Is he free..."

I'm cheered by the time we reach the other side, though the mornin coffee is seepin. We disembark at Haymarket an start towards the canal where the boat leaves, the wan we're playin oan. O' course.

"I might get a couple of really nice beers...just a few...meeting Michelle tonight but won't get too steamin..."

Ma heart does sink the tinyest bit, post alcohol poisoning. It could be so easily avoided, havin thought we'd have a nice coffee day, more philosophy and music chat an less craic. An the fear, ma first gig since the fear...if he get's steamin...tries tae reel me in...

He dives in'ae a hipster craft beer place wi beardy posh folk behind the till an gets two weak craft beers in wee boattles that cost a combined seven poun.

"Fuck! I just spent seven pounds on two fuckin watery bottles of beer! I didn't even think..."

We're makin a fair pace since, as usual fir Wullie, eh doesn't fully know if we're meeting folk at the canal and if it's the right time an what the fuck is g'n oan. I duke intae a wee hipster cafe where we see through the windae a big, be-hatted, be-bearded, tattooed man mak'n coffees.

"Eh'll probably be a smarmy hipster wanker but the coffee will probably be guid. Wan hing I'll say fir thum, they make guid coffee."

"I bet now you've said that he'll be an ab-sol-ute...legend."

He is indeed a lovely man who is actually fae Poland and not a rich hipster fae an Edinburgh Steiner school. Wullie laughs eez high laugh (high fir a baritone) an in between spurts ay laughter points out the cynicism an irony in ma statement.

"Hah-ah-ah smarmy-hipster-wanker-ah-ah!" "He was a nice hard working man from Po-land. As nice and hard working as you can get!"

We reach the canal which immediately contains wir venue for the night: 'The Lochrin Belle'. A creaky, frozen pink/purple barge. Of course. It's archaic, red painted metal steerin wheel gleams wi frost. The interior is deserted, dark, lined wi lifebouys an rubber rings. It's cramped. Why does nothin in Scotland happen in a nice, well equipped, warm theatre? It seems a lot tae ask the universe tae convert three mental frequency providers staunin freezin ootside a deserted barge oan a frozen canal intae an occasion where people experience nice feelins.

Apart fae the slight chemical paranoia provided by the coffee I just staun aboot while eh goes oan eez phone 'ae try 'n sort it, pourin bits ay coffee on the ice since it's far too hot tae drink. The wa'er's completely solid, about six inches ay solid ice, an the coffee just skites aff the tap ay it, futile steam hissin back at me. There's nae point in worryin wi oor Wullie. Eez gigs ur a phenomenon. Weird, thoroughly unconventionally organised and somehow, in the end, incredibly functional.

There's the man 'imsel!"

Wullie points tae a blob at the other end ay the canal which reveals itsel slowly in the stance an shape ay a slightly hunched fiddle player approachin. He joins us next tae the long, deserted purple barge wi a frozen deck in which we're somehow supposed tae play, that is clearly gaun naewhere.

"Awright man!"

"Alright."

Mixed accent. Everything except Glaswegian.

"Guid tae see yih again man, almost didnae recognise ye eh!"

Wullie has sourced snippets ay information. Wan is that wir mair than an 'oor early so we go roon the corner 'ae a wee Swedish cafe called Akva that they baith know firra heat.

"Can we juist come in fir some coffee's please pal?" I ask inoffensively tae the bar staff.

"Speak for yoursel!" Wullie's voice contains that edge.

Wullie orders a pint an Cian a hauf, ma stomach muscles clench. I've goat ma coffee. Goat ma coffee. It's twenty tae noon. We sit doon wi the drinks in a booth wi elaborate gold thread seats an bamboo plants linin the glass walls that look ontae the canal. The smell ay Belgian hops hits ma nostrils. Shyte.

Cian is a reserved lad. Normal lookin (firra fiddle player), short curly black hair but at least wi bags under his eyes and a sadness that could be genuine melancholy or absolute nutritional wipeoot fae alchohol. Eh's juist returned fae a tour ay Germany, The Netherlands an Austria.

"Ye see auld Viktor when ye wir therr?" The guilt still hings over iz.

"Did you not hear man?"

"Naw?" "No?" Wir ears perk up.

"Eh's gone awol like!"

"Fuck! Whit fir?"

"No one knows like, no one's heard from 'um fir about five months eh!"

"Shit! How'd you find out?"

We've nae clue how 'ae talk aboot that, especially Wullie, his an Vik's previously close relationship ended oan terrible terms. Apparently he'd talked aboot quittin music last embdy heard. Wullie catches Cian up oan the album, eh says that's great. "February? Aye nae bother like, I'll be there eh?"

Wir brief 'oor afore the gig reveals that Cian comes fae a faimily of Scottish/Irish Travellers. I offer 'um a wee line aboot the famous book "Yellow and the Broom," which eez read, knows the author, is related tae 'er. Wan year ago I widda bin pishin masel wi excitement ayr this. Juist a sliver pokes through. I allow ma questionin 'ae slip oot sideyways, no too keen, no bombardin 'um, but ma interest grows, tinged wi jealousy, tae grow up roon such culture! But eez no aware ay it, it means somethin, somewherr, tae um, but...it's this. Aye. Eez in the moment. That's it. Eez no walkin aboot hinkin eez a Traveller, eez existin! I wish I could relay this revelation 'ae um, share in ma interest, but I don't. Eh sits, lookin aboot, hauf smilin, the alcohol alterin nothin in eez movements or face like it would me even efter the first sips. The thought flashes. Could juist huv a wee wan...juist tae help get tae know Cian better...Pfffffffffft. Put it oot yir heid.

Eh's a great musician, ye juist know, eez awready there. Eh doesnae hink eez better, or worse, than Wullie, or me or the average belter. No lit thaim, thaim that hink anyone who exists ootside a' Glasgow, Edinburgh, Ireland's upper middle class fiddle/accordian an pipe wieldin elite, who didnae receive ten year paid tuition an a university education thank ye verra much. Who didnae "Grow up in it," who cannae execute the most current and popular reels in perfect intonation (Shhhhhhh...pffffft...take it easy man) is nothin mair than an annoyance who must be tolerated only in order ay avoid bein labelled a snob. This guy, a few months ago even, widda flooded me wi renewed optimism at the possibility ay wan last go, wan last band, but that ship, as they say, is fuckin sailin.

"How was the tour?"

"Pretty mental eh, some pretty unwholesome stuff went on like."

He's no tearin eez hair oot. I constantly shift tae avoid usin ma ain full personality, topics of conversation that seem tae irritate so many trad musicians, maist people other than Wullie. Ma tedious obsessions: class in the arts, cultural appropriation an specific technical discussion of different types of musical ornaments on various instruments - rarely get people laughin. The specific "craic," that cryptic patriarchal wavelength of upper-middle class language, I juist don't get. A mair cynical dryness has replaced the auld hyper, unpredictable patter that I used tae possess, that wis a character, that brought glorious pseudo-popularity and likability.

We head roon 'ae 'The Lochrin Belle' again. The mad vessel that wis deserted an frozen is, just like that, noo hummin wi the civilised pre-party clinkin ay glasses an university educated laughter. Well dressed legs, Italian brogues appear in an ootae the boat's various purple crevices. The engine's bust, wir playin in the freezin, freezin cauld, which surprises naebdy. In fact it's exactly whit's tae be expecteed when Wullie's in yir life. Last winter it wis a train 'ae Barrheid tae raise money fir Christmas presents fir puir faimlies. It's whit ye sign up fir.

Wullie introduces himsel tae some member ay the party, a charity again that works wi weans. They're optimistic, aw excited tae hear us play. Each person is nice an pleasant an quirky as are the sorta people Wullie knows. They drink wi nae urgency, speak wi that inflection at the end ay a sentence that implies a question. I know that they expect us tae be aw smiles an enthusiasm, tae be playin in this oh so original environment. Thirr's a semblance ay a smile on ma face that I try 'ae keep there the whole time, but I don't try 'ae socialize wan bit, rather hing aboot the wan wee workin heater while Wullie darts between conversations, from first to second gear.

It's below nae degrees, maist instruments sound dreadful in the freezing cauld, and the sound goes naewherr. Aw ma whistles, wan fir each key, ur metal. A whole gig oan five string banjo then, which widnae be an issue except fir the fact I've goat the wrang fingerpicks wi me, shitey plastic wans. Wullie thrives oan challenge. I really wid dae well 'ae be mair lit him.

We pap wir instruments at the tap ay the room, the inside ay the boat is wan long, cramped purple rectangle, benches along the ootside an tables full ae finger food. That leaves aboot fifteen feet fir ceilidh. Pfffft. The engine comes oan wi a splutter an the congregation cheer. Ye can still see yir breath, ma hauns still struggle tae move. Thirr's a wee heat comin aff the wee portable heaters that they've goat in the corner an the three ay us huddle roon.

"Whidd'ye wan'ae play?"

"I dunno, maybe start with some tunes."

"I'm gonnae need tae fire in oan the five string, too cauld fir the whistle, d'ye mind leadin the tunes?" I clench in effort tae restrain masel fae tryin 'ae control the entire situation. The instinct rises every single gig, no matter how hard I try 'ae breathe.

"Yeah sure man."

Cian doesn't even look away 'ae the side tae hink ay a tune, he lifts eez bow and booft! Blasts away intae a set ay reels oan the fiddle, a dark E minor. Even in this temperature eh makes the air glow. His playin moves, is alive, becomes part ay the furniture along wi the wooden flair an benches. It's full ay Irish ornamentation, slurry turns an a lovely swing. If I'd met ye a year ago mate...Wullie breenges in wi some solid guitar an I start up oan the five string, daein the only thing I cin. Thirr's a nice wee feel happenin, imperfect as it is wi this cauld, stiff air. I wish what I wish every week, every gig: that I spent mair time oan the five string, an brought the right fuckin picks. I'm rusty. Thirr's a few lassies doin that no quite fully committeed Scottish dance hing where he put yir erm oot an hook each other's erms an spin. Cian raises up tae an A minor that slices the cauld an even catches Wullie's constantly alterin attention. Wir slammin! I need tae adjust the capo an tune every time the key changes which is a bummer but wee moments happen, wee flashes ay what we crave, what life could be aw the time in a perfect wurld. They are there, the insights, nae doubt, though ma brain is dry an worried an won't allow thum 'ae last.

He finishes up oan a D tune, it's rockin noo. An a guid key fir me an ma limited instrument so I show aff a bit wi some big glittery runs fae the tap ay the fretboard doon 'ae the bottom. A coupla seconds ay forgettin masel, the fiddle glows, the guitar goes vamp and boom!

That's why we dae this, this abstract instrumental nae purpose stuff, tae firget yersel! A narrative in ma heid starts, that mibbe this is whit I'm meant tae dae, play the five string banjo along wi trad music...be a gateway 'ae the buzz, open up thae wee portals in the spacees. We finish the set an a big Irish guy that's kinda the leader ay the party comes up wi a smile, three cocktails an crisps fir us. Fuck.

I watch Wullie an Cian's faces twitch in approval, they both lift their right elbow and tear in but I take a breath and push mine aside decisively. I hink. The smell ay strawberry an vodka floats ayr as it filters intae the lads' systems, my ain guts release a low hum that could mean...

As much as seconds ay that wir some ay the best music I've ever made, the irritation sets intae ma chest and ma jaw re-clenches as they both sit, drink an have a chat. Nae matter how much less neurotic I try 'ae be, I cannae staun it. I start fuckin aboot oan the banjo 'ae distract masel, fae the endurin whiff ay bevvy from the lads, tiny pieces of here we fuckin go buzz chemicals dislodge fae ma gut.

"Song?" I ask Wullie wi a tone of slight urgency.

"Aye ummm..." Eh stoaps an has a guid hink. Tae him, the right song sang at a particular time seems tae matter a great deal. Lyrics that "would be guid" for this specific situation, fir this reason. Tae me, it's either major or minor, fast or slow, It or no It. I juist wan'ae get oan wi it.

He wants tae dae a gospel song that eez written. Eh has absolutely nae regard fir what people generally want tae hear, eez truly free ay that. It's a relief at least that I've goat the five string, novel enough tae be accepted by punters. An this is Edinburgh, they do love a bit of novelty.

Eh starts it up in D, nice an swingy, big open chords, I'm straight behind him wi the banjo, nae bother, this is ma breed. I'm warmed up noo so I throw in bluesy runs aw ayr the place, an eez big deep voice sterts gettin a wee bittae attention.

"For ten long years, I've ramblllled roounnd,
Nuthinnn too call mayyy owwnnnnnn."

Eez "N" Sounds are almost a "D." Wonderfully untrained. He nods me 'ae take a solo fir the second verse an it's relief tae be at haim, improvisin the blues, oan an instrument that's familiar. This is whit I spent the best part ay ma musical life daein. Cian storms in after me an, oh ma fuckin God he's tearin it. In it. We swing an cook awiy fir five minits, I know the tune so belt in only slightly self-consciously wi the backin vocals.

Twice durin this song I feel, fleetingly, what I try so hard tae feel every day and have tried fir aw ma life. A brief insight, tae forget, tae be rid ay the self. Song, think, think, song, firget 'sel, song, thought, thought, thought, self awareness, firget 'sel, song's done. Poof, it's away.

We follow it wi another set ay tunes which follows the same pattern, jigs this time, an a slow song in C, which allows fir lots ay floaty tremolo an bendin. Noo the woman who's booked us, who knows Wullie an Cian, walks up confidently in a seemingly happy, un-Glaswegian way. Long fair-ginger hair, freckles, wearin a Swedish gown hing wi a dragon lookin creature sown intae it, aw green an broon an yellow, wi tassles an a belt hing roon the waist. She's lived in Sweden fir years apparently. Of course. Wullie an eez mad Edinburgh pals.

She asks us tae dae a ceilidh dance tae "get people up," as posh people nervously say at every single event that they organise when they realise that live music isn'ae like a teenage gig in an American drama wherr everyone gets up and dances tae stuff they've nevvir heard before.

Wullie is straight up an in eez element. Eh takes aff the jaicket, an starts walk'n in amongst the guests, projectin eez voice, takin fowk by the haun an gettin them oan the flair. It would use aw the energy I had tae dae that. I'd be huvvin heart palpitations.

We're 'ae start wi a Virginia Reel since it's a long narrow shaped room, too narrow fir a Gay Gordons.

Eh explains the whole hing fae the floor, aw haun gestures, patter, they love 'um. I juist sit tunin the banjo, Cian sits fuckin aboot wi the fiddle. He's whit I'd be like if I could play trad properly. I try no 'ae look at 'um too much, but eh gets mair fascinatin 'ae iz, the wiy ay lookin roon, the natural, painless relationship wi the fiddle. I reckon the jigs an reels ur lit a wee, unbroken stream in eez heid, an when eh picks up the fiddle, it's turnin oan the tap tae pour it in yer gless. That dark jealousy that can easily taint ma interactions wi folkies lingers in ma gut. I force it doon, doon...intae the archives.

Could have a few at git the train haim...juist tae bond wi the lads...came aw this way...

We decide oan some keys, Cian does a wee intro an we're aff. We're a well oiled machine, suddenly...it's predictable. An the evenin goes oan much like that, dance, song, dance, song, dance, song, everybody's happy an amazed that we've no played thegither afore, the usual.

An as it wears oan I'm reminded ay the impossible melancholy a' tryin 'ae be a true musician in this culture. Wir forced tae play fir set amounts ay time, long amounts ay time, in un-natural environments, tae try 'ae produce the real thing, real music, in real time, reliably, fir money, under pressure.

The brief glimpses that I saw intae whitevvir it wis, ur gone by the second hauf, an we play automatically, fae muscle memory. I play fast solo breaks durin the songs, but it's learnt patterns, the concentration goes, the mind wanders, the chest feels nothin but strain, the music withers.

The lassie in the Swedish dress is a fiddle player an wants tae play a set wi us, so Wullie gies Cian the guitar an jumps oot tae call a Strip the Willow. She sits doon an asks me what tunes I know. I say I'll no join the tunes, just breenge in oan the five string, that it's too cauld fir the whistles. She says okay, "I guess it works well enough" nodding to the banjo. I guess it works well enough! PAH!

At once, any positivity aroon the day that I might'ae built is gone an I sink. We play the set a' tunes an I juist look at the flair, aw interest gone. She looks at me an tries tae make friendly eye contact, tae smile, tae offer friendship, tae bond, but I'm deflated. She's a powerful fiddler, her tunes dae aw the hings thir meant tae... but...a year ago...if only a year ago. I hauf arse the set an then wir done, an I pack ma banjo an whistles straight away like ye dae when ragin an hate music. She stauns an talks tae me fir about twenty five minutes, she is exceptionally nice. A very guid, carin person, who certainly didnae intend tae ruin anywan's day.

Yir far too self important, an it's arrogant tae hink that whatever ye fart oot is pure gold, but the day, ye had really begun tae believe that yir purpose in life wis tae play the five string banjo alang wi modern Scottish traditional music. Tae bring 'aegither ten different loose ends left by other musicians, cerryin oan the stream, pickin up the torch an pourin mair petrol oan it. Ye could already see the whole projection, different scenarios at once, people amazed at the sound of this natural original thing. The offers ay work, the freedom an portability, the identity, the purpose.

Wi thae six wee words, aw that is gone. Such is the fragility ay a musical day, ay a nice feelin in music. They never, ever last, mibbe we don't let them in this culture. Mibbe tae last wid be tae defeat the point. When aw the gear is packed, Wullie and Cian start launchin in'ae the free bevvy. Wullie returns tae wir seats wi two large glasses ay Irn Bru and Jack Daniels.

"Going to try these, they're doubles. Going to be fuckin brull-ll-yant". He emphasises the "T" 'ae show how fuckin brullyant they're gonnae be.

The smell ay the whisky hits me an stacks on tap ay the previous smells, workin oan ma brain tae convince me 'ae git sloshed. That wee chemical cloud starts gatherin, Wullie an Cian build the start ay a night oot energy an excitement. The dark patter, the glorious possibility. That wee spark emerges between thum, and all the nights I've had here wi Wullie in Edinburgh huv been the best have they no, so new an innocent an excitin an friendly...could easily stay here an get the bus back later, only workin at hauf two the morra, would be guid tae get tae know Cian, go 'ae the Royal Oak, mibbe Diggers or Captains...

Eh's oan the path, wan a' thae drinks is gone, the temptation 'ae fire in is like a pull in the stomach, I know the switch in ma heid could go an that "Yass!" That ruins lives could return...any second...

"That's actually horrible hahahaha".

Fuck, wish I wis in oan this, the patter we could have. We hing aboot as ye dae, Wullie gets in amongst the crowd, dartin fae person 'ae person wi glee, I can see the very subtle dark side comin oot. It's nothin mair than a narrowin ay the eyes an slightly less positive thoughts, and the unquenchable thirst that almost aw Scottish men have. It's juist another shade ay eez genuine hunger fir life that's so excitin 'til ye wake up the next day in a strange place fir the millionth time, an although ma brain an endocrine glands work overtime tae tell me 'ae join thum, while I feel the pull, there's some new hing beside it, removin iz, allowin rare balance.

Efter an 'oor we head aff the boat back roon tae Akva, it's dark an even caulder. Wullie's considerin stayin in Edinburgh, I think I knew eh wid. I worry about the train times, don't know the city. Thirr's talk ay someone getting some Charlie an though it's none ay my business this depresses me.

I sit there drinkin wa'er while Wullie an Cian tan pints, fuck man, the smell ay thum...the fiddle playin woman fae the party comes roon an asks us tae join them. Wullie luiks at me, narrowed eyes.

"Should we go out? Would be absolutely some craic. Cian is definitely going out..."

"Ppfffttt, I dno man, I want tae...gettin the buzz but..."

Narrows eez eyes again...

"Would be so guid...I've got work tomorrow but fuck it..."

Say bye 'ae Cian, might catch um later...Wullie walks me roon tae Haymarket, weighin up stayin or goin haim tae see eez missus. Once past that first drink, it would be an impossibility for me. A chemical certainty.

We reach Haymarket. I take deep breaths. Ppppppppppffffft. Ppppppfttffffffhhht.

Pictures ay the perty, meetin fowk, me wi ma erms roon Wullie an Cian, sessions...Iona's wee pregnant face, in 'er jammies, look'nit 'er phone.....

"I'm gonnae go haim mate. Sorry. You comin?"

"I think I'm gonnae stay here, I have to be up at eight tomorrow to take a wee boy hillwalking and I've got no walking shoes, haha-haha. But it will be fine."

Eh's a part time social worker, eh's literally only goat eez pinstripe suit wi 'um, an cowboy boots. Eh'll stay at eez parents' hoose an figure it out eh says.

"Thanks fir doin today, I know you were wanting a break from the trad. Are you sure you don't want the Ceilidhs the next few weeks?"

"Aye man, sorry. Need tae stay away fae gigs the noo, too hard tae be aroon the bevvy. Can't wait fir your album though."

"Alright man. See you later. I'll send you the money for today when I get it."

Eh gies me a full hug, I never expect it. It slaps me wi waves ay guilt an gratitude. I feel lit a right mess. I make the train 'ae Glasgow by a bawhair. The doors close aroon ma banjo an I huvtae wrench them open an sit doon, deflated. People luik at me in confusion.

Oan the train haim I read "Nausea" while fawin asleep, wee black clouds circling ma heid, cannae git past this page...

"That...I...had...lied...to.....myself.....for...ten..........years...."

Nearly
December 24th 2017

The day before Christmas. Wake up fae a shyte sleep, fitful an paranoid. Mibbe wan an a hauf, two 'oors. Groggy, erms aw weak, stomach churnin. Awready cansult ma Gaelic lesson wi the tutor fir wan mair hour in bed. Will be meetin ma maw an sister in the toon fir coffee. These nice wee meetins always seem 'ae faw the day efter a sleepless night. I struggle 'ae delve intae the high conversation that flows ootae them. Always end up spoutin subconscious drivel.

Walk in'ae the kitchen, Iona's like a tornado, tankin the cleanin, wi the gloves oan an the eyebrows fixed tae serious.

"Euchhh, shyte sleep last night. Ye want me 'ae dae that later?"

I nod tae the dishees.

"It needs done now."

It's 'er first day aff fae work or gig in a month.

"Ye sure?"

"Yeah."

She doesnae luik up. Fuck. Wis I meant 'ae dae that last night? Oh dear. I staun in ma boxers labourin an toilin ayr a bowl ay muesli. It lasts aeons, a bowl ay awful, cardboard muesli, when ye've no slept an need'ae force carbs in'ae yir belly tae avoid hypoglycemic annihilation. I jump in the shower, another aeon, each movement is stiff an heavy. The watter skelpin aff ma freshly shaved dome does feel guid though, ye really feel it the next day. Ma chest, the area right between the pecs, is irritated an sensitive wi lack ay sleep, an the dark blobs still swirl roon the edgees ay ma vision.

I get dressed, new boots tae wear, purchased wi Wullie's album in mind, bought wi the first wagees fae the Supermarket. Freshly washed jeans an a decent checkered shirt considerably ease the pain, the first new claithes in years. I imagine masel quite the writer as I don ma oft neglected specs. It's awrite man, ye don't luik lit a hipster...ye've goat a shaved heid...

Back'n eh kitchen firra gless ay water, Iona is sittin in the wee ruim, in front ay her wee music staun, lookin at the flair, a bit teary and crumpled.

"Aw nawww whit's wrong darling?"

"I've had such an awful morning." Shit, she's let me get fed and dressed afore tellin iz.

She's had a letter fae HMRC demandin immediate payment ay nearly three grand. She shows me it. Ma heart sinks, though I don't show it. Awww fuck. She talks me through it, I understand none ay the technicalities but I feel the frustration an devastation radiatin fae her. She feels these hings so wholly when she feels them, there'll be nae talkin 'er oot ay it an I know that this will be a full day if no mair in the hole. Some complication with workin a joab an still bein self employed an the student loan. We try 'ae make sense ay it but there is none. The letter uses intimidatin words lit "investigation", "court", "impending" an "imperative" in rid letters.

Any sense ay hope an possibility we've built the last few weeks vanishes, wir vision ay a non dramatic, cosy, non-strained future yanked away with that money that we're so far fae having. We awready work every day, rarely tak'n a hauf day aff, me workin in the supermarket her cleanin, rehearsin, her still giggin, nevvir evvir retainin any money, noo this wi a wean oan the wiy. We built up aw that debt wi the auld band, spent five year payin it aff, noo this... this...how the fuck's embdy wi-oot mintit parent meant tae survive this industry? I suppose that's the hing. They don't. They struggle an crash oot. An should ye no check up oan Viktor?

I say bye 'ae 'er an promise I'll try ma best tae make 'er feel better the night, I'll bring haim a munch, I'll be better aboot the hoose...I will though...

As I wait oan the bus, ma brain groans as it attempts to grasp some kinda ay positive vision fir the future. Hormones work their way maliciously through aw ma limbs, cripplin in punishment fir failin 'ae sleep again. Instead ay readin the buik I'd optimistically stuffed in ma jaicket poacket, I faff oan ma phone, loosely flickin through a list ay possible book publishers oan Google tae distract iz fae Facebook. Which itsel is really a distraction fae the painful present an the inside ay ma heid which is becomin frantic, too awash wi wee mental beartraps.

My maw an sister, Roisin, staun in the entrance ay John Lewis waitin fir me, smilin. They've dressed well in long coats an scerfs an look like people wi thir lives in order. We make wir greetins, an start walk'n towards the escalators in the big yellowy expanse ay John Lewis, an we have a brief few minutes of patter aboot family an Christmas. As always I avoid lookin doon oan the escalators, we get tae the cafe fine, get a seat fine.

Ma an Roisin order cakes, so I dae anaw. We have a guid hauf hoor where Rois an me ur oan the coffee an my ma oan the tea an it's easy. Roisin is becomin articulate, well read, calm. She's moved back fae "Aiberdeen" noo, an brought a hint ay the accent back wi 'er. She smashed a first class degree in Art, a' course, juist lit her maw. Highest mark in 'er year. We aw moan thegither joyously fir hauf an 'oor, aw comin up slightly oan the caffeine, askin aboot each other's projects, a nice, civilised, creative faimly.

The wee guy at the till is rude, eh just points tae the area that yir meant tae wait fir yer coffees an says nuthin. Wan ay the plates they've gied iz is dirty. An irk. Bubbles.

I settle back at the table, relay that the wee guy wis rude an so begins the process ay ruining a nice lunch as the black coffee shadow looms and spreads ayr the unrested brain.

Ma asks whit I'm read'n. I tell them I'm workin through the Sartre novel the noo an findin it a wee bit hard. Roisin laughs a sympathetic laugh, though I bet she widnae struggle wi it at aw. She probably woudnae havtae Google hauf the words. Turns oot she's been hammerin the Philosophy while awiy at Uni. Work I shoulda done in ma early twenties tae, while I wis busy practisin limited musical instruments obsessively, ruinin peoples nights an being a shyte partner tae Iona.

Joyce is next I say, Ulysses, then Mrs Dalloway. I'm interested in the writin styles, I say. Want'n tae get intae writin. Joyce is miserable, maw points oot, why no move straight oan 'ae Virginia Woolf. I cannae, I say, cos ye need'ae dae it in the right order.

While talkin, that second coffee seeps in an the confusion an that almost profundity sets in. Wir talk'n films, first that Hollywood wan "The Holiday" that we aw liked as a guilty pleasure, but fir me ye see its too upper class an they're aw Tories wi Tory problems. They baith start lookin at the table a bit as ma voice rises an ma confidence plummets. Someone brings up the faimly's favourite film, Midnight in Paris. I tell em I'm noo uncomfortable wi Woody Allen films, they agree. F. Scott Fitzgerald wis actually a bastard, says my Ma, but she can say these hings wi so much mair lucidity than me. It dosnae cause embdy discomfort when she says it. Woody Allen portrayed Zelda as a hopeless mental alky she says, whereas he wis tae, ma says.

I stray right oot the path, away, an I'm no in charge ay these words leavin ma mooth, thir juist bitter, twiseed, tired ramblings. Whitever it is I'm sayin, I'm confusin ma puir maw an sister.

My ma gently explains tae me that ye cannae say certain hings in public, nae matter how true they are, so I try an move the subject oan, towards somethin we aw agree oan. I'm graspin, tryin 'ae keep them here so I don't have tae return tae masel, tryin tae say somethin profound...but the lunch is over.

Roisin excuses hersel, has tae go an finish 'er Christmas shoppin. We aw small talk oan the way oot. Me an ma walk back tae the train, I blab aboot the baby. But she's gone fae it, she wants haim, mibbe away fae ma madness that I'm so aware ay, an yet I cannae stoap. Cannae stoap blamin folk. Cannae stoap moanin aboot hings that ur wrang. I am flattenin her like I try so hard no tae dae tae Iona, lit other selfish men wi the madness dae tae thir poor sufferin partners, maws, sisters, whose reception is almost tuned in 'ae the station but wi thirty percent white noise accompanyin it.

I've flattened the Christmas spirit ootae 'er day. She came in positive an wantin 'ae have a nice faimliy laugh an I've ended it talkin aboot conspiracy theories. We say bye oan the train, we'll see each other oan Christmas day.

Wullie's Life's Wirk:
Cathal Speaks
December 26th 2017

I leave Wullie an Michelle's gaffe oan boxin day elated, fullae tea an French food an their healin presence. We talked excitedly aboot how great the album could be, imagined it, an how Michelle's gonnae come tae the wee hoose in the Borders wi us, a liftin presence. I calmly vouched fir Cathal fir drums again, an big Pete fir double bass.

I see the tall, blurry outline ay Cathal (furgoat ma glesses) beside the Queenie, leavin the shadows. The first feature ye make oot is the teeth, then the long black hair, then bomber jaicket.

"Awright man. Fuckin hell...juist a wee trim aye?"

I'm caught aff guard by a wee edge in eez voice, a wee hardness that eh goes tae when slightly angry. Eh doesnae embellish any mair oan eez opinion ay ma hair, or lack of. We did start growin it thegither, back in the day. I wonder if eh feels betrayed. A complex fellow.

"Ye huv a guid Christmas?"

I dae ma best tae be chirpy an no hurt aboot ma hair.

"Ach aye...how's you mate?"

Somethin botherin um, daein that speakin through the teeth hing again. Rather'n go doon that road, in an attempt tae haud oan'ae ma guid buzz I slip intae the language a' hope, tell 'um aboot the album, the tour, the possibility, though it isn't confirmed yet. Eh doesnae know aboot the wean, an I won't tell 'um til efter the scan.

I tell 'um we could mibbe get 'um in daein drums though it's uptae Wullie, eh says that would be great. Eh perks up. Eez been needin somethin. We talk aboot Wullie and Michelle an thir healin magic, we haud an image ay wirsels in that wee hoose in the borders, immersed in the album. We've delved many times intae the language ay bitterness an disappointment an utter cynicism on these walks, but thirr's nae room fir it the night.

The streets ur deserted. Pollokshields is aw wide streets, Christmas lights, bare trees, frost, big Hooses. The rhythm ay the stoat, roon aboot the Crossmyloof end ay Pollok Park, turns tae missed chances. How they lead us tae this chance, how chances ur like a rhythm, how aligned everythin's become, how perfect it could aw be.

I try tae believe in eez picture ay a perfect Bohemian life, but the existence ay the growin child weighs on me too much tae allow total immersion, total hope fir this vision. I try 'ae "firget masel," allow the walk tae become "it", like the best ones do.

We take a pish in Pollok Park, check for polis motors, aw clear.

Back towards Pollokshields, up the hills wi the biggest hooses. There's nae room for craic, Cathal's oan a voyage, unleashed by the possibility ay this album, firra break in eez bad run ay fuck aw happ'nin. Eh talks aboot eez new favourite topic: creative grace, the state where creative magic flows through ye withoot ever havin tae try, an segways tae reality, consciousness, an blanket consciousness whitever that is. I concentrate fir thirty seconds at a time, eh moves tae speak completely in metaphor, pullin ideas fae fuck knows where, eh builds it, builds it, the haun gestures ur flyin, it's pure vocal jazz. In the midst ay aw eez words, this outpourin, thirr's a peak, where eh talks of the essence of what we ur as musicians. When eh says this I firget masel an get shivers up ma back, an enter a state of pure suspended judgement. Eez words cut a direct line intae ma brain. But efter a minit I cannae place these words, the actual wirds that eh says, an won't know what they were until back oot on one of these walks, back in this immersive state.

Efter the walk has peaked, we come doon, we head fir Shawlands where the walks naturally start tae trail aff, make an ark fir the Viccy. We continue tae speak aboot wir musical philosophies, but humour creeps back in. Ma feet are loupin, we coulda been walkin fir wan 'oor or ten. Wir eyes never meet in this time, but an impact has been made.

We speak aboot the night an the connections between us aw, an I realise wi some sadness that I might no believe in God an infinite intelligence an grace in the morning, might go back tae tryin'ae write a buik fir other sacks of dyin meat tae distract themselves fae thir awful lives, or sensationalise musicians as some kinda romantic beings wi some kinda answers. The night is so much better. I conclude as I walk up the stairs tae ma flat, tae ma missus, that it's far better tae believe in such hings.

SHANE JOHNSTONE

A Day Aff
December 30th 2017

Aw hings seem possible oan days like the day. No possible, certain. A whole day aff, thegither, the first since I moved back in. A much mair modest plan fir a leaner year, juist coffee an a wee walk.

I wake tae Iona playin flute, which is a comfort. She's writin tyoons, they come so easy 'ae her. Listening two walls away, it's like a line ay warm milk comin in'ae the room an massagin yir temples. She practises efficiently in bursts of half an 'oor, the opposite ay ma neurotic, often unproductive six 'oor marathons. She does a kinna sped up version, a version that ye know is juist practical an no emotionally drainin, like drawin yir route oan a map before the main hike. It's a lot ay waltzes she's workin oan, an slow airs. Aw simple, well written, developed. I sweep the tiny pang ay jealousy in'ae the vault an get in the shower. Tae be that kinna musician, where it juist arrives at ye...

By the time I get oot, she's finished, an is relaxin oan the couch.

That well rested day aff sense ay hope buzzes through me. Ye dry yer baldy hair wi that much mair gallusness, wi attitude, take that much mair pleasure in slidin thae newish Christmas soacks oan yir feet, tan yer breakfast that much quicker cos ye cannae wait tae dae day aff hings.

By the time I'm dressed, Iona sits at the table wi caunles, writin 'er wee caligraphy project, wi a wee fluffy jumper an fluffy indoor soacks. She's fully focused, eye's glazed an eyebrows an lids taught. I look ayr 'er shoulder, it's aw perfect of course. A warm feelin, ma pregnant girlfriend, wi long dark wavy hair an a fluffy jumper sittin writin caligraphy wi caunles an the backdrop ay a snowy Glesga, ye could not make it up. I push aside the guilt wi ease the day, she may well be mair ay a legend than I deserve, but ah well! Fuck it! Day aff!

Jaickets, oot the door, dressed fir winter, her wi 'er long jaicket an jumper an wee wooly hat, me wi ma new boots, long grey jaicket, grey troosers an tartan scerf that she goat me fir Christmas. Look'n pretty dynamite I huftae say. The whole city is covert in snow, an the pavements're aw sludgy, but wir heided fir Pollok Park, fulla' optimism fir this whole day a' rest an food an each other's company.

Gusto an Relish has wan table gaun, phew. The windaes ur steamed an it's mobbed an roastin' but wir happy 'ae sit an wait. We rant lightheartedly aboot people who lecture ye about child rearin, talk aboot how wir family could be, whit kinds ay magical days we could have, what the wean will be like.

We get served efter sittin there fir twenty minutes, wi many apologies, a coupla big steamin coffee's appear. Iona tears intae a jam scone wi-oot guilt. Somethin incredibly satisfyin aboot watchin yir pregnant missus tearin intae some semi healthy comfort food. Ye can imagine it aw brekk'n up an aw the wee vitamins an minerals gaun doon in'ae the fluid an in'ae the wean.

We talk aboot writin as the caffeine begins tae set in, I float oot there the visions I'm huvvin aboot music, these glowin banjo parts, the line of conciousness. She didnae ask but I tell her.

She disnae share ma beliefs, reckons it's no really anythin magical but juist ma subconsious workin oan stuff. She doesnae know whit I mean by seein it, or have much interest. We each have periods a' madness an detachment fae reality, I know she hinks this is wan ay mine. Wan ay thae eyebrows is vaguely raised. I can tell by the look oan 'er face she wants tae talk aboot faimily stuff, so I force masel away fae the subject. She becomes heavy...the first trimester hormones tend tae attack 'er at two in the efternoon...

We leave, walk fast. Sugar, caffeine an walkin endorphins rest oan a pile ay about nine 'oors sleep. We reach Pollok Park, the sky's fairly dark awready but the orange glow fae the light pollution bouncin aff the snow keeps it aw visible. There's big, immaculate untouched fields in this park, the coos are aw away somewhere, there's nae people. Ye can hear owls an other burds in the woods an a kinda woopin noise that we're convinced is a deer, the park is full ay thum.

"An we could bring 'er here every day, so we wullnae need a garden, an sit wi her runnin aboot an write..."

"And make up wee stories! Aboot the animals!"

We walk aw the way through, never breakin the conversation, which picks up the mair we move. We float through politics, faimily, language, art. We decide in this moment that we don't wish the life ay an artist oan the wean, that it comes fae trauma, an it's oor duty no tae let thum be traumatised. That a life ay joy an pals is much preferable, like so many we know in the Irish music world, wi huge joyous faimilies, who soar through life outside ay thirsels, who don't appear plagued with creative dread-angst, tae whom music is the expression of love an community. That, surely, is the happy life, the one we may have both missed the bus fir, an if there has tae be any music in the weans life, it should be that.

We will raise the wean wi the Gaelic an the English, wi books, wi stories that we'll write aboot wee owls an deer that live in Pollok Park, wi music as a form ay expression, if she wants it, wi love and respect, mibbe away fae Glasgow's lethal schools, awiy fae the bitterness, away fae aspirationalism an pressure. We will gie 'er a chance at joy, community.

We've made a full loop, tae the big lit up Pollok hoose, the conversation movin tae trauma. I share wi Iona fir the first time the worst hing I've evvir done. I don't know why. It's met wi nae judgement whatsoever. She tells me she loves me an that we aw did stupit drunk shit.

Gratitude threatens iz wi tears, an a croaky throat, I haud it in, thankin fuck it's still dark.

She talks aboot 'er maw, aboot boardin schuil, an I realise thirr's a loat still tae know. A brief windae opens fir her, she sterts delvin, so rare these moments, I haud back any compulsions tae comment wi the utmost control available an try 'ae listen.

When we come oot the other end at Dumbreck Road, soakin an freezin, the conversation passes it's peak, an we sink back intae patter.

A guid day, wan closer 'ae riddin ma vision ay this blackness, heaviness, an wan closer 'ae the big revelation, tae Wullie's album, tae this year which is gonnae be the best yet. I'm certain. This will be the best yet.

Right afore sleep, I sit at ma laptop, draftin a message ay apology, a final apology, addressed tae Rab. Fir everyhin. The hings that've been pummellin me wi stress an guilt. It's Hogmanay the morra. I'll start this year right. I stuff it wi honesty. I say tae Rab, wi a tear in ma eye, that I'll leave him alone fae noo oan. Best ay luck wi the band.

I hit send about two in the mornin an drift...doon it creeps...

Viktor

November 2016

Last year wis the end ay somethin. The scattert brain reaches back tae it often, fir answers an reasons as tae how it ended up makin such a cunt ay hings. It offers the faces an events daily. Particularly wan face. Viktor had come hurtlin intae wir lives like a big, enthusi-astic, meat eatin, heavy drinkin, mess makin, socially blunt bull in a China shoap. We met 'um in Jinky's, Govanhill, oan a bleak, dark, baltic November night firra session organised by Wullie. The band, as is Wullie's way, had been pretty much put thegither in eez heid months afore in some high moment.

"How do ye fancy doin a St Patrick's-day-tour....wi a big...dyna-mite...European fiddle player an me, through Western Europe?"

I wis in afore the sentence wis even hauf way through. I'd seen thir videos oan Facebuik, as a duo, they wir guid. No quite straight up trad, no quite whit they call trad here, but brimmin wi energy.

We opened the door an that smell an sound hit us, fae abso-lute November silence tae a jumpin pub. Stale beer, whisky, patter, cajolery, an ye go fae the frosty street an big jaickets an gloves an a hat straight tae bein roastin. The mist started formin in ma heid as soon as I saw thum: Wullie lookin gallant wi the newly greyin hair an cowboy boots, Viktor six feet two an blonde an long haired, lookin lit some Viking myth, aw ready 'ae go, thir instruments oan the table.

Thir wis an atmosphere in the air afore wan note wis struck, like thir is anywhere Wullie is, though particularly this night since eez brought a team fae Edinburgh, an his people are nevvir borin. Eez girlfriend wis therr, a Parisian wi short broon hair, wearin a yella polo shirt an red Doc Martins, an juist as aff the wa' as ye'd expect fir someone g'noot wi Wullie. Ye'd need tae be. She drifts from a pleasant topic of conversation in'ae a surrealist corner ay the human psyche as casually as talk'naboot the weather.

Wullie told us tae expect Viktor 'ae be difficult. Eh wis a bit ay a genius apparently, but struggled socially. Eh could supposedly write whole string an brass arrangements in eez heid, an wis pitch perfect. I desperately wanted, though logically against the concept ay specialness, tae be that special.

Pints ay Guiness wir whacked doon in front ay us fae somewhere. The tunes flew instantly, before proper introductions had been made. Sharp fae practise an strengthened by adrenaline, I battered a set oan the whistle that I always go tae fir safety tae get evb'dy playin the gither straight away. Auld classics: "The Silver Spear", "Brenda Stubbort's", "Humours of Tulla". The triplets are somewhat sticky but the tunes wir easy enough tae dig in a bit.

Iona an Viktor joined straight aff the bat, an straightened ma squiggly line. Wullie did that hing eh does where eh sits wi a contemplatative look oan his face, as if eh's really hinkin aboot wit tae play, before comin in wi a big open D chord like anyone playin tunes in D does. It wis away, bangin, Iona oan form and tpff, tpff tpffting it oot like she only does when she can be arsed. The sound ay the flute glowin through the air, minglin wi the fiddle an whistle instantly ay form a triple textured stream. This will be somethin, I thought.

We swapped sets ay tunes, me an Iona, Wullie an Viktor. Eez repertoire wis enormous. Eez social skills seemed fine. Eh played Eastern tunes, Greek tunes, Scottish, Irish, Canadian. He could play rapid, as fast as anyone. It aw hud a jagged edge, it pulled backward an forward ayr the line, wis never an ironed line, but I thought tae masel, this is wan ay the best musicians aboot.

We dove oot fir a fag every twenty minits, which means takin ages puttin oan jaickets an fumblin wi papers an filters an tuners. Wullie kept the punters gaun wi songs an patter, an Iona thrummed oot classic Highland tunes, even picked up the whistle an tore up a few jigs, an the Guiness appears an appears and disappears, the shimmerin edge appears oan wir vision.

Wullie's songs'd improved since we'd last saw 'um six year ago, before eh left tae tour the world. Eez guitar playin tae. He used tae ask the two ay us tae join this or that mad international project, an we'd always been too busy. This rare windae in time presented iz wi a patch ay hope. This could be it.

The night started becomin aboot whisky instead ay beer, the tunes goat slower and messier an the songs funnier. We played til they chucked us oot at midnight an headed tae Linen 1906, a shitehole in Shawlands that stays open tae oneish, then we could go 'ae the tea rooms, I suggest.

We walked up fullae cheer, arms roon shoulders an the pure happiness that comes wi new friends. A type ay light contentment that requires the healthier, less traumatised European minds tae facillitate. I acted the goat, went intae ma character an ham up the Scottishness fir Viktor an Michelle. Thir wis steady collective fog ayr us that is ten people breathin and smokin in Glasgow in November at night.

In Linen, Iona watched me spent money I didnae have, oblivious in the moment, an it wis aw erms roon each other, singin. Viktor recommended exotic beers that my pummelled tastebuds couldnae comprehend: a connosseur. Me an him wir gonnae head in'ae the toon, eh'd stay wi us. An we wir in the taxi, wir in Bloc, I bought round efter round.

The next day I woke up in ma bed. Iona an Viktor could be heard speakin through the wa'.

The Gods of Frequency

"Mornin'." Eh'd a vaguely Irish accent though eez fae Europe, I nevvir noticed the night afore. "Shit man, how'd you get so drunk? We drank exactly the same things." He didnae accuse, wis genuinely curious.

Ma elated friendliness fae the night before wis gone. I'd spent ayr a hunner quid, an as usual, we'd no a lot left. I tell Iona an she sighed an said, "It's fine darling", like she always did. But her voice wis marginally thinner each time. Mibbe it really does dae her nut in, I thought. But I didnae stoap.

I goat showered, an heard, through the thin wa', Viktor tellin Iona that I goat us kicked ootae Bloc fir shoutin. He tapped twenty quid aff her tae get back tae Edinburgh where eh hud gigs wi Wullie that day, apparently eez hud money back haim that wis tae get wired tae him, an aff eh went.

Hogmanay
December 31st, 2017

Hogmanay. I awake tae the vibration ay a message oan the phone, the type that shakes yir foundations, which in fairness havnae stopped shakin fir months. Mibbe they wir nevvir there.

It's whit I've needed, been obsessed wi, been avoidin. Rab, yir auld pal, who let ye borrow eez mandolin, whose birthday ye ruined, whose life ye made impossible. The full reply 'ae ma apology. I scan it, allow it tae sink in, take the punches, accept it, close ma eyes in gratitude, an launch ootae bed.

I staun in the shower, aged thirty wan, nearly thirty two, washin ma oakies mechanically, an greet. Hauf glorious relief, hauf melan-choly. We wir never perfect at bein pals or bandmates. Too much push. Eh wis always the better person, the stronger person. It's better fir everyone if I go quietly, the boays will be fine, the band will continue, nae mair arguments, nae askin fir ma payout, ma stake in the business, nae takin sides. Fir them there'll be nae mair get'n a hard time fir no practisin, no bein professional enough. Nae mair rows fir bein late, fir bein too slow settin up the gear, fir no actin the right way. Nae mair grief fir bein thirsels.

Efter ma greetin shower I batter some ay Iona's stew, burn ma mooth, kiss 'er guidbye an head oot tae work. I take ma time, an try an snap ma vision back in'ae focus, as is the routine afore ma shifts.

A showreel of ma atrocities plays fir me oan the wiy, somewhere in the middle ay ma heid. Fir so long, ma meaning, identity, purpose, reason 'ae get oo'ae bed've been so clear. Think'n yir a guid person, bein oan the right side, bein a full time musician, bein in a band, workin, earnin, these hings aw make up a person. Wherr dae ye go when each hing cin no longer be said of ye? How dae ye be?

It's time 'ae face what I always subconciously knew. I've been a monster tae 'um, tae his faimily, tae aw the boays. An they wid forgive ye time an time again loyally. We nevvir change, Cathal says. Ye huv yir essence an yir either "it" or no "it", guid or bad. How the fuck did I become such a mean, bullyin cunt?

But wasn't there guidness? Did ye no pay them oot yir ain pocket? Buy the PA system wi money you made? Gie thum aw free music lessons? Buy thum instruments? Set thum up wi an agent? Teach thum ceilidh dancees, bring aw the tunes?

Narcissism. They owe ye nothin. They may drink, but so did you. Rapid. They might no ay lived uptae yir standards, but who does? Even you don't. That "It" that ye chase ruined yir band. They wir guid. They wir themsels, you wir ten different people. Impossible. They could nevvir say the right hing, nevvir be guid enough, play the right notes, use the right gear, have the right attitude. Ye sucked the fun ootae thae years wi yir obsessions an ability tae convince people ay things based oan some mad theory. We ganged up oan each other, picked oan the weaker wans, fir fucks sake, Ye even fined thum fir bein late!

Talk aboot takin yirsel far too seriously. Talk aboot desperation. They ur better aff, I conclude, an push it ootay ma heid as I walk through the doors ay the supermarket. Everyone's in guid spirits, it's a hard shift ahead, wir backs an shoulders will take a tankin, no that they complain. No that they ever complain. But it flies by, adrenaline pumps intae ma limbs the whole way. Scanny scan here, stocky stock there, sweep sweep, tie up the bins, boom. Breathe.

Efter the shift I get haim, apologise through text tae several people. I won't make thir Hogmanay parties. I wonder how it's possible 'ae still be inviteed tae so many, how they've aw forgiven me fir being such an alky mess, an I sit wi the laptop waitin fir Iona tae come back fae playin wi Rab an the boays, want'n tae be gone, tae hide.

Wullie's Life's Wirk:
Interview
January 2018

"It's not going to try to be pop standard production. It'll be mini-mally rehearsed, minimal mic set up an loose an some wild cards in the band." Wullie's eyes are narrow, he gies short, awkward answers.

"Sounds interesting. Minimally rehearsed, isn't that kind of risky?"

"Nah it'll be fine. You just need to let people say what they need to say."

"Cool. And Shane you'll be playing what on the album?"

"Eh five string banjo, electric guitar, mandolin. Mibbe a bit ay whistle eh...if Wullie lets me."

"Shane was the first person I thought of. We've been wanting to do something like this for years."

"Aw thanks man. Aye we've been kinda developin the concept fir it since we wir oan tour in Europe in 2016 wi another band."

"Okay and, so you worked on the idea together, could you explain this concept a bit more?"

Wullie's poor, patient writer pal sits wi me an Wullie in Gusto an Relish an suffers wir patter, as we awkwardly dodge the questions she asks, free ay charge, fir an interview fir an Edinburgh culture magazine tae promote the upcoming album. A thing we actually asked her tae dae.

"Pffft it will come oot pretentious. I'm no great at explainin it."

"Just hit me. We don't need to print it all."

"Awright eh, here's how ah see it. I hink there's this web ay notes right, unbroken, never endin, flowin lines, in colours but no really colours, lit in between colours. An eh...they nevvir stoap, they can be played oan any instrument, an thirr no part ay any piece ay music that embdy's ever heard. Fir thum 'ae be recorded could only offer a wee glimpse ay what they ur, a tiny snapshot. They permeate yir whole brain, like musicians that've bin playin fir years right, at aw times. In here the noo in this room wi the air aw warm ye could say thir centered roon C# major, but in two minits they could be aw the blue notes, minor, up tae Eb. I don't know. Fir example, D seems like such a deid key tae be in at this second, C# or Eb wid suit this time an air so much mair.

I cannae say that every single time ye pick up an instrument that ye allow this web tae come forth right, sometimes definitely. I kinda hink it offers ye a glimpse in'ae somethin. I havnae come acroass, many fowk that agree ye know. Maist people seem 'ae prefer big soundin hings fir logical reasons ye know? Or hings that hit ye. See the mair ye rehearse an the tighter ye make the band, the mair set parts ye gie them, the less chance ay the musicians tappin intae the web. Sometimes ye pick up an instrument an yir ego obstructs this hing. But tae be aware ay it, an it's depth, it seems a bit mental 'ae learn a skeleton ay someone else's web, someone else lines, thir specific jig or reel or "part".

The only option fir me noo is tae meet other peoples certain arranged solid musical architecture wi this constantly movin web an hope that, somehow, they settle in'ae each other. An the closer we get tae it, the closer we get tae this album, which I'm hope'n will be lit the meetin ay aw wir wee lines, the closer I come tae feelin that this essence is gonnae finally reveal itsel. And...sounds daft but...I hink it's mibbe the meaning ay life or somethin, ah don't know, sounds a bit...An the maist painful times've been years ay a drought ay it, years ay its absence. Ah hink this is the other kinna...direction ye can go as a musician, whether it's a choice tae walk doon it I don't know. Probably no, probably maist musicians ur doomed tae feel that dull longin fir it in the back ay thir heid fir thir whole lives, and tae look fir fulfillment in juist manipulatin frequencies. But if ye dae walk doon it, ye'll nevvir be popular so ye see the conundrum. Mibbe aw what ye can really hope fir is alignment, that's aw it ever is. Ye need tae hope that Wullie Taylor an me an a bunch ay mad characters will align this February, an we can allow these webs tae join an form somethin bigger, a mair focused lens."

"Okay...Umm...yeah...I see what you mean. Cool, maybe a bit wordy for a five hundred word piece. We can condense it though no worries. Something like:

'Five like minded souls' musical journeys cross paths for this experimental celebration of roots music?"

"Eh...it's no really...ehh...see this is whit ah mean, I'm no great at these hings...aye juist go wi your hing."

Wullie's Life's Wirk:
Wullie Decides
January 2018

Wullie stauns at the corner waitin fir me, smilin wi eez erms oot. Always a surprise that eez up fir the hug (an no even a semi aggressive back slap) an that eh isnae annoyed at iz fir ma rude, evasive texts. Eh invited me 'ae his interview an I spewed cerebral gunk aw ayr it. He even offers me eez woolly hat fir ma baldy, vulnerable dome, the legend. I've been so shyte tae um for so long, left um snookered wi aw the gigs I'm missin when I couldnae hack it, aw the unfinished projects. Eh disnae judge, juist accepts an keeps askin me 'ae dae hings. The social worker in um.

We instinctually make fir the Queenie, rattlin through wir subjects, tryn'ae ay git tae the meanin ay wir stoat: the album. Ye'd hink we wid juist meet an talk aboot it, but naw, the catchin up must be done.

The subjects ay Hipsters, the Scottish Trad Mafia an the Conservertoire take us a full lap ay the Queenie. I suggest we head fir Maxwell Park, moan aboot unfair allocations ay fundin, even though we've got oors, wonder does that make us he bad guys noo, brace the gates ay Maxwell Park, ponds frozen ayr, boom! Wullie opens up the necessary chat aboot the album.

"I need to decide Shane man, we've got just over a month til we record, I'm fuckin shyting it!"

"It'll be grand man! Keep it loose! Mind whit happened last time we rehearsed too much!"

"Yeah, it will need some rehearsing though. I know you're keen on improvising but the improvising will be better if everyone knows what they're doing."

"Aye, true, ye don't wantae under-rehearse either. Yir right."

"I've got most of the band. I asked Pete, he said yes."

"Brilliant man, Pete's the boay. Ye wullnae regret that."

"I think I've sorted a harmony singer too."

"Amazin! Whossaht?"

"She's called Stacey, from Shetland."

"Amazin, love the Shetland."

"She might play some fiddle on it too, free Cian up for mandolin."

"Fuckin amazin. Will be some team."

"I think we'll have a base of five people that play on everything, and a bunch of guests."

"Brullyant."

"Just need the drummer."

"Have ye thought aboot Cathal man? It'd mean a lot tae him."

Wullie's mooth scrunches unconsciously intae a pout.

"I've asked if he's free, he is, but...I don't know...he doesn't have a drum kit. Will he be okay to learn the stuff?"

"Eh'll be grand man, eh's a bittae a genius! Ah think eh'd be dynamite."

"Are you sure? Will he not be rusty if he's not got a kit?"

"Nah man, eh'll be smashin!"

"Okay, okay. I'll get him on for some stuff, maybe get him playing guitar on a few and you can take the banjo."

"Yass! Quality man. Ye won't regret it."

We leave each other at Pollokshaws Road. He's giggin in Edinburgh the night. Relief flows through me that I'm no gaun wi 'um, an that Cathal's an Pete ur in. Guid.

That's guid, Cathal will be involved, he's bin need'n somethin... it'll gie um somethin.

The Madness, Wullie's Life's Wirk:
First Rehearsal
January 2018

I turn up at Wullie 'n Michelle's hoose in Calder Street, a few days intae the New Year ay 2018. Excited, fullae the cauld an the sloshin comfort that comes wi it. We've a month tae we go doon 'ae The Cabin in The Borders tae record Wullie's album. The album that's gonnae be the first guid solid piece ay work in ma life. The album that's noo fightin fir first place in ma line ay sight, alangside the wean, Gaelic, the buik, Iona, every'in, creatin a conveyor belt ay splayed attention like ye get in the sushi restaurants.

They welcome ye intae thir haim wi warmth an a cup a' tea, aw patter 'n slaggin. It's a guid place. They whizz roon sweepin awiy the remnants ay thir maist recent guests, some ay Michelle's intellectual French pals. "The Philosophy Club was open late last night". Wullie nods to a wee pile ay boattles with a grin.

I sit right doon in the big high ceilinged livin room, take the banjo oot an drift intae the start ay "Raglan Road" in a blue B major, wi the drone string tuned tae C#, which of course causes one tae muse oan the dreamy quality of 9ths, while Michelle asks insightful questions aboot the buik. She's writin wan tae, the only other person I know that is. It sounds far mair developed an interestin than mine, which I tell 'er an we admit that we've gied each other the fear. A healthy fear. As my maw says: "Spite is the best motivator!"

Wullie an I have an agreement tae break the run of unfulfilled projects an the depression ay winter, gallus claithes only fir this album! Take aff ma jumper 'ae reveal a white t-shirt tae go wi ma new grey troosers an pointy cowboy boots. Nae sannies at the very least is the deal. Wullie is wearin eez ain cowboy boots, an a flowery shirt. It's a guid start. We agree emphatically that we'll no take the boots aff durin the makin ay the album.

The buzzer goes - it's the fiddle player fae Shetland, Stacey. I already know whit the conversation I'll have wi 'er is, I'll ask a bit aboot Shetland, aboot the festival, mention the famous Shetland boay an the story aboot 'um comin up tae me while I wis pishin at the festie, an I'll avoid talkin aboot trad cos that's what ye dae wi trad people.

Big Pete clatters in wi the double bass. It's impossible no 'ae clatter it. We exchange the obligatory New Year greetins. I've no seen um since I stopped the gigs wi Rab an the band. Eh seems tae wish me nae harm. Eh's nervous, hasnae touched the double bass fir months. Eh's no drinkin which is a relief, eez got the motor.

Wullie gies me the electric guitar that eh set up, a Gibson 335 copy. I've no played the electric firra while. It's the doo-wop chord progression this wan, easy enough, though the licks don't come as instantly or gloriously as I'd imagined. We aw get wir cups ay tea or coffee, settle doon in'ae wir seats, ready.

Thirr's nae nerves yet, the cauld stoaps that hap'nin, an in between bursts ay the new song, we aw sit catchin up, gettin 'ae know Stacey, which is very easy, waitin fir Cathal. When it comes tae hauf past an Cathal is nearly forty minits late, Wullie asks if we shuid juist start.

I ignore a wee stab ay worry. That this might no aw be the easy, fated musical dream I'd imagined...nah...don't be daft...it'll be grand...easy. We start up the song. It's about Oklahoma, in D of course - a key which fits wi ma preconceptions ay what Oklahoma looks like. Grassy an green. The lyrics are lovely an crisp, the melody's lovely. Pete's no heard it afore so it's a bit sticky, no his fault. It's that almost sound, nearly music. The bass an the guitar ring thegither sometimes. Usually oan the home chord, when wir back in the verses sometimes aw the chords, which leaves ye wi hauf a feelin, willin everyone tae play the right hings.

We run it twice, Stacey sits workin oot harmonies, quietly at this point, too quiet tae really hear. Wullie lets 'er get oan wi it. We get through it again an it's better, more ay thae moments where ye feel the waves aw meetin each other in the air an startin tae hum. A wee bit mair confident.

The urge tae tell people whit tae dae appears, that surely I could solve these problems, know the right harmonies, surely...Naw! Back in the vaults ye go. Ye've sworn aff condescension forever. It would be easy ay sort these problems...but mind whit's happened tae yir other bands...

A quick chat an we move oan tae Wullie's Edinburgh Gospel. Much easier, big Pete's played it afore. Also in D, swingier, easy backin vocals, shoulda started wi this yin. Me an Pete run through it wirsels while Wullie an Stacey work through tae the chorus. Nae bother, here wi gawww! 'S mair like it. The buzzer goes, Wullie answers it while still playin an singin, entertainin, always managin, keep'n wir spirits up, bringin the guid vibes. Cathal is here...phew...fifty minutes late but here. Chill Shaneboy. Wir aw late at times...

We aw say wir new years, eh's wearin the same outfit as me. Eh's aw smiles, we quickly catch up. A twinge a' nerves appear, but I fling thum under the cerpet because this is the project an wir year. We're 'ae dae the gospel wan again. Cathal automatically drifts ontae the electric that I wis playin, eez preferred weapon. Eez no brought any drum gear wi um. I have sworn tae masel tae be the water an no the rock, so I slide sideywiys oantae the banjo, an we have a twenty second burst of music amidst the confusion over an incredibly simple chord progression.

It wid be so so easy tae sort this oot, tae explain, 'This is the verse, this is the chorus, the bridgey bit, everybody oot, back in twice, boom'. But Wullie and me ur sworn aff that patter, the constant interruption ay the flow durin rehearsal. This time we juist let it happen.

Silence, efter the song. Cathal sits playin blues licks oan the guitar in a constant stream...silence...licks...silence...dewbeww-wdeehhdiddlydeneeeeww...no ma place tae brekk it, no ma place... it's Wullie's hing...the rest just sit there waitin.

Ma instinct tae lead the night kicks in. Juist cannae help it, I suggest the song aboot the Rio Grande, we try it in C. It's clear in the first ten seconds something isnae right, I'll nee'ae chip in, I use ma meekest voice...

"Nah man, sorry...somethin's no soundin right in C there man, it's aw sitt'n oan tap ay itsel."

Cathal agrees wi me. We move it doon 'ae A, a space opens up, a glow, but it's low. Eez voice is scrapin the groon. Try B. Difficult fir the fiddle but guid fir Cathal an Wullie. The changes are hesitant but thirr's nice bits, and the instruments sit in sonic comfort in thir spacees, Cathal's electric glows electric blue in places. Ye can see aw the lines lappin oan tap ay each other wherr they should. Guid.

I try 'ae keep us rollin through the songs as almost every rehears-al, at all times, wi any band, is in danger ay meanderin intae a big, directionless, patriarchical rant. Wullie an Cathal border oan rantin wance or twice, oan thir ain favoured subjects. I try an move hings oan by agreeing that, okay, Ed Sheeran is culturally appropriatin Irish Music but this next song oan the list eh? Try tae move the conversation away fae the imminent discussion aboot Ed Sheer-an in general an towards oor music. Wullie brings up Ed Sheeran's misogynist lyrics. These two boays sit on very different sides ay that fence, both hate Ed Sheeran, but Cathal, eh doesnae mean it, it's juist...eh doesnae...

Wullie starts. "I mean, how does Ed Sheeran get away with it with this current movement for female equality? I mean have yous heard the lyrics? So misogynist! An nobody seems to question it! Hip hop gets questioned all the time but Ed Sheeran..." Wullie is away. A coin flips in ma gut. The pull towards noddin an wholeheartedly agreein wi Wullie, the knowledge that Cathal will disagree any minit noo. Oh dear...I will Cathal no tae break in'ae his "but third wave feminism is a loat ay shyte" patter. Wullie's aw fir a reasonable debate, but a reasonable debate is no what he'd get.

I will it tae go away, will it...juist leave it, it's juist, no worth it. Get the conversation ontae music. Cathal starts wi eez patter.

"Ach, I hink that whole hing's a lot ay shyte though. It's aw middle class doctors an journalists tryn'ae say thir oppressed. It's nevvir a wee cleaner wi five weans. In Saudi Arabia aye..." Fuck. I take a breath, ma erms clench. Ma guts boil. I look sideyways at Stacey. She an Pete juist sit, waitin 'ae play, Pete wi eez cheeks puffed up, her sippin tea. Wullie's eyes ur narrow. Yir gonnae need tae dae somethin here. Of course the hing 'ae dae here wid be 'ae cut in an disagree, but experience tells iz eh'll frame it that lefties ur reactive an don't let ye have an opinion. Juist as Cathal gets that edge in eez voice an eez jaw begins tae clench, I blurt. Eh dosnae mean it...eez juist...complicatit...it's no that eh...hates wummen...they don't know 'um...eh's just, gaun through stuff...music...

"Yeez wan'ae try the B minor wan?" I cut in ayr the tap. "Ye know whit a mean? The B minor kinna blues wan aboot eggs bein fried 'n that?" This nine minit staggering blues wi a streak ay orange is wan ay Wullie's true gems. A mash ay Balkan, Tom Waits an the Deep South. Ye firget sometimes amidst aw this fuckin angst that Wullie's songs ur so guid.

This wan we find wir way in'ae easily, phew, though ma erms ur still clenched in case the subject comes back. I knew Cathal wid approve ay this yin. It's a poem converted in'ae song, which I know Cathal can relate tae existin works eh approves ay since it isn't rigid in its form an has nae full chorus.

"I cannae be arsed wi rigid structure an form, at aw!" Eh telt me, when eh suggesteed eh wanted tae wirk wi Wullie a coupla weeks ago.

We relax, the song is nine minutes long, an I sit back, tae get a scope ay the sound. Stacey takes oot the fiddle. She sits an takes notes, listens tae the song afore joinin in, plays linear rather than blockin wi the chords. It sits oan the song's heid rather than in it's belly. I can feel Cathal's irritation at it, eh's incredibly sensitive tae this incredibly sensitive type a' playin. Eh may rant aboot "trad" musicians later in the night.

Nonetheless, plenty ay opportunity fir me 'ae dig in oan the banjo, an Pete picks it up nae bother. Some moments, it gels. I take a break an go intae the kitchen 'ae make mair tea an talk tae Michelle, needin a quick change ay scene. She's sittin workin oan the book, writin notes. She writes in English, has a relationship tae France that I cannae figure oot, mibbe a discomfort wi French-ness an empire. People fae capital cities ur always like that I reckon.

We talk aboot self doubt, how 'ae avoid lettin it cripple us, an I slink back intae the room. They've starteed oan the next yin, the slowest, maist sensitive poetry oan the album.

I had thought wi near certainty that this wid be right up Cathal's street, but somethin has irked 'um further since I've been in the kitchen, an eez sank intae 'umsel, no really tryin. Ye widnae see this unless ye knew 'um. I know eh's goat that hing, if he tries eh can nail anythin first time. But eh doesnae try, eh misses chords an yawns.

The last song is fast, I cin feel Cathal's disapproval. I worry that eh hinks its "Mumfordy." Eh's radiatin somethin, or it's aw in ma heid, but whatevvir it is it crushees ma ability 'ae dig in an be natural, an this opportunity 'ae firget masel is missed. It's ten an Stacey has tae boost. Cathal points oot that mibbe sombdy should walk Stacey 'ae the train. Well, I suppose Govanhill is mental.

A year ago I widda stayed here aw night smokin joints, baskin in the glorious first rehearsal potential ay it aw...but visions ay Iona sittin by 'ersel noo flash. She's pregnant an busy an I nee'ae make mair ay an effort. Stacey says it's fine an no 'ae worry. I say I'll go wi 'er, it's oan ma way haim an Iona is up the road waitin oan iz 'ae get tore intae pizza. The other two stay oan. I walk 'er through baltic, frozen Viccy Road. It's easy 'ae talk, she's a kind person, talkitive, sad an battered by somethin. Aren't we aw. We talk aboot Shetland, the fiddle scene, the Glesga fiddle scene, different sessions we know ay, people in common.

I leave 'er at the station, she's goat seven minits tae the train, should be fine. Aye, I'm sure she'll be fine. Will she? Is thir a danger? Ye better go back. Nae herm in gaun back. I go back, it is dodgy here. It's pishin wi rain, I explain that I couldnae in guid consciousness leave 'er here. We staun 'ae face each other. She's a young forties, a twenties forties. She's smilin, laughin, devastateed aboot somethin. The Celtic Melancholy radiates affae 'er, it's palpable. Untold stories I hink. She tells me she's juist moved tae Glasgow fae London, juist broke up wi her partner ay ten year. Ah, that's it. She's loast. Beans 'n toast. I try ma best non intimidatin body language, staun back, make nae eye contact. Ur ye tryin too hard? She gets 'er train, we say wir byes, guilt an blackness flood back intae ma brain that I've staved aff since five o'clock.

Back haim. Iona is oan the couch, obliterated by pregnancy hormones. I fling the pizza oan, tidy the kitchen quickly an tae a fairly shyte standard. Gettin in'ae bed takes aboot hauf an 'oor, so we don't attempt tae watch Netflix. Wir New Year's resolution.

I explain that the rehearsal wis fine, but it wisnae lit, life changin. Wisnae "pure" music, wisnae perfect.

"Aw darling. It nevvir works like that, your wee brain always convinces you it's going to be perfect right away. It always takes work."

Aside fae a couple ay moments, actually, it wasn't too musical. Fuck.

"Aye. 'Ae be honest ah thought it wis gonnae change every'n an aw ma best pals wir gonnae spend the next few year in a musical paradise. Pfftt. Music is hard man." I worry ma jaggy heid an furrow ma brow, back an forth. She hit's me wi it full oan.

"Today I'm being totally honest with myself and I'm thinking I don't really enjoy music anymore."

"Really?"

"I'm thinking I might juist give it all up and get a job and do writing as a hobby instead."

"Ooaft."

It's alarming tae hear 'er voice words that've been formin in ma heid, that've been pushed aside. The ultimate taboo, the wan hing society demands musicians do not say, we must show gratitude for this greatest ay gifts. She's always been the brave wan.

"Whit happened then?"

"I was working on tunes for my album and realised I hated it all."

"Ur ye still wantin tae dae the album?"

"Nah I don't think so. I'm accepting that I'm not destined for any greatness and my family have all built me up to be this important thing, but I'm not. This trad thing's got a bit out of hand. It's just folk music. It's all just narcissism."

No a wildly abnormal Monday night type ay chat fir us, tae be fair, but come oan. She continues:

"Our generation were all taught that we're special, and we have to achieve greatness or we mean nothing and we've failed. But we don't have to and it doesn't really matter. Just because you have the talent for something doesn't mean you have to spend your whole life making yourself ill because of it. We're all ill because of that belief."

Hah! I'll be fucked if ma brain will listen tae that. It's uncomfortable and I've no goat the energy ay re-arrange the furniture in ma heid, no wi this anaw. She's usually right of course, she knows hings, but come oan...

Over the next two 'oors, we confide tae each other that we don't really like gigs, an mibbe gigs are the wrong format fir music. I contribute that while havin coffee wi a pal the other day I realised, that Glasgow, Scotland, the Wurld has beaten so much ay the will 'ae gig ootae me. She's been realisin it fir years.

I try 'ae haud on'ae this topic, fir at least another hauf 'oor, tae try an plan fir a new life wi nae musical pressure, we must plan it right here an noo! A clear oot is necessary!

Her eyes start shuttin, it's efter wan in the mornin. I kiss 'er foreheid an lift the laptop tae go through 'ae the livin ruim. Yess. Aye, a Gaelic life....music as uised fir a real ceilidh, no gigs, workin, teachin Gaelic, writin buiks, learnin hings fir fun...aye...that's the answer.

"Are you not coming to bed babe?"

"Ach, need tae get some work done babe."

"But you're tired, why don't you just sleep."

"Ach...sorry babe."

Can ye gie up such identity? Such a sense ay sel? People will be disappointeed...ma, da, Wullie, Aonghas, Mairi 'n Malcolm, ma sister...ma wee grans...

I wrestle wi ma brain fir another 'oor while browsin Gaelic courses online. This desperate brain wullnae let go 'a music easily. The thought comes creepin roon in'ae vision fae somewhere 'ae the side. Is it possible that Cathal's theory aboot musicians is true? That there are really three types ay musician? That is tae say, the non musician, someone who never connects with any music, the sometimes connector, an the always musician. Am I the second category efter aw? Is Iona? Is this why music exhausts us so much but nourishes him? Does it cost energy fir us to connect? Ur we no really musicians efter aw, but juist advanced frequency merchants?

Ur we meant tae be reclusive writers, who've lived in constant agony that we are not thrivin in wir natural environment?

Whit makes me pick up the guitar or banjo or whistle every day? Control? The need tae control somethin? Am I a psychopath? Four rehearsals tae go an we make an album.

Viktor's Plan
December 2016

As Wullie's album creeps closer, the mind stubbornly ruminates oan 2016, an mistakes. Wans that cannae be made again. It wants tae know somethin afore we dae this.

Fae the first night in Jinky's, Viktor became an omnipresence. He had an unstoppable hurtlin drive that took in aw that surrounded um. Nae actual exchange ay the words "We are noo in a band" took place, but it wis known. A couple ay weeks later we wir sittin in Jinky's wi Michelle takin wir photaes, Iona an me painfully awkward an introverteed, Wullie full ay unquashable excitement an optimism, Viktor keepin wir adrenaline levels topped up an increasingly pushin social boundaries. It wis well intae a painful, black winter, an alcohol wis inevitably everywhere. We wir too inanimate apparently, wi wir hair coverin wir facees. We needed tae be mair "mad and Scottish," apparently, whi'evvir that means. Iona didnae take it well, bein telt tae be that. Bein telt tae be ent'n isnae nice.

We wir somehow signed up tae a whole weekend ay...stuff...wi this new band. I accepted it, wi wan eye always anxiously oan her. Did ma ma best tae help 'er through it an tried tae force masel in'ae the auld spirit. So we took the photaes, the best ay which featured forced smiles an pictures a' Guiness. We tried a few wi us aw wearin ponytails so ye could see wir facees, which he felt wid go doon well when advertisin fir gigs in Western Europe. They're daft aboot Irish an Scots music, they'd love us, eh said. Cos we wir so mental. That we wir mental is undeniable I suppose. "Mental" equals credibility.

"We need to present ourselves as rough Glasgow gangster types... dey'll luuhve dat."

Okay, that wis annoyin. Nae gettin roon that. It'd aw be worth it when we goat tae Europe...it'd aw be worth it. I pictured us smashin it up tae admirin, serious faced, healthy Europeans 'n held it there. Iona's spirit wis completely crushed by this. The others couldnae tell, but 'er face fell an her shooders crumpled. 'Er energy became impossibly heavy, too heavy fir me 'ae lift, much as I tried.

Wullie said it'd be a hunner quid for the photaes, we'd aw chip in. Thirr wis apparently a video 'ae be shot, which wid be another hunner fir Michelle an a hunner mair fir a sound engineer. It wis December. Between Iona an me, we'd aboot sixty quid tae last two weeks. We'd no even paid wir rent yet.

We walked back tae Wullie's flat oan Calder Street, me an Iona up the front as always. Impatient tae get there, grumpy, Wullie aff oan wanayeez urgent shoap'n trips fir a certain essential type ay spice, Viktor an Michelle up the back speak'n French. They wir mak'niz dinner and then we wir 'ae rehearse.

We goat tae the flat, Wullie wisnae therr. We aw waited ootside in the cauld. Thir wis the energy ay a new band in the air. The wheel a' fortune spun, landin oan aw the relevant emotions, its many hauns dartin fae wan 'ae wan. I made jokes aboot Scottish people tae ma new European pals, played ignorance aboot where they came fae, talked geekily an specifically aboot tunes wi Viktor.

Wullie came back, let us in. We sat doon an right enough thirr wis twenty minutes ay faffin. Iona sat therr the whole time sayin hardly anyhin, smilin an answerin wi pleasantries when spoken tae, which is an inhuman effort tae her when she's in this state. Wullie put the dinner oan, another twenty mins of preparin an choppin an stoapin tae chat. It did smell guid an we wir starvin. But it wis rehearsal time, Viktor's had rules fir rehearsin. Eh wisnae impressed wi late-ness. Eh liked efficiency. Eh wondered aloud if we'd be awright wi 'um suggestin a lot ay the arrangement. He appointed 'umsel Musi-cal Director, a phrase that caused a wee shift in shoulders an heids roon the table. Eh talked seamlessly in perfect an articulate English. We didnae interrupt, couldnae if we wanteed tae.

We sat doon roon the kitchen table, me at the back, always awiy fae the door. Iona safe on ma right, Wullie nearest the stove an Viktor tae ma left. The heating wis oan, but it wis still cauld. I tuned, ready 'ae go, an Wullie an Viktor blasted ideas at each other in between Wullie staunin up every two minits an stirrin the stew.

We started up a song, in, of course, D. "The Pidgeon and the Lawnmower," a tragic comedy. In double time, Cajun rhythm, Wullie's right haun getting mair solid. I slammed straight in wi the five string banjo, reading eez hauns fir chord changes, an Iona lift-ed 'er boax laboriously. Viktor slid in wi the fiddle an 'chopped', the maist modern ay fiddle techniques. Cathal widda hated it. It did, tae be fair, sound powerful oan tap ay the beef ay Iona's boax. Thirr wis enough space fir me 'ae go a bit mental, I gied it aw the licks I hud, tryin tae firget masel, try'nae let go. Iona an me followed the whole hing, oan the edge, up until the finish. Just as we wir aboot tae take a breath an a sip ay tea, it morphed in'ae a hauf time, reggae, wallowin Bminor tae F#7. Wullie looked at us aw an said wi a smile: "this is the morale of the story." I tremoloed tae the end an it finished oan a French soundin Django Reinhardt chord.

Naebdy said anythin. When I realised that naebdy wis gonnae break the silence, I piped up: "That sounded guid I thought?" We swapped a few tunes, recorded some, wrote some doon an suggest-ed tunes we liked. Viktor sent us some very organised PDFs tae some tunes eh'd written oan the spot, oan some spreadsheet hing oan Google Documents. That wis new. We ate dinner. Wullie wis so excit-ed that he brought oot a "special" beer, Gouze, fae Belgium where eh'd went tae Uni. Viktor wis delighteed, bein a bit ay a specialist. Twenty bangers a boatle, fourteen percent. I sipped cautiously, it depressed blackness intae me an made ma limbs go limp.

Iona wis pished instantly. Her face smiled that smile ay "fuck everything," that only I know.

We walked haim in a fog. I blurted possibilities oot tae her an she remained quiet. This pattern had evolved ayr the last few year; I wid start a project on wir behalf an attempt tae convince baith ay us in live time that it wis worth daein. We returned 'ae wir wee flat, foggy, blackness steeped intae wir bones, did wir night time routine, fell intae bed.

"It could be guid...wi the banjo and if we get Shug oan the bouzouki or mandolin an dae slightly mair songs than tunes...don't ye hink?" I prodded.

"It's not real trad. It's okay. I'm happy to do one tour."

"But don't you think there's potential? If we..."

I wore oan, searchin, an she goat tired, 'er wee face expression-less as I swept the full spectrum of musical possibility.

"I cannae wait tae tour Europe man! Gonnae be so guid!"

"I think you might find it won't be quite what you're expecting, darling. It's just playing gigs to people like it is here and it's very tiring an all the houses look the same." Pfft! What negativity. Surely it wid be life changin. Pictures flooded ma brain ay the band, noo includin Shug, tearin up reels, four part harmonies resonatin in the air, musicky types in the audience, wi the wee circular specs, look-in oan mutterin, "Yeah yeah, great banjo player. Great shinger ja. Playsh whishle too. Great rollsh."

***

Efter catchin up oan sleep, we headed tae Jinky's again the followin' night, wi the five minute walk fae wir hoose already buildin associa-tions wi excitement an stress. The pavements wir aw slippy wi frost an wir breaths makin big orange clouds under the streetlights. We baith crammed in a pre-rolled fag on the way, which nevvir does much tae quash the nerves. I'd agreed tae sing wan song that night, havin stupidly blabbed tae Wullie that I wis workin oan wan.

The adrenaline rocketed in'ae me as soon as the big green sign of "Jinky's" jamp oot fae behind the curve in the street. Again the street wis pure silence. We opened the big ornate wooden door 'ae the sound ay workin class boomin voices, an tae wir surprise, an relief, a few wummen. Wullie wis there, pint in haun, walkin between tables, talkin 'ae everyone. Viktor wis away in Edinburgh fir some reason, so it wis juist Wullie, Iona an me. I'd tried tae convince

Shug tae come doon, eh'd said mibbe. Eez presence wis soothin fir some reason, eh always appeared happy. Lit a human shield against horrible, critical punters.

The pints wir divvied oot an we banged in'ae some comfortable warm up reels. I focused aw ma mind doon 'ae the whistle, cursin when ma haun tenses, or when it fluffs a note. Iona played shyly. When she doesnae feel it, she really doesnae feel it. Wullie chatted fir an impenetrable ten minutes efter we finished the set an I tried tae direct the conversation towards him daein a wee song.

Eh played wan ay eez ain, no gien a fuck that the punters expect "The Irish Rover" or "Black Velvet Band." Somethin quite fast an in D, called "Albatross," which is guid fir me, I could bang in nae bother.

The night wore oan an we fell intae a rhythm. Song, tunes, song tunes.

"Right Shane, when are you gonnae give us a song then?" Eh prodded, eyes narrow.

"No yet man, need mair drink first."

As we wore oan it became inescapable, near the end ay the night. Time. Iona, noo merrily rollin, form on the ascent, encouraged iz: "Come on, go for it!" Some a' the punters agreed. I'd nevvir sang in front ay any human other than Iona. Ma stomach fillt wi adrenaline fir the second time that night, ma hert slammed it. Time slowed doon, aw the objects oan the table in front ay iz wir twice as clear. Three hauf full pints ay Guiness, two harmonicas, a brace fir a harmonica, Iona's flute wi the broon patch, ma picks, a capo, a packet ay yellow Amber Leaf, filters, rizla.

Fuck. No ready, shouldae practised fir a few mair weeks. Fuck.

I took the guitar aff Wullie, a wee toty Taylor, very playable. Tuned it tae Dadgad, wi the capo oan, fifth fret, started pickin the melody a' "Jock Stewart." Dah dah dumm daey dawn dawwwn, dah dah dum dew new newwww...

Fuck, need'ae start soon, time is staunin still, I close ma eyes, where's the first note? It wis a G. I hummed the home note, here we go. Oh my god. Aw the sounds ay the pub clinkin an clankin aroon me, glesses oan tables, chatterin, doors swingin. Take a deep breath like the Aonghas telt iz, push fae the stomach, no the throat.

"Oh ma name is Jock Stewart, ah'm a canneeeeeh gaun maahh-aahnnn,"

Wir away.

"Sooo bee easseeeh aahnn freeeee, when yir drinkiiinn wi meeeee!"

The whole pub knew the chorus, fuck! Yes! Christ. Wullie breenged in at the chorus wi eez bass voice, wir in'ae the second verse - Iona came in wi flute, oan the home stretch! It's a hit!

When I finished, thirr wis silence. Fir wan..two...three...four...

five...longer? Wis I only imaginin that people liked it? Applause. Cheers, pats oan the back. Thank the Gods. Relief swept ayr me, an happiness, fir the first time in a long time. A victory.

We finished wi a set ay familiar reels an packed up.

"Well done for your song a ghraidh, I was so proud!"

"You're a good singer man, you should do it more!"

"Enjoyed yir song big man, well in!"

I convinced Wullie, Iona an big Pete who wis hingin aboot in the corner tae come intae toon wi me. Wantit tae celebrate, havin sung fir the first time. A sense a' possibility flooded through iz. I sang an it wisnae that terrible! No perfect but no absolute shyte. Folk even kinda liked it! Whit does this mean???

We ended the night in Bloc, I maxed oot ma card again, no carin a jot. Iona wis oan form at this point, she joined in the craic an it wis beautiful tae see her gaun fir it. We aw soared thegither, pints an chasers an fags an we vibrated oot an goat chips and cheese in a wee mental kebab place that big Pete knows, headed haim in a taxi, swollen wi happiness and the excitement ay new friendships an the possibilities ay the next few year an whit will surely wid be a corner turnt, wid surely be the best band ay wir lives, the answer.

PART TWO: BACK TAE THE LIGHT

January 2018

Oan the seventh day ay the new year, another day aff thegither, somethin feels different fae the openin ay the eyes. The alarm oan the phone goes f'kn ring, ring, rinnnnng! First at nine, then again at ten past, then twenty past, up tae ten, then eleven, then aw the wiy, every ten minutes, tae hauf eleven. In between aw the precise snoozin is a continuous dream aboot a big uninhabited warehoose.

Hearin Iona next room pitterin an patterin an clinkin, an the usual Facebook flick'n fir ten minits, gies me a final rush ay motivation tae git oan wi this day, which'll be wir last thegither in another month as full time hours an aw wir mad commitments fir the year start tae kick in. It wis a guid sleep, a deep sleep, no enough sleep, nevvir enough, but mair.

Iona's lyin oan wir tatty livin room couch in 'er big pink house-coat, thick rimmed black specs oan, readin a buik, sadness aw ayr 'er face. She's three month pregnant, 'er mood's terrible. She can hardly staun 'ae be touched maist ay the time. I say guid mornin fae the door but don't venture in, tryin'ae gauge how receptive she'll be. She hauls her wee heavy eyes up tae me.

"I've had a terrible morning darling. I woke up at six and couldn't get out of this fog. I'm so sad." I dae ma best. I gie 'er a gentle hug, comb 'er hair wi ma fingers, try 'n use a soothin voice, but we're fightin nature.

"Why don't we get showert an we'll get oot 'n in'ae the park?"

I tan a nuclear cheesy beano for breakfast an kinda burn ma mooth, an faw asleep oan the couch while she showers an does the mornin rigmarole, then get up an shower in five mins. Boom, hair, oakies, groin, arse, done. I gie it "Shoals of Herring," the Luke Kelly version, the big slow bit at the start, in a mock American rock voice, an then jump oot, dress, grind some ay the fancy coffee beans I goat aff ma da fir Christmas, an stick the percolator oan. I burn the coffee, pour the viscous black metallic syrup in'ae a cup an sit doon 'ae tan it while Iona does the leavin the flat hings. The checkin the cooker, the plugs, firgettin whether thirr's a washin oan or no, fillin the cats bowls even though thir still full, experiencin the odd existential shock.

By the time we've cleared the shade ay wir block ay flats, we come intae some hauf noon winter sunlight, which is pingin aw directions aff a layer ay frost that covers everythin.

"Ye know, this is the maist real sunlight I can remember gettin! Maybe that's why we've been so doon the last few month, that an finally gettin away fae the bevvy!" I try no 'ae unleash too much subconcious mulch oan her. Try 'ae focus oan 'er, find ways tae cheer 'er up...try. Wee games that have developed through the year, characters we've made fir each other when reality is too shyte.

We boost towards Maxwell Perk, tak'n fast steps tae warm up, doon Nithsdale Road, an I try 'ae focus oan the bare tree branches while Iona talks. Try an actually listen an no steamroller, strive tae offer sympathy rather than practical solutions - it's a New Year's resolution. She feels a wee bit better wi the sun, an I put ma erm roon 'er.

Maxwell Park swings in'ae view an ppppppffffffffftttt! The blurry, grey wurld snaps back in focus. Ma brain's alive. Aw the wee connections, passageways, matter, aw re-aligning, like a camera turned tae juist the right angle, the colour an meaning an purpose an joy of hings is back.

"My gohd, sorry, sorry 'ae interrupt, ma vision juist snapped back, sorry tae interrupt ye babe, but somethin juist happened, nae joke. Must be the beetroot juice I've been drinkin or the big sleep or aw these walks or mibbe juist processin hings..."

I go oan fir a guid ten minutes lit this, tryin tae control it, 'ae stoap. It's no yir usual brief moment a' blood sugar clarity in the life ay a hypoglaecemic. It's as if the blackness, the cloud that his underlined ma whole reality has gone. Juist lit that. I try no 'ae blab...ramble...but it's burstin. She says little. It could be first proper sunlight in months, blood sugar, the last ay the alcohol leavin the system, the big sleep, who knows. But it's gone. Suddenly the compulsion tae play music is back, an it takes over the brain like it uised tae. A reel starts pulsin in ma dome, in the cream white key ay A, behind everythin that I hink, hear, smell, look it, say tae Iona.

I cannae wait tae get haim an take that god firsaken banjo an aw thae idiot whistles oot the cupboard. I will play it fae a deep doon place an never worry aboot executin triplets or rolls or specific pipe ornaments again. I cin play trad musik an blues music, Irish an Scottish an American Country an the music that hurtles in ma ain heid an aw ay it will be the wan hing. We come oo'ae Maxwell Perk an start headin 'ae Pollok, up a nice steep frost hill in Pollokshields. Up tae the high housin estate that comes tae a patch ay grass an overlooks the city. I apologise fir havin interrupteed. Nee'ae stoap daein that.

Iona's mood lightens as we get awiy fae the noise ay the city that drains her. Reach the tap ay a hill. Thirr's a view ay the Campsies, behind some high rises, where Rab lives, another friendship gone. Aw I can see ay 'um is guidness, eez face in ma heid seems handsome an smilin an kind an no tired, an thirr's a smell ay tobacco but there's nae anxiety therr, an thirr's naebdy ay tell 'um whit tae dae an whit tae feel an I juist hope eez awright. A wee tear runs fae wan eye but it's fine.

The Campsies ur capped wi snow. They're wispy an could be enormous rainclouds fae here, if ye didnae know that they wir there.

We loop, back doon the hill, back towards the park, an such a hopeful buzz comes ayr me that I cannae contain it. I offer ma disclaimer tae the gradually cheerin Iona: "Sorry but ah'm that excited that I need tae tell ye this babe, ah'll dae ma best tae keep it short." I spout, I don't really know whit, juist happiness, an keep apologisin fir blabbin, an she's laughin at me, wi me. We haud hauns through her wee mittens.

The magic ay traditional music washes ayr me as we breech the gates ay Pollok Park, the same faces that I had recalled wi such bitterness only two days ago seem brighter, mair handsome, mair innocent. Aw the great sessions which had seemed so false, aw thae moments that wir impossible tae bring 'ae mind, of connectin wi somethin greater, of losin wirsels, firgettin, thae wee toty victories of goodness.

Until hauf an 'oor ago, til the light returned, tae no be defined by badness had seemed futile. It seeped through every pore, contaminated every thought, even every note that I played.

The answer is not alcohol, I hink, tae any question that faces the lives ay creatives. Musicians need no suffer 'ae make art, no that way, an nevvir ur we empowered by that type ay drunken-ness. I must nevvir drink again. I must nevvir drink again. That idea aboot banjo ether conciousness wis nothin but a shield, a wall that the mind builds when it cannae recall happiness.

We walk past the frosted rugby pitches an there are faint outlines ay deer in the distance. The sun is beatin doon an its presence is undeniable. Passersby have smiles in thir wee winter coats an scarfs an mittens. The dugs ur runnin an playin, an thirr's the sound ay children everywherr.

Iona looks oan wi amusement. Nature is against her joinin in ma happiness but she laughs along wi ma jokes, craics them 'ersel. I should switch ma attention tae 'er, divert fae masel, be satisfied at what the universe his put oan the table. I strain 'ae do so, allowin the warmth in ma heid tae sit behind it aw an support it. She says that she's no actually gonnae gie up fiddle, she might start teachin again, I say that's great, an it is great.

She dukes in fir a pish in a big bush. While she does, I take oot ma phone an purposefully write a long WhatsApp update tae long sufferin Wullie. I'm back, I'm sorry fir bein such an unbearable wanker an so dour aw the time. I lead 'um doon deid ends an stropped an took ma baw up the road an he stuck it oot. I ask if thirr's still gigs goin, I remember aw the guid times last year playin in Edinburgh, the guid bits ay the tour in Europe wi Viktor, I'm up fir it aw again.

Eh replies straight awiy, offerin iz a session in Edinburgh oan Friday. Shit! Here we go! Eh's made of light that boay. What madness, tae've gied this up. Two days ago Iona an I had frankly talked aboot leavin aw music behind, wir brains marinated in pessimism, an we wir sure, totally certain, in that moment, that we would.

In ma utter relief I look through the wee windae hingin in the air an see part ay ma joab, at this time, an in the future. Tae wrench ma heid fae oot ma erse, tae be the supplier ay light an optimism while she has 'er battles wi nature, tae dae the same fir the wean, tae listen, tae sometimes be the rock, sometimes be the watter, tae make some coin, even if it means fuck aw 'ae me. Fir her, fir the wee wan, an I see wance again that I've been such an arse but that I need tae keep it, the knowledge ay it, 'ae remind iz no tae be that guy, 'ae stoap, tae try'n look inside.

Wu'll dae it. We're daein it. Whitevvir it is.

The end ay the walk slump begins tae hit Iona. She slows tae hauf pace, ma legs ur twice the size ay hers an she's pregnant.

We agree subconciously that it's haimtime, an we stride back fullae purpose, grab an ecstatic munch a' granola mix wi wee chocolate bits fae Morrisons an back tae the flat, wherr I go straight fir the cupboard wherr the whistles've been rottin. In a blitz I frantically opt tae play rusty tunes in the glorious glowin ethereal subtle keys a' Eb, Bb an G# oan ma wee Eb Dixon whistle, where the colours are inbetween an complex like life.

I sit it doon next tae the table in the livin room, put the guitar there fir after, an stick the kettle oan tae boil aw the whistles efter that. An when I say boil ma whistles, this isnae some folk proverb, it's literally pappin yir metal whistles in boilin wa'er tae clean aw the grot that accumulates. It's thoroughly disgustin an incredibly satisfyin.

I've goat three hours while Iona does 'er hings an it's her turn ay dae the dinner. But mibbe you should dae dinner anyway, since she's feelin like this? I don't, I'm gone. I'll make it up. Bang the laptop doon. Will re-learn some auld tunes an play along wi some Ryan Flanagan, the baldy whistle player wi the essence.

Ma internal dialogue is that triplets no longer matter. I imagine masel in Edinburgh oan Friday slammin oot the tunes, sparsely ornamenteed, swingy, loud.

It becomes a mantra, repeated manically: "Nah they don't matter, they never mattered! I'm free fae the fascist grip ay Conservatoire hinkin!"

I start back wi a jig in D, (Eb) an focus oan the rhythm, allow it tae slide intae that glow that happens when yir groovin, when yir no frettin ayr triplets, or nauseous wi ornament or variation obsession. I allow some wee slides an cuts, but no too much. Accent the second one beat. Choo gah chah chah gah chah choo gah chah chah gah chah choo gah chah chah gah chah choo gah chah chah gah chah choo gah chah chah gah chah choo gah chah chah gah chah! Ma new life. This! A place in the wurl, restored. The banjo an whistle guy, bigger, better, mair soulful! An aw that worry fir nothin. Brush ower aw the auld classic tunes, "Silver Spear", "Brenda Stubborts", "Humours of Tulla", "Champaigne Jig", "Lisnagun", "Skylark's", "Reel Fir Grace", "Ormond Sound", "Buntata 's Sgadan". Time tae learn some Polka's, yeesh!

She sticks a washin oan, shyte, is she cleanin? Shit! Am I meant tae be helpin wi that? I don't tear masel awiy juist yet...cannae...no when the answer's so close. Pick up the guitar, tune it tae Dadgad, why did I turn ma back oan aw hings Celtic? Self loathin? Position capo at the eighth fret fir B flat, start pickin the intro 'ae "Jock Stewart". The Gods a' Folksong ur wi iz! The guitar resonates in Dadgad, in the indefinite B flat, sendin questions oot tae the ruim. Ma voice sits oan tap ay it wi-oot hassle. Only days ago I'd sang this an in ma depression felt it pointless an shit.

Aonghas used tae say "Sing fae the stomach," an bash ye in the gut wi eez sausage haun. He meant, I hink, take a breath deep intae yer stomach an sing. I'd spent a year, since ma first time in Jinky's, tensin muscles in different perts ay the boady 'ae limited success an soundin terrible, tryin blood vessel burstinly hard. Hauf an hoor. Bang. Done. Through ay the kitchen:

"Ur ye awright, ur ye needin a haun?"

"No I'm fine."

"Right I'll get dinner then."

Shit, ma revelation's come at a price. Shoulda insisted she sat doon, how did ye no juist stoap?

Shake the watter oot the three whistles, an go straight fir the Overton Low D. It chokes oan certain notes. I cover the wee sound-hole at the fipple, blow hard, clearin excess watter an bits ay clat an try again. It rings an glows in the air. I bite in an play the auld set ay jigs fae the auld band wi Rab. "Lisnagun", "Callavel", "Banish Misfortune", "Mouse in the Kitchen". It goes oot intae the room like a wide, soft line. That's it! The glow!

Start another set ay jigs an in amongst the rolls an slides, information comes. The essence ay the music is whit matters! If years ay stoats wi Cathal, Michelle, Wullie, Austria, Belgium, Holland, Germany, Italy, The Western Isles, has meant anythin, it's this. That's aw ye need. It's why ye listen tae Joe Heaney or the Dubliners or Blues or Reggae or Sean Nós or Sheila Stuart or Gospel or Johnny Cash or Odetta or Aonghas.

It's no rolls, cuts, taps, burls, slurs, bounces, or the god firsaken triplet. It's no playin in perfect time. It's no playin in clever time signitures, cross rhythm, polyphonic interweavin melodies, complex arrangement, expensive production, a light show, perfect intonation. Juist that. I wonder, as I unconsciously transfer fae playin the whistle tae manically choppin onions tae finally help wi dinner. Will the rest ay ma life be easier knowin this, or will I forget the morra, has the price ay realisin this been her trust ay me...will she lose patience again...fir guid? I hink: "nah" an then sweep it under the cerpet.

The Madness
January 2018

"Dummmm Dee Die-dil-dah Dah Dee Ahh Dewwwww
Die Dil Dum Dahhhhhh Dah Deeeee, Die Dil Dah
Dummmm Deee Die-dil-dum squeennnnneh.
Dummmm Dee skkweeennnnnn".
"Aw fuckin cunt!"
"Dummmm Dee Dydledum Skwwwweeeen!"
"Fuck sake man!"
I slam the heavy metal whistle doon oan the wooden table, compulsively run ma fingers ayr ma baldy hair, over an over wi wan haun while grippin ma coffee, sookin a rollie an lookin oot the windae wi wide eyes, ragin.

"A ghraidh, why don't you take a break? You're making yourself ill again. And turn some lights on it's getting dark."

"Need tae finish learnin this tune or the day'll've juist been a waste."

Right enough, the day has gone tae evenin, I'm sittin in the dark. Heid fried. Dried oot fae the coffee and fags, vision dotty an blotchy fae the lack of oxygen an food.

"Why do you torture yourself darling?"

"I've telt ye I need 'ay make up fir no practisin when I wis younger. We didnae aw go 'ay fancy music schuils - haha juist kiddin love you." It wis intended tae be funny, playful, that wee line. Did she get the humour? She raises her eyebrows, closes the door an goes back tae daein what she's daein.

She doesnae get it, she can juist dae it. I've tae host a session masel in a few nights. Masel!

"Dummmmm-Dee-Die-dil-Dah-Kweeehhhhhhhh!"

The Bakery:
Two Weeks Tae Wullie's Life's Work
February 2018

Sit doon fir ma break next tae Sandra in the canteen, ma teacher fir the day fir ma bakery trainin in the supermarket. Even wi two people, the bakery knocks yir pan right in. Wir baith clingin wi sweat an starvin, faces aw dry fae the oven. Backs loupin fae shooglin stuff aboot the walk in freezer, boadies freezin an roastin fae the changes in temperature.

This fifty somethin year auld does this five days a week, slams it. How's she no deid? I'm a thirty wan year auld man an I'm past exhausted, ma spine is splittin an erms are limp an withoot strength. Oan the other side ay the discomfort an stomach churnin that means yir ootside yir comfort zone though, along wi the physical nature ay the work, a fireworks display ay endorphins shoot aff in ma brain as we take wir breaks efter the first five 'oors' graft. They ping an mingle as I munch an take in a conversation wi Sandra an the right tae the point security guy. Sandra sits, wide eyed, haudin a sandwhich she'll no eat, an the big security guerd is mid monologue aboot the ignorance of Yanks. I tune in an oot peacefully, feelin fairly smashin.

"Yanks are guid. Aye! A guid laugh aye. But thir dead ignorant! They hink yir Irish. An they don't know wherr Scotland is, they only know England or Ireland. They ask ye. Zat in England then? Wan ay thum says tae me, You speak guid English! Ah wis lit that, guid English? Ah come fae wherr English comes fae ta very much! If it wisnae fir ma ancestors comin ayr here yous wid be ridin aboot oan horseback shootin each ither wi bows an arrows! An they hink wir aw clans an that. Ah wis lit that, clans? In Glesga ye'd git batturt fir talk'naboot that pish. An thir lit that right, oh yer fae Britain? Ye don't huv a British accent! Well ah wis lit 'aht, ah dae huv a Bri'ish accent! You mean an English accent. Ach it's a laugh. The yanks are guid, they're a guid laugh. Maist ay ma pals wir Mexican aye. A loat ay problems there fir Latin people, cos ay Trump n that. That's how ah came back, Trump ruined it." I tune back in. It's new. The directness is new.

Sandra starts three times an launches in her tuppence. "Yir main-yir main–yir main problem in America is the blacks, I dinnae like thir culture. Hip hop an aw that, I dinnae like that. I hink it encourages misogyny. Don't like the blues either cos ay ma depression. I dinnae like depression music. I dinnae like it."

I munch ma supermarket pieces, clenchin slightly at the uncomfortable direction ay conversation, embarrassed tae be a fae a liberal vague artist class, who has the cheek tae clench slightly. The endorphins still ping this wiy an that.

The security man, his wee luminous jaicket flashin in the blarin canteen light. "Aye but the reason people hink the blacks ur lazy is cos the system isnae fair. It's against thum. The South ay America isnae fair, cos ay historical racism. Ye know the blacks get payed mair tae go tae Uni than whites?"

"Aye. Oh aye...aye...that's no fair."

"Aye but the system is skewed against thum. They juist goat battered. Thirr kept in poverty in the South an that makes people go mental. It's hard tae get a joab If yir black or Mexican. Oh aye it is. It is. An the Indians are fucked. Thir fucked." His face shakes left tae right in confirmation ay this last line.

Right noo it feels glorious to be here. They say hings but they probly don't mean thum. Wee lights dance aboot the room, purple 'n green 'n yellow. My god a feel smashin. I chip in:

"I love music fae the South though. Blues an gospel ur ma favourite music gaun."

"Do ye like that stuff son? Brilliant. Everyone plays doon there, the bands are wonderful. Ye sit in a pub an thirr's a bluegrass band daein gospel oan Sundays, makes the hair staun up fae the back ay ma neck. An aw the faimlies play therr."

Sandra launches 'er tuppence back in. "Ah don't like blues, never liked it! Ah like gospel though. Ah'm always sayin that...Ah hate blues but a dinnae min' gospel."

The adrenaline filters an seeps in between joy an stress. We go back tae work as the high starts tae crash. The next two an a hauf 'oors claw away at ma muscles an brain. Thirr's no a second tae stoap fir wa'er, or air, an through the temptation 'ae indulge in a bit ay self pity or snobbery or "I'm a musician what um ah daein here" pish, I pull back images ay Iona an the wean an it's no want'n the wean 'ae huv a da that feels sorry fir eezsel. Ye've contributed money, actually paid yir bills fir the last two month an that's why yir here mind, fir her an the wean...yeez ur daein better than evvir...

When we finish wir baith drenched in sweat. It's bang oan two an thirr's still work tae do, which will be passed oan. Sandra stauns proudly waiting in the canteen. It looks lit she wants a formal thanks.

"Thank you so much fir the day, couldnae've done it wi-oot ye. I wid be very confident ay gaun back in noo."

I fuckin widnae. But she seems chuffed, her mad manic face lights up. She's serious aboot that bakery. Step oot the shoap in'ae the sun tae a blast ay endorphins an colour an complex temperature changes. Ma vision's dotted wi wee colours. The cauld air feels dynamite, a wee sharp breeze an toty blobs ay rain bring ma boady temperature back tae juist roastin. I draw oot the walk haim fae five minutes tae ten.

Back'n eh flat, the cats ur sleepin. There's hauf a tin ay beans in the fridge so I batter them in the microwave an stick some white breid in the toaster. I fling masel doon in bed wi this, in front ay the laptop, wi fiddle tunes fae the ninety's blastin an heidphones oan. I am convinced that this is it. 100%. No need fir mair.

Phone bleeps - it's Wullie, offerin a coffee at his. No wantin tae be tied intae a whole day at the Philosophy Club, I offer a wee compromise: pick up a coffee fae Gusto an Relish an away oot a wee stoat roon Pollokshields. A subtle excitement in wir texts - somethin guid is comin.

We greet ootside the café wi a pat oan the back, nae back slap hug, buy wir wee espressos an are oan wir wiy, snapp'n intae wir rhythm, takin in the Queenie in aw it's sunny frosty glory.

"It's...that poacket, that yir look'n fir, ye know whit a mean? Like the wee lines meet in the air, an the line gaun through ye aw comes thegither!" I launch intae ma theory.

"I think I know what you mean aye." He humours iz.

"But...but ah'm sayin...Cathal will want aw the lead playin tae be improvised, an ah agree, but mibbe we need tae huv a foundation so that can happen."

"Yes...Yes! So important. That's the reason for the rehearsals. Fuck havin set parts, but we'll know what we're doing...to allow it to happen."

"Aye! That's ideal man...ideal...we need tae create a bed for the creativity 'ae happen oan."

It seems dead certain, the success ay wir project. I can see it aw. Cathal's face is present in ma mind at aw times...noo smilin...eh'll say: "Yes! Soul! This is soul music!" We praise each other, thank each other. We're grateful...firra while...til the worry returns...

"Fuck it! No set parts!"

"No set parts! Fuck it!"

Eh takes a pish in the middle ay the park, wi people still walkin aboot, an we feel that schuil excitement, tae misbehave, tae be alive, to be makin an album. It's a perfect time. We come doon in the Bungo oan Nithsdale Road, a wee cup ay tea each, tryin 'ae focus oan the purpose ay wir meetin. It has been achieved awready today, which allows peace tae filter through ma boady. I can noo return haim an play music aw night safe in the knowledge fir the day...there will be nae mair deid ends, that is aw that need be aimed fir, the space! The snappin into place!

I excuse masel an shake eez haun. I say I nee'ae get up the road an make Iona's tea an clean fir when she git's haim fae wirk, I say. I'm tryin harder. Eh says that's guid. That's the maist important hing. He says he's gonnae dae the same, noo eh hinks aboot it. I

walk back tae the flat wi colours pingin an whirlin an skelpin.
"This is it...this will be the wan."

I Nee'ae
February 2018

"Diy dum diddle um diy dah dum dah dum diddle um dah dum dah dum diy dah dum doo bah doo dil dah dum diddle um diy."

The sound ay flute drifts through two doors an a wall. The natural line she draws is centered and steady but is movin, isn't deid. That's the level. By the time I'm up, fed, showert, scrubbed the oakies wan, two, three times, she's played fir two hours, learnt two tunes, done hauf an hoor ay German, which she learns withoot neurosis or panic, an cleaned the kitchen. She greets me wi a smile.

"How aboot coffee and a wee walk?"

"Aye awright, need tae practise later but."

We take in Pollok Park, she's at ease...happy... I struggle tae enter the moment wi the caffeinated anxiety ay a rested boady wi narrowin daylight hoors within which tae practise. It's five when we return, bags ay shoapin rammed impatiently intae the cupboards, hauns still lackin in blood an tingly fae the plastic bags.

We're tae meet in the livin ruim fir dinner at hauf seven, only two 'oors til I nee'ae start mak'n dinner. She brings iz tea, an tells me, withoot condescension, that the whistle sounds lovely, to remember to emphasise each second one beat:

Wan two three two two three. Efter dinner, Netflix, teeth brushin, she starts fa'in asleep an I slink oot tae the living room.

"Aw darling, you're not going to work are you?"

"Aye, need'ae dae some Gaelic."

"Why don't you do it in the morning when you're fresh? Why torture yourself?"

"Need'ae dae it noo. Oidhche Mhath. Love you."

"Oidhche Mhath..."

She laughs at me. I go 'ae the livin ruim, put oan Radio Nan Gàidheal an clench ma whole boady wi concentration.

Swirlin:
Seven Days Tae Wullie's Life's Work
February 2018

Chemicals ur swirlin that used tae precede gettin howlin, blackoot drunk. It'll be hard, the night, tae stay aff it. The kind ay chemicals that make ye disregard yir deficient, tired body's protests an skip oo'ae bed an hour early, fling doon yir breakfast wi-oot chewin an jump in the shower in twenty mins rather than an 'oor an twenty.

Once dry an ready, coffee next tae iz, I restring the banjo. It's a tightrope ay a task which if no trod carefully, can obliterate optimism and faith in a second. Re-stringin a banjo can be as stressful as movin hoose or divorce. But that constantly pushin force that makes everything go is on ma side the day. These particular strings don't flail oo'ae control or snap. Had they been a marginally shytier batch, this day coulda been very different. Deep breath. Ppppffffffffffft.

Aw sorteed. Whistles! A quick run ay the auld tunes propped up by this fragile Zen of a week of relative success.

"Duhn gah dah duh gah dah dewpahdow douwdny dow dowp ah dum dewpah dum dewdehdew DAHpehdow." I allow the telescope tae come in'ae focus, an the foot tae tap, an yes! It sounds tae me like guid, trad music. Takin conscious effort tae stay within the wee lines, to stay away fae the logical world, forty odd minutes pass, an 'oor, two 'oors and nothin devastatin befalls me or ma whistles or ma freshly strung banjo.

Ahhhhhhhh. Identity secured fir the next few 'oors.

Time tae blast the other pillars ay identity intae place so that I'm a solid person fir the night. Get a quick run through ay ma Gaelic haimwork fir the week, blast hauf an 'oor ay writin, fling the pan oan 'ae boil ay make her dinner fir later, salmon salmon salmon, tatties tatties tatties, asparagggguuuuuuuuus, boom! Two dinner. Plate oan the tap tae keep it warm, done!

I get the instruments ready, fling tuners, capos, picks in the bag an head oot tae meet Wullie, wi the bubblin in the stomach that signifies a big night, but less urgent, less brutal. When ye know, ye hope no alcohol will be consumed, the swirlin will be overcame. I see Wullie through the windae ay a wee pub oan Viccy road, a post-man's bar. Eh sits in the corner wi a coffee cup, baith eyes narrow, a look that either means "this is brilliant" or that he's about tae get swelterin pished.

Wir taxi pulls up seconds after I arrive, so we dive in an hit the groon runnin: hipsters, racism, sexism, colonialism, bosses, tourin, aw covert in a five minute taxi ride intae toon. The taxi driver chuckles a couple ay times. It occurs tae me horribly that mibbe me an

Wullie might be becomin the hipsters that we love peltin, but nah.

We get oot at Sauchiehall Street, head tae Pret a Manger where Michelle can be seen through the windae sittin workin oan 'er buik. Wullie decides that we're tae gie 'er a wee fright. Wan, two, three, boo! It's somethin they dae tae each other. They keep the fun. An endearin runnin gag that I could only ever be involved in awkwardly an ineffectively. We greet each other inside, an they winch lit they've no seen each other in years while I kinda look away. Stacey the mad fiddler fae Shetland enters as they wrap it, we aw hug in a group, an bounce aff fir Buchanan Bus Station, aw cheer an patter an pats oan the back.

The bus lurches oot the station fir Edinburgh, an I feel drunk wi the caffeine an the guid vibes. Swirly swirly. Every occasion like this in 2017 wis accompanied wi the chemical anxiety ay fags an booze an the worry that they will alter ma ability tae play. Wi a cleaner boady there is a dull excitement. Wi two, wir wee philosophy club has rhythms, peaks, troughs, lulls. Wi four it is a racket. We cross conversations, shout, laugh, venture intae dark topics, an somethin aboot the movement in the background, the destination, the bus hurtlin, the stimuli is confusin. There're only four other couples oan the bus, dotted aboot. We've goat the back tae wirsel.

We lose puir Stacey when conversation broaches the criminal justice system, disturbin European films, an Michelle's favourite subject: death. She sticks oan the heidphones an puts her tunes oan. We reach Edinburgh, willin the bus forward.

We walk full pelt towards Captain's Bar, an wi lungs only vaguely polluted wi tar an a boady free ay alcohol, the walk doesn't induce nausea like it has in the past. We open the door 'ae a wa' ay chatter. Forty, fifty conversations, glesses clinkin, laughter, the specific air of tourists in Scotland.

A quartet 'ae auld guys singin four part, saft Geordie harmonies wi gentle gusto in the corner. We offer wir praise, they accept reluctantly, the humble musician gemme that we aw play, takin nae credit. I could nevvir dae whit they dae. So sensitive but wi well formed fore-erms, but that's awright the night. When they finish, we order wa'ers, tae ma relief, an sit doon in the wee familiar corner which seemed impossibly tight but wi'oot big Viktor, wi-oot Shug, seems plentiful.

Rightawiy I get tunin the banjo an attempt tae acclimatise.

Wullie's in the crowd, dartin fae person 'ae person, huggin, laughin, craicin. A relief fir him tae be haim. Stacey an Michelle join me. Michelle stays Oan 'er favourite topic.

"You know the smell of old men? Dead skin and aftershave!"

"Hah, what a writer thing to say! Brutal an true and you're one of the first people 'ae articulate that that I've heard!"

Wullie finally sits, vibratin, the air aroon um crackles static. Eh takes oot the guitar, starts a conversation wi Michelle, an they flirt awiy. Stacey an I nod tae wan another, we'll juist start, Wullie will be distracted for a while. The first tune ay a session, when two people have nevvir played tunes thegither afore, should be recorded mair often. Intimate, risky, sometimes ethereal, sometimes terrible, always excitin.

"How aboot some classics? 'The Silver Spear', 'Brenda Stubbort's' an 'The Humours of Tulla'?"

"Aw lovely, okay then!"

Away we go, nae count in, juist feelin wir wiy. I play straight an loud. Throat is tight but the tunes urnae too fast. I confirm ma mantra: nae need tae worry aboot triplets, nae need tae worry aboot triplets! By the time we broach "Brenda Stubbort's" we–ur–flyin. Wullie's heid finally turns, he begins settin eez attention back ontae us.

It's somethin, ay it's ain. Stacey's playin is jagged and unornamented but powerful and wi bags ay background an substance. An iceberg metaphor, I make a note tae say that tae Wullie later, quality. I try 'ae match it, takin care no 'ae be too careful. Plenty ay applause, acknowledgements aw roon the table, a wee sip ay water and wir ready tae go again. It's true that Edinburgh can be so unhostile. Ye forget that sometimes.

We started the hard way, reels, no warmed up. I suggest some well known jigs in'ae a reel, wir away. Slightly mair ay a glow this time, lettin the jigs pulse, swing, in'ae the reel, swing, swing, take it easy man. The night wares oan, we swap tunes. Michelle leaves for some filmin she has oan roon the corner fir some solo creative thing. We get mair comfortable, the bubble roon us deepens, Wullie suggests a song. Wan ay eez ain, written wi eez poet friend fae somewherr up North, Dòl. It's the wan we decideed tae play in the glorious B major, oan eez baritone guitar wi a B note so low it shoogles yir organs aboot. I pick up the banjo, comfortable. Wullie introduces it like it's a show. "This one's called 'Living By The River."

"His bones seemed lightly conneeeected,
They rode sidewayyys when he walllked.
There was as much expression in his,
Bandy knees,
As 'is words, the times that heee talllked.
Ah met him down by the river,
Dark Sky an' the stars,
He used to ride there on horseback,
Nowadayyyys it's cars..."

The deep B is just audible ayr the crowd, but distinct enough tae be heard. Wullie opens a space fir easy sensitivity, Stacey allows some B dronin. The first chorus soars very lightly, I try a wee vocal harmony alang wi the two ay thum. Ach, no quite right the first time, but allowin the notes tae come. The second time it glows, a wee trickle ay fluid up the spine, hairs staun up a bit. We finish, Stacey goes fir a fag, we rest.

"Embdy want a drink?"

The swirl swirls...yir probly past the addiction stage noo...mibbe juist wan or two...

"Juist a watter please man."

Every piece we play moves closer, Stacey returns. I switch tae the low whistle, nervously, spend five minits warmin it up. Then a set ay slow jigs, the fiddle an whistle meet each other an glow imperfectly.

Eh starts up fir a song, "The Wanderin Albatross":

"For ten long yeeeurrrs, ah've rambllled rooouund,

Nuthin, to call myyyyyy ownnnn..."

We slam intae it, an at the chorus, Stacey an I push oot some harmonies, nearly...nearly....

"Ah'm a waaaanderIIIInnnn aaahhlbatross,

Got noo-ohh hommeee juist grey skyyyyyyyeeeeee!"

Next chorus, we time it, dead oan. Aw three ay wir vocals meet in the middle ay the table, an the air glows fir a few seconds. Yeh kin see the wee quiet table behind Wullie diggin it, wan punter shooshes eez pals. Aw the wiy 'ae the end, where we attempt the big gospel finish, it's...aah! It's nearly!

A five minute toilet break, then the next set, the wan I had up ma sleeve, looked forward tae, aw ma easy tunes, non thinkers. I urge us tae launch back in tae distract fae the swirl that tells me 'ae take a wee Guiness. We skite through a D reel, a pulsin wan, simple, then lift it intae G, the Movin Cloud. I feel the edges ay ma vision snap intae that tunnel, we dig in, drive it forward. Triplets are happenin whether I want them tae or no.

An finally, as we raise intae "Roddy MacDonald's Fancy", the punters take notice, when it shifts fae G tae A, they know it's happenin right here an noo. When "it" happens, at this point in a session, ye forget yirsel. "It" is a place, completely suroonded by the bubble, an thirr's nae time. Thirr's just the tune in the air, the white notes aroon ye last fir agees even though they really must pass in micro seconds. Thir wee fire-flies, floatin past yir face. It's joy an melancholy, the latter ye try an push aside fir fear that ye have tae return 'ae reality, but it isnae distraction, it is a reality, aw we can hope fir is tae go a bit deeper each time. It's the first "it" in a long time fir me. No a perfect "it", no aw the wiy in, but it's enough fir noo.

It is farcical 'ae try an recreate this moment in a session wance it's past, but we always dae, cravin it. We could always dae somethin else, nice slow hings, ballads, anyhin. In futility we grind oot mair sets a' reels, but everyone knows, we're done. Wir spent, mair musicians arrive at the table, banjos, guitars pulled oot, an Stacey an I slump in wir seats, hit wi a wave ay impossible tiredness. She feels it tae. That's a guid sign. Wan ay the new boays launches fae introducin 'umsel in'ae a surreally oot ay place medley a' eighties hits, the energy ay which would cost too much too match. We play along politely, ashen faced. This is the point wherr ye'd up the alcohol intake tae bring ye a second wave.

Signs a' session fatigue appear oan Wullie's coupon. The boay wi the banjo starts tae rattle oot a screchy set that two 'oors ago wid be welcome. Ach...nah...nay mair...git me haim...git me haim noo... the swirlin's gone...replaced by fatigue.

Oan the bus haim, though tired, the milky undertaste ay havin achieved "it", shallowly, aye, but enough, soothes the conversation. Stacey an me talk calmly aboot the point ay it aw, if thir is wan, an wir asleep by the time we reach Glesga.

Aonghas Speaks:
Six Days Tae Wullie's Life's Wirk
February 2018

Aonghas sits stooped oan wir tatty auld couch, a can a' Guiness in haun, workin 'umsel intae knots and circles. Eh offers us a can, an we baith say no thanks. Naebdy wins in thae situations, the drinker has tae drink awkwardly oan thir ain an you huftae feel lit a square. Eh wonders if wir still in'ae the band. Eh's paranoid, eh's drinkin often, every night I hink. It's true wir awiy, mair an mair distracteed, an we've no telt um aboot the wean yet...

Him an eez wife urnae get'n oan, an eez hid nae time ay play guitar eh says...reckons the folk clubs wullnae buik us any mair. That they huv a problem wi 'um. But eh doesnae want tae dae the classics any mair, only sings Traveller songs or Gaelic songs. Eh reckons a hing eh didnae used tae, that thir gettin bigoted against um. That naebdy likes the Gaelic songs in the folk clubs, that they aw want "The Freedom Come Aw Ye" an "The Fair Floor 'Ae Northumberland."

Eh's still a picture ay health oan the ootside, whatever age eh is. Full heid a thick white hair, the auld sailor-like tattoos, foreerms an shoodirs strong as ever. Thirr's the subtle stoop though, an eez energy is heavy, makin us heavy. We reassure him as always. We love the songs, we still want tae dae this. The fowk clubs are no racist, they juist cannae buik us twice a year. Fowk dae like the Gaelic songs tae an they love the Traveller wans. But mibbe no the whole set, an aye in the Central Belt they dae like the Scots wans anaw.

Eh juist shakes eez heid.

Mibbe eh needs a rest we say, at his age. Eh still keeps so busy doesn't eh, daein wirk in the gerden, helpin the neighbours wi thir fencees, their gerdens, thir hoosees. We don't present 'um wi new information, eez brain wullnae take it in, so we re-hash auld information in a slightly new context.

When Shug arrives, I try 'ae move hings toward runnin ower the tunes. I've goat aw wir tea ready, aw still sufferin fae that cauld that's gaun aboot. The three ay us, Iona, Shug, masel, ur sittin oan the edge ay wir seats, tuned up, ready ay go, but the big yin is avoidin rehearsin at aw costs. Eh forms an impenetrable chain a' words. Eh segways an segways an keeps talkin, a psychedelic snapshot ay beliefs picked up fae here therr an everywherr.

"...I've been watchin documentaries oan...this new type a drug right, the celebrities take it, it cin help ye see intae the future but they don't let normal fowks know aboot it cos it wid make us too dangerous…"

"I hate aw thaim, they young bands wan'ae ay be The Mumfords, it's aw beat droppin and waist coats an riffs an jazz chords…"

"I cannae be arsed wi Prince, ye know he wis actually a basturt…"

"…See Ed Sheeran though right, that's subliminal messagin in his lyrics tae consume an conform…"

"….Even the IRA wir infiltrateed by the Brits though….."

Oh dear, we aw hink. The big man is slippin.

"Guid craic! Well…" (I interject havin found a gap as eh sips eez Guiness)

"…Shall we blast a tyoon?"

It's hauf nine, we started "rehearsin" at hauf eight, an no wan lick has an instrument uttered.

"Fae the tap ay the set?"

I try 'ae start "Jock Stewart", ma whistle is roastin. I've been sittin blowin in'ae it while coverin the sound hole, while Aonghas talks aboot The New World Order. Iona an Shug are politely listenin, but thir wrigglin wi discomfort. I let oot the first phrase ay the first song in the set.

"An apparently the berries that the Native Americans used, can help ye get tae another dimension, so they say. Thirr's beins there, everywan says, everywan! They say, when ye git tae the other side, 'We've no seen your types firra while, you've no been here.' 'N ye go through a kinna tunnel, aw geo – toot tooooot phreeewww (whistle) - metric shapes an that, an it's like yir gaun fir 'oors, days like, yir pals ur watchin ye like, an they're lit these ghost hings. Lit kinna-phrewwww nah newww neewwww newww newwww - shadows like, alive but no, no human but. Su'tn else like. It's like at the end ay the – dewwww nah newww newww newwww - tunnel thir's a ladder ye cin go up, an that's wherr they ur. Mental. Mental stuff. 'N yir a different person when ye come oot, it's lit bein born again…"

"That is mental mate! Interestin stuff. Right shall we crack oan wi the tunes?"

Aonghas lowers eez heid, eh knows. Cannae stoap it. Eh strums, starts "Jock Stewart" in C, eez voice is lower noo, a wee bit fast, but we lock in fine. We get through it, we sing along at the chorus. Fine. Second song, I keep repeating the first phrase, he starts, tae wir relief.

When we approach the second verse, eh malfunctions. Ye see eez face begin 'ae screw up, we aw know it's comin. We try 'ae be relaxed, but the flow bein interrupteed is painful. Eez aerial is broken.

Eh is receivin somethin, profound, the deep emotion within Celtic music that we feel when Luke Kelly sings "Raglan Road". It's therr, within 'um, but the signal is interrupteed so often these days, by eez batturt psyche, or the cans or baith.

Eez early life wis bad, eh tellt iz wance. Right up til eh met Flora. Eh nevvir tells iz how, juist that it wis. I believe 'um. A tragedy. I watch 'um, eez hauns make circles as eh grasps at whatever eez talknaboot. Mibbe if eh'd grown up in another hoose, wi middle class parents, who nurtured, coddled, taught 'um, eh'd be up oan that stage in the Royal Concert Hall, Celtic Connections.

Aw that soul is blocked fae escaping eez mooth often these days. Wir hope that it will again, that eh'll reconnect that line, thins. We start again, get through it, but I can feel 'um struggle, battle wi it.

We run "A' Fàgail Bharraigh." This goes better, but he stoaps us aw at wance, in the middle. He forgets the words wi an "Ah fir fucks sake!" We aw say that it's fine, dinnae worry. We'll move oan. When we reach the fifth song, "Hey Barra Gadgee," it finally gels. He's daein a mad suspended chord hing that makes it nice 'n easy 'ae play long notes tae an then juist the melody. Eez voice comes oot punchy, in a clear, if noo gravelly stream. Ahhhh. It's enough tae remind ye why we dae it. Therr ur flashees, guid moments, a' whit it wis like. Enough tae meet up every week an keep daein this.

We play the melody aw the wiy 'ae the end. The low whistle is behavin, an we finish wi-oot a mistake, visibly bolsterin Aonghas' confidence. Eez shooders relax a bit, eez voice becomes less tight. When eh starts a rehearsal noo, eh sings at juist aer a whisper, so ye huv tae strain 'ae hear. By this second hauf it's near beltin. Wi each followin song the rehearsal gathers steam, an by the last song, "Tramps An Hawkers," it sounds like confident music.

Relieved, Aonghas an Shug filter oot, slowly, Shug havin hardly uttered a word. We say wir byes, an finally I turn 'ae Iona fir wir usual efter rehearsal assessment. Ye cin see the strain these rehearsals have oan her, if ye look. She slumps, 'er eyes look doon. She's awready worked two shifts at her cleanin joab, pregnant, oan different sides ay the city, came haim, tanned a carb heavy dinner an sat an listened tae a confused mentally ill folk singer talk aboot ghosts fir over an 'oor before even playin a note. It's noo eleven at night.

Horizontigo
March 2017

We flew fae Glesga, the night afore havin felt lit Christmas Eve.
Iona 'n me had fifty euros each tae dae us, havin gied the rest tae
Michelle 'ae look efter the cats. We'd joined up oan the promise ay a
fortnight a' Paddy's day madness in Holland, Belgium an Germany.
They aw love the Scots an Irish Wullie says. They're very straight
people, very different over there, says Viktor. They drink tae stay
sober whereas we drink tae get drunk. They don't have much ay
a native or indigenous folk music. They hink we've got somethin,
somethin they've loast in aw that efficiency an functionality. His pals
would love how "mental" we ur. Momentum had built fast efter we
formed, the video we'd rattled oot wis guid, very guid. Vik's contacts
in Europe loved the photaes, which we'd taken ootside Jinky's in
Govanhill.

"They'll love it...Glasgow city music...not your average trad
band..."

Shug had joined tae even oot the vibes, as a de-stresser, a diplo-
mat, an I'd felt eez weavy bouzouki playing wid glue the melody an
rhythm section thegither. We'd usually worked oan every project
thegither, eh never asked fir ent'n, never complained. It took a wee
bit ay convincin at first, Viktor'd hud tae relinquish the driver's seat
fir ten minutes while the decision wis made.

Viktor an Wullie's contacts had built a hype firriz. They wir awready
known well in various wee scenes aroon Western Europe, an the
gigs wir expected tae be well attended. The boays'd started at the
airport wi pints 'a Guiness, when embarkin oan a tour. Me 'n Iona'd
vowed tae haud aff til we goat therr, no wan'n a rough flight an a
horrible dryin oot at the other side. Wullie'd skelped some ay the
free whisky samples in duty free. Eh states everything juist before
he does it, disregardin some invisible authority that must hing there
above his heid:

"Fuck it, I'm havin a whisky."

"Fuck it, I'm havin another pint."

Viktor an Wullie nip at each other, they could be in a sitcom. The
free spirit, reggae diggin poet an wir efficiency crazed, domineer-
in, classically trained sponsor. Thirr's a buzz, it's aw new fir me an
Shug. We feel like actual musicians. Real musicians that go oan tour.
Yir no really a musician till ye've done Europe, we aw know that. I
wonder if the normal passengers look at us in envy, wi wir wierdly
shaped black instrument cases an scruffiness.

Iona did aw this when she wis young, an remains sceptical. Viktor
hauds the room, tells us aboot the venues, the different areas we'll

be travellin 'ae. Aboot eez contacts, eez musical pals that we'll meet, an how we'll love them, they'll love us.

We board the plane, the boays fullae Guiness, masel an Iona coffee, vibratin wi excitement. I'm seated next tae Iona - she doesn't get buzzed oan the adventure an testosterone, but she laughs an jokes as much as she can. She reads 'er buik an eats 'er sandwichees, drinks watter fir maist ay the flight, while I order multiple coffees an make a dent in the paltry fifty euros in ma wallet an soar in ma heid. I scribble in ma notebook: unrested, excited brain mulch.

The scribblin helps wi flyin, always been a big para merchant. We touch doon in whit seems like five minutes; Glasgow isnae too far fae Brussels, it seems. The air is noticably different. It's close and thick, clods ay atoms seem tae flump aff each other. Pure density. We glide through an unnervingly efficient airport, lift the gear which has gone wonderfully unlost. A stab ay embarrassment stings ma chest as Wullie an Viktor baith order various supplies in French fae an airport shoap. Wullie's thumb an forefinger make a circle for emphasis, even in eez second language. I fall intae full passenger mode, realising that ma vague efforts tae improve ma French ur gonnae faw drastically short ay functional. Darkness hits as the fully functional bus arrives oan time, different languages drift roon us fae each seat. We point an laugh in a vaguely aware imitation ay idiot tourists at the bilingual signs. Wullie an Shug've bought cans, I spark wan, share it wi Iona, an the switch goes aff, ma brain loses focus, the conversation hits dark corners quickly.

Thirr's a bubble roon us, Viktor isnae happy, wir leader, eh doesnae understaun why we wid drink cans ay pish, wi such luxury waiting at haim. Wullie's gears begin tae whizz as eh enters his natural state: the wavelength of travel, of The Tour. We disembark at some industrial, perfectly symmetrically built wee toon that links by train tae Viktor's headquarters. Wullie, a connoisseur ay the wee in between shoaps wi nae link tae any kind of globalised chain, buys chips an somethin local called "Samerui Sauce", so we dae tae. It emanates the same greasy air as a chippy back haim, but the chips ur thin an crispy.

"Why are you doing dat? Derr's food at de house mehn!" An insight intae Viktor an Wullie's years ay tourin the wurld.

"I wish you wouldn't drink shit beer mehn! I've organised a whole fridge full of beautiful craft beer in de house mehn!"

Wullie's eyes narrow: "......Fuckin Brilliant". Ah. Ehr's yir invisible authority.

Wullie refers tae the non-globalised chips, ignoring Viktor completely. He knows how Viktor wants us tae experience this place. Eh has eez ain ideas. We jump the train 'ae another toon ye'd nevvir hear ay or go 'ae. The Belgian equivalent a' Barrheid. Viktor regains the centre ground, teaches us some idioms in the local dialect ay the place wir stayin. This guy's constantly forward pushin brain has managed tae learn the intricacies ay a local dialect in his second language, slaps French aboot, an he's noo hooverin oors. Eez English is noo littered wi "cannae" "aye" "naw" "bampot". This achievement seems secondary tae him. Eez conversation always, always comes back tae trad music, an back tae Scotland. We laugh, an I put ma erm roon eez massive shooders, which twitch in either discomfort or...

We get aff the train. Wullie runs oot tae hug Viktor's missus. Tall, long haired an withoot introductory nerves. She leans oan a Volt-swagon Camper, fae the seventies's by the looks ay it, smilin at the loat ay us. We aw hug an the bubble surroundin us swells. Soarin travel waves ay excitement radiate fae Wullie. Me an him quaff cans in the front seats ay the van, the rest go in the back. Eh introduces Marit, Viktor's partner, as a dynamite instrument maker. She nods an smiles. The coolness ay aw this is so normal 'ae Wullie, Viktor an Iona, but so new 'ae me.

We roll 'ae the dark, repetitive, impenetrably flat countryside, which looks very similar tae the city. The hooses are aw wan story, their arrangements ay red bricks ruler straight, their outlines perfect rectangles. The streets are edged wi white cycle lanes that the locals use, even at night. The glowing health ay every casual cyclist points an accusatory finger at the terrible, mass produced beer sloshin in ma stomach, an the heavy feelin ay years ay fags that weighs oan ma chest.

Marit says little through the journey, although her English (her third language) is, of course, near perfect. She listens to us. We must be hard tae understaun, in wir stupor we don't slow wir speech or articulate. That we might be ignorant gets swept under the rug wi aw the rest. We finally brake oan some gravel that must be her hoose, a big farmhoose wi a garage lyin open, an outhoose, tables ootside, surroondeed by fields, farms, complete flatness as far as the eye can see.

Inside the hoose is aw wooden. Instruments hing oan every wa', an auld upright piano made ay some light wood sits in the corner. An organ, cello, mandolins, bouzoukis, whistles everywherr, a tuba, fiddles, fiddles an mair fiddles. A set a' great Highland Pipes, auld baroque flutes, guitars, an many bits ay wood. Thirr's a full bar in the livin room, dimly lit, aw stripped varnished mahogany, wi roon wooden seats wi curly metal legs. Wee incense sticks burn oan the end ay it. We dump the bags an instruments upstair, an head back doon. Irish jigs an reels, mibbe the Chieftans, blast fae a record player wi big speakers; Wullie is behind the bar pourin craft beers fae fancy boa'les.

"Vot vood dyou liyyke? Vee heff stout, blonde, hoppy, sour? Phher-rry chghooodah". He impersonates a Russian bartender, wearin a red fez, comedy sized sunglesses, an some plastic gold "bling" roon his neck. It's a developed, in joke that eh opens up tae us. Marit brings oot plates ay pickles, cheeses, crisps, pates, offers thum roon.

Wi strong foreign beer smells waftin, everywan passes roon their glesses tae be sampled. Viktor explains somethin aboot each ay thum, tells us aboot the local made pates, aboot the area, the local brewery we'll be playin at. How eez proud tae have us here, eez adopted haim, tae be showin us aboot, tae be playin wi iz.

The bar is full when we start. Efter an 'oor it's three quarters. Two 'oors it's hauf full. The chat is light, I hear Viktor talkin oot the corner ay ma ear, while I'm talkin tae Iona aboot whit we can dae oan wir days aff. "Yeh derr are so many great vissle players in Ireland and Scotland, I mean Shane is mental on de vissle! I keep saying to him to get some decent Goldies!" Wir oan the same team.

Wullie opts oot first, eh doesnae want tae be hungaer fir the gig the morra. Wir first gig. Baws. Iona next, then Marit. It's me, Viktor an Shug. We move tae the fireplace so we can smoke, him eez pipe, me fags. Shug sits an coughs politely. Eh pours us whiskies fae eez collection. Island whiskeys. Eighteen year auld. Thirr's a Matt Malloy album oan in the backgrun, a slow air, sounds lit A minor, juist solo flute.

"Joo know I think derrs something ancient in dese melodies, dats what we respond to."

Eh nods while eh talks, I get a sly look at um since wir chairs face each other. He's genuinely misted up listenin tae wan ay eez hero's. Eh looks doon, puffin eez pipe, strokin eez beard, wi an Irish lookin bunnet oan. Like the rest ay us, eez tap is runnin constantly. When its oan its oan. He smokes rollies, cigars, drinks, tans coffee in the mornin, eats meat lit thirr's a famine comin. When the large house measures ay whiskies begin 'ae kick in, the talk gains heaviness in that way that whiskey brings aboot...

"I had a shyte childhood man. Shane I know you tink that every-one in Germany is posh an educated an only people from Glasgow are skint but it's not as simple as dat man. My dad was an alky an left us when I was ten an derr where four of us. We wirr poor man. My school did free music lessons an dats how I ended up getting into KASK in Ghent jou know?" He takes a large sook ay his dram an fidgets wi eez pipe. KASK, he explains, is the music conservertoire in Ghent. He seems tae talk directly tae me that way Aonghas does, for whatever reason. Shug sits an coughs.

"KASK was amazing man, I know jou tink dat dese places are elit-ist an full of posh wankers but jou meet all dese people who show jou shit an jou show dem shit, it opens jour mind man. People from all over de world. I loved it. An dat's how I got into Liz Carroll an trad an fiddle an not just boring classical shit. It was amazing. But den it was over an I became a bidofan alchy myself." Eh takes another sook an me an Shug say nothin. Eh prepares eez pipe methodically while talkin. Oaft. I alternate sips ay whisky wi ma fag an arse it, right down tae the wood. I immediately begin the fumbly process ay rollin another.

"I like dis place man but, I'm not Flemish, jou know? I love Marit but like, Edinburgh is kinda home now but it's also kinda not jou know? But dats why I'm so glad to haff music an haff jou guys. You know, just you all being here, playing wit you guys, it helps me a lot, jou know?"

Eh goes int'ae details aboot Germany, aboot eez da, the years efter Uni, some heavy, heavy shit. Eh goes oan tae talk aboot the future ay this band, an aw the music that arrives at 'um every day that eh wants tae share wi us. His generous gless is near empty. He can be the Seán Ó Riada tae wir Chieftans eh says, he can provide the "specialist knowledge" tae make us "no juist anothir average trad band". Damn. Don't worry though, eh says, eez open tae 'suggestions' fae aw ay us. Damn. Ma erms clench at this. Shug feels it tae - eh shifts in eez seat, coughs. Iona knew. Her words occur tae me in this moment. "If a band makes past the four year mark it's a year too long." They aw huv a shelf life. If this wan even makes it two year...

A band cannae be a democracy, but who wants tae be gied musical orders? Unfortunately no Iona, the true converter ay horrible emotion intae beautiful frequency in this band. No Wullie the frontman, or even Shug the quiet weaver. Shit. Shug looks doon, tans his beer an again, coughs mildly. Viktor keeps lookin doon sadly at eez pipe, so I git a rare swatch at him, the bunnet, long blonde hair, blue eyes, ruddy face, big, broad shooders, enormous cyclist's legs, spread tae cover as much space as possible, tattoos oan each erm. I get it. Eh wants tae be a Celt. Right noo this enormous beardy man looks lit a wean need'n a hug but neither ay us suggest it. Eh's too much musician fir this wurl, too eccentric, too driven; eh hears arrangements in eez heid that we'll never be able 'ae play.

"Well, wir here an wir here fir ye big man"

"Aye big yin, cheers fir gettin us here an the hospitality, Sainte, Slàinte Mhath!"

He returns the salut, but eez night is clearly over. Eh heads tae bed, recommends strongly that we dae the same. We stay up, have two mair beers each, an stumble up the stairs sniggerin an gigglin the way ye dae when yir pished an everyone's asleep.

***

Right enough, we wake up oan the tap flair ay a farmhoose in rural Flanders tae the shout ay breakfast. Marit an Wullie've been up an cooked - omlettes, salad, breid, cheese, juice, coffee are aw oot oan the table, an ma heid an stomach ur surprisinly awright, must be the fancy organic beer wi aw thae vitamins an minerals. We're aw therr, laughin. Viktor an Marit poke fun at the stereotypes ay the Scots, aw rough, cannae haunle the beer. We eat, take turns tae shower, put another pot ay acidic coffee oan, an stretch wir legs ootside. It's seriously flat here. Nae trees, nae watter, just fields an ferms. Nae coos or sheep oot grazin, thir aw in big metal sheds, euchh. The strangest, eeriest hing in this place, nae birds. Actual, windless, birdless silence.

Just low sun, close sky an flat fields.

We start tae rehearse in the livin ruim wi a pot a' coffee oan the table. The set isnae airtight; we did wir best wi the time, havin originally thought we wir getting a Paddy's Week tour, tae find oot wir playin sold oot concerts tae eager musos in very serious, silent situations.

Wullie's songs ur the easiest, no too fast. The backin vocals, fae masel an the boays, ur slightly ootae tune. We dae the trad hing ay brushin past it an hopin it sorts itsel. It'll be awright oan the night.

Viktor's tunes require a level ay technique that I don't currently possess, we drill these three times. Done, eh's happy, probably cos he smashes them up. I'm no, but we move oan. The setlist wears oan, inchin towards ma bit, a Ewan MaColl song that Aonghas taught iz. We skip ayr it in reheasal, a relief since I'm no too far along this road, an a bad run through wid be cripplin.

The rehearsal hasnae done much tae alleviate the nerves. I mention nothin, naebody does, but the night wir playin in front ay fifty people in a hoose, unplugged, wir first real gig, an we've tae bring it. Apparently Viktor an Wullie's pals ur buzzed tae see this "gang" ay Glasgow characters. Pppphhtt. I pound the coffee 'ae keep busy an drill ma parts fir the hard tunes in the livin ruim, go upstairs tae git dressed, pack the gear intae the van an we set aff, wi me an Wullie in the front, talkin manically aboot whits wrang wi everythin.

We drive through hauf an 'oor ay farms an flat countryside, then the motorywiy, tae the city. Ghent, Viktor's University City. Wir get'n dinner at a pal ay Viktor an Wullie's; the hosts ay the concert, thir look'n forward tae meetin iz. Marit says more this trip, an I try tae bond over interest in instruments wi ma limiteed knowledge. She humours me, I ask aboot thir language, thir dialect, how it differs fae the other European languages. We talk politics, green politics.

It's almost a comfortable group conversation but fir the stone grow-in in aw wir stomachs.

We pull up in a rough luikin street, in the way that streets look rough in other countries rather than the familiar rough ye know in Glesga. It's lined wi kebab shoaps, bikes, an Turkish an North African men cut aboot thir buisiness. It feels like folk double stoap when they pass us. We must luik strange right enough, international university toon or no. Me wi ma long hair an beard, Shug's big black tangled mane an ear-ring, Viktor, aw six feet two ay um, Wullie, wan big vibratin organism ay energy, an wee Iona, aw pale an wee an black haired wi mad bright eyes.

We walk roon a few corners, buzzin, pointin at signs, hings that are very unfamiliar an un-Scottish. Wullie tells us aw the guid kebab shoaps; eh's somehow been everywherr awready, five times eh says.

"That one is dy-namite...That one is fuckin shy-te..."

Suddenly, doon a wee lane an there is the venue, an the fear hits - this is where we'll dae this hing, this hing that's been the focus ay aw wir attention fir months, aw wir identities rest oan it.

The door is lyin open, an we go up a staircase, in'ae a big ruim wi instruments lyin aboot, some wee pictures, nothin grand, a picture ay the Green Man bein the main focus in the room. Must be 'ae show that this is a place wherr green people stiy.

Wir introduced tae the hosts, musicians fae Germany an England. They're nice an confident an welcomin. The type ay nice that makes ye feel guilty for no bein the exotic, international standard ay musician they expect. They're lookin forward tae the night, they "can't wait" in fact. Boke, nerves, spew.

I roll a fag an me an Iona go oot tae smoke. I try no 'ae let oan that I'm shytin it, but she bluntly says that she is. She's worried aboot her playin, I don't know how she can be, she's always utterly solid. It's me that should worry. I feel lit a pretender, no a real trad musician. These people will want a real Highlander, an Irish person, a Traveller, even some kind ay shepherd fae the Bordirs, no a Glaswegian who didnae even grow up in it. Thirr payin fir these tickets and I'm lettin thum doon.

The stomach is gettin rough fae the night afore, the coffee an the chain smokin burns ma insides.

We're led across the lane tae a back door. This is wherr they live, wherr Viktor used tae live. They've made a massive scran fir us, pasta, bolognese, a veggie version an a meaty version. Jeez, the effort.

We aw sit doon - Wullie an Shug take a wine, but me an Iona stay aff it, we always dae, till efter.

Wullie lifts eez wine an narrows eez eyes slightly, the look ay the beginnin ay madness. "Brilliant."

We try tae be wir charmin Scottish sels, slag each other, ham it up, compliment the cookin, compliment wir hosts, the city, self deprecate. We finish, I roll another fag, the hangover, nicotine, caffiene an wa'er aw sloshin aboot, pullin at aw the muscles. Iona an I return ootside firra fag, one last wan afore we go an tune up. Viktor joins us tae smoke eez pipe - the wiy eh methodically prepares it, ye cin tell eh's a born junkie like the rest ay us, we aw need something lit that. If only we could play at all times, the times in-atween're wherr the bad hings happen. Happened. Will happen. Viktor lets it oot.

"I'm nervous! Can't believe it! I'm never nervous!"

To know 'um fir five months, ye'd've thought eh wis musically indestructable, a machine, unshakable. Eez voice shakes. Everythin eh's built since movin 'ae Belgium. Aw thae contacts, the years at Uni, movin awiy tae Edinburgh, lead him tae the night. Tae no fully developed musicians lit masel.

We put wir fags oot, fling thum behind a plant pot, an climb the ten odd stairs that feel lit twenty or a thousand, ma legs haulin me unwillingly intae the room where we'll dae this hing.

What arrogance we huv, us weddin musicians, batterin awiy at banjos, hinkin wirsels artists, a concert! Whose idea wis this?! Whit I widnae gie 'ae be blastin Proud Mary or Wagon Wheel wi the boays back haim the noo in some terrible pub wi not a single punter listenin. We tune, I warm up the low whistle, an instrument that I cannot play properly. Whistle? Tunes? Really? Who d'ye hink ye ur? Yir no a trad musician! Ye should stick tae the five string banjo the whole set an play countermelody lit a guid wee Glaswegian...

Tae sing in front ay fifty musicians, artists, people wi culture - whit I widnae gie tae've bin raised in the Islands wi the Gaelic, a real hing, tae huv real culture 'ae offer thum...what cin we really offer 'ae the world apart fae patter? Great comedians aye...bit the world ay folk music wants indigenous peoples tae wonder at, fae secluded mountains, wi ancient rituals an superstition an magic, 'n you grew up in Annette Street!

Iona warms up oan the other side ay the room, she's in 'ersel. Her intonation is always perfect, but the flute doesnae ring through the room like it does when she's relaxed, an wir relyin oan her fir some serious Island credibility. Shug's eyes betray nae sign ay fear, solid, eez roots ur in eez sel. Eh plays eez weavy lines in D and G oan the 'Zouk, smiles. He has his ain wee spot the night. He'll walk it.

The people filter in, wearin black, lookin European, mad, intellectual. They haud wine the proper wiy, they talk aboot craft beers, it's busy in five minutes. Oh 'ae be a simple guitar player! How easy life wid be.

I have a coffee under ma seat fae the kitchen, but it loses the battle wi the slosh ay other chemicals. Ma eyes shut involuntarily, the room is warm, different alcohol smells drift...

Viktor signals us.

"Ready Guysh? Reels?"

Wir 'ae start wi the maist difficult, straight, Gordon Duncan style technical reels, written by Viktor a' course, great fir fiddle, murder oan the whistle. It isnae sae bad, eh knows eez ain tunes, the crowd know them, eh plays them loud an stamps eez fit metronomically. When the guitar comes in wir comfortable.

We even remember the majority ay the arrangement, aside fae wan tense moment. Wullie starts the second song, "Wandering Albatross".

"For ten looongg yeeeurrrrsss, I've rambleeeddd rounndddd,"

"Bum bum bum..."

Most trad musicians stamp thirr feet oan the beat: wan two three four wan two three four, or off: wan two three four. Alas, since wir unplugged, everyone hinks that these wans are in microscopically different places, an Wullie is aff balance, juist slightly. What should be the maist comfortable part ay the set feels incongruous, like a film slightly ootae sync that's juist acceptable enough tae watch but sets ye that toty bit oan edge. When we come in at the chorus, we are not the ballsy, Weegie gospel choir that we'd imagined.

The crowd enjoy it anywiy. We work through the next few; the slow songs, as always, ur the best.

Before the last song ay the first set, is ma song. Wullie passes doon the guitar, it has tae travel first past Shug, then Viktor, then 'ae me, slow as a week in jail. I take it, aw naw, eh's no gied me the capo! I ask fir the capo, an the crowd sit there, in pure silence. No pished like a Glesga crowd, they watch. I receive the capo, tune up at the third fret, which cannae be done in a rush, oan a three hunner poun guitar.

"I'm gonnae dae a wee song noo...pwanngggg pwaaaaannnng...a Scottish song, well, a Ewan MaColl song...boooowwnngg...sorry, I'm tryin tae speak slowly haha....we have a wee joke in this band...that Viktor is the best English speaker in the band...."

Laughter. They laugh. At ma joke.I want tae cry......first time..... Am I funny in Europe?

I play the openin phrase, wi a big solid pick, an it sounds warm, resonates, floats forward intae the room. Iona comes in wi 'er wee lines, Shug wi his, thirr's space, literally, musically. I open ma mooth wide, sing fae the chest, the throat, the stomach, no the nose, like Aonghas drilled in'ae iz. In this ruim, at this time, temperature, it rings, the Gods of Frequency are smilin oan me.

Shug joins me oan the chorus wi a delicate wee harmony, Wullie a low wan, Iona gains in confidence, an by the third verse, I don't want it tae end. But it does, an the applause is instant. No staunin up, flingin yir hats in the air, life changin applause, but it's real, sincere, the maist applause ay the night, so it seems tae me anywiy. We slam in'ae another set ay reels an it's ayr in a flash. Viktor speaks tae thum in Flemish fir two minutes, points tae the hat which is tae be passed roon, an we aw file oot the room, roll wir fags, an breathe. The relief an endophins an nicotine come blooterin intae ma heid, what a fag! What a fag.

A hermless lookin guy wi black hair that kinda sticks oot at aw angles walks up tae us,

"Hey drought fucker, hev you got eh light?"

"Awright mate how's it gaun?? Yassss!"

We hug - we'd met one night at Celtic Connections. Shug an me took pride in showin him an eez pal how tae drink tae embarrass yersel.

"Hey, great singing mehn, you heff a nice voice. I'd like to hear it mic'd up, ja?"

Oaft. It's all guid.

Back inside there's bustle an announcements, an a bar sellin three types ay beer: strong, strong as fuck an paraletic.

"A Blue Chimme? Are jou sure? Jou know vat heppen when Scotsman drink a Blue Chimme?"

"Ach aye man go fir it. Fuck it!"

I return 'ae the stage, Blue Chimme in haun, smilin. We start again, a set ay tunes wherr we each picked wan, naebdy totally executes thir tune, but it doesnae matter, the hard parts done.

Shug sings an Andy M. Stewart song: "The Ramblin Rover", an explains the lyrics tae the crowd. They attempt tae join in wi laughter an guid will. When it comes tae Iona's turn, she plummets intae her shell an opts oot. We move oan, Viktor is irked by the change in schedule, his shoulders tense.

The second set flies in, finishin oan the set ay jigs an reels we did in the video, the wan wir

maist comfortable wi. Thirr's clappin g'n oan, the audience maistly keeps in time. As soon as wir finished, me an Wullie head straight fir the bar, two Blue Chimmes each. Apparently a session may break oot til late, so we leave the instruments wherr they ur an smoke again.

"Whit did ye hink?" I ask Wullie sideywiys.

"Eh...it was okay. A lot of mistakes. Some people in the band were stampin oot of time. It put me off."

Shyte. Wullie is wir bastion ay positive.

"I thought it wis still guid. Ach, like I said, it will take a guid few gigs tae gel."

"Ach aye. I'm gettin steamin anyway."

The general consensus fae the band, apart fae the ever positive Shug, is that it could have been better. Iona doesnae mince words, it wisnae up tae her standards. Viktor's reaction is unreadable. People enjoyed theirselves. Fuck it, I sang! Some guitar cases, whistles, accordion, an fiddles start appearin, an fae the other side ay the room, ye cin hear "The Silver Spear." This beer is meant tae be nine percent, pfft, naaae bother.

"Come on guys, join us for a tyooon?"

Vik launches in'ae rapid Irish classics, some ay eez ain reels that we know an that the general European musicians seem tae know. Mair musicians join, an the accordion lad fae Celtic Connections comes in wi some nice right haun stuff, some big sustain; it's a big chunky Eastern look'n hing, aw buttons an mair buttons, wi a metallic grid an a wird endin in "ski" written in silver letters oan the side.

An Irish guy joins an sings a few ay eez ain songs wi a Swedish woman singin high harmonies. They're obviously a duo, they sing confident tight as a gnat's chuff, in the style that Wullie tells us is the done hing here - sessions are fir showin people yir rehearsed material rather than aw breengin intae stuff ye aw know. Wir 'ae keep an open mind.

The Scots are aw tired an acutely aware ay wir obligation 'ae be "mad an Scottish". Viktor keeps lookin 'ae me 'ae provide some kind ay Celtic relief. The session is nice but never really reaches "it", having come close wance or twice, then shrivelled an shrank away. By wan in the mornin everybody's humped, except me an Wullie, the second wind. We make a plan fir cans in the van oan the way back, much tae Vik's agitation. Wir hosts are perplexed at wir request fir cans, but oblige us politely.

"People just don't do dat here Willie, why don't we just wait til we get home to haff a drink?"

Wullies' eyes narrow, eh's been telt whit tae dae too much the day fir his liking.

"Me an Shane'll have a few cans in the front of the van, it'll be brill-iant. Fuckin love cans in the van."

On the way haim Wullie an me wirk up a momentum, sinkin two cans each. The drive takes juist over an 'oor, an in that time we cover politics in depth, dissect the Scottish identity intae five basic archetypes, pull in vegetarianism an green energy tae try 'ae include wir bemused driver, 'n then on'ae his interest in Jamaican history, reggae, blues music an Germanic Europe's take oan the class system. Wir driver is very interested that we have such a definable one. It's no somethin they seem 'ae hink aboot obsessively, even though some of the countries huv Royal Faimlies.

We take wir pishees in the field ootside the big farm-hoose. I smoke a rollie, Iona bids us guidnight an away 'ae bed, she didn't keep the party gaun. Wullie is fully oot eez boady wi the new pals an the cans, an dons the fez an shades an darts roon the room takin drink orders, recommendin combinations fir us uneducated Guinness drinkers. He hits iz aw wi a black stout, extremely complex tastin, lit when ye first hear jazz an it makes nae sense tae ye.

Viktor toasts us. Eh empties two beers an becomes emotional, as two beers will dae here, nevvir takin the hat aff but tae comb his fingers through eez long hair. Eh joins me at the fireplace, the designated smokin area.

"I'm so gled to haff you guys heerr. Dis is goin to be guid. Dey liked your song tonight."

I listen 'ae 'um fir five minutes an again eez eyes mist an his chat slips back tae Germany, tae the start, somethin is stuck in a loop in his heid. But I can nevvir talk tae wan person at a party fir long, ma attention wanders, an Wullie's cracklin air beckons fae the other room. I excuse masel, Viktor excuses me, maintainin eez massive stance aw the while, legs spread, always slappin yir erm. These alpha types seem 'ae thrive in this industry here, but wi us, eh doesnae quite get the attention eh's used tae. Eh's used tae authority an reverence. I know eh thinks us Scots are flaky, unfocused, inconsistent, unpredictable. Mibbe eh's right.

Viktor corners ye, like aw his type, no necessarily meanin herm, wantin tae take ye under eez wing. Thirr's somethin aboot 'um that reminds me ay Aonghas an Cathal. He offers ye his ain inner monologue as substitute fir his perceived lack ay yir ain one. I can take the musical orders, but the getting cornered...

Viktor rises, seems tae make a mental switch an sticks oan "Graceland," by Paul Simon. Eh knows Wullie hates it. Viktor an Wullie nip an dig at each other.

"Aw no this shyte, Paul Simon's a cunt."

"It doesn't matter if he's a cunt, it's a great album. Jou'd have to be mental not to like this album, an jou are mental." The night fades, each partyer yawns an excuses thirsel wan by wan, except Wullie.

Bein fullay sugary grainy energy an no at aw tired, I convince 'um 'ae raid the fridge ayr an ayr. We don't get drunker, but deeper, doon a nook. The wiy ay hings, music, its essence, the direction a' hings in Scotland. How 'ae have an inclusive, meaningful music scene in the Central Belt. We luik at each other through hauf shut eyes an call each other legends.

"You're eh biggest legend ah've evvur meht mayyhte"

"No you are. You're a fuckin leg-end."

We decide tae have wan last beer an a rollie at the fireplace. We discuss problems wi the band's sound, an approach. We'll bring it up the morra at rehearsal, in six hours. Sunlight suddenly blares

through the blinds, turnin ma stomach. We head up the stair gigglin,
I crash in'ae bed next tae Iona, an sleep, satisfied, optimistic, a
dozen Belgian beers swimmin aboot in ma system.

    This is awright.

Waitin:
Five Days Tae Wullie's Life's Work
February 2018

Each day, between noo an the album, faws away nae matter how I cling on. The images ay Cathal an Aonghas appear every few minits, aw day an through the night. Thir faces in ma dreams seem sad wi loss. The enormity ay wir friendships an the responsibility ay thum weighin oan ma chest, even mair than the impendin change ay life that comes wi yir first wean or work or no seeing Iona enough.

It's impossible 'ae avoid, I'm gonnae have tae tell thum aboot the wean, an fir some reason I know they won't be happy. These fragile men feel lit ma responsibility, as if they rely oan me. I picture the moment they become crushed by ma tellin thum...turn it ayr an ayr in ma heid. Cos ye know what that means.

Since me 'n Cathal wir sixteen, we've been best ay friends an then no, gaun through periods ay years wi-oot talkin, but always comin back tae the same idea: a friendship based oan bein the only two people in the wurld that care so much aboot music.

We'll have a congruous year, we'll build up tae conclusions, over months ay philosophisin, cheerin each other oan, reachin fir "it" always, we'll start a project, an never reach the first gig. A tension builds, initiated by neither ay iz, in rehearsals. Eh'll start tae become unhappy wi the wiy hings are gaun, an find problems wi the band members. Eh'll offer me sideyways vague compliments an theories aboot why he's the maist committed an we urnae. Eh'll weave subtly worded digs intae wir chats wi-oot evvir sayin the words. Eh'll hit me wi subtle praise aboot wan very specific bit ay playin ay mine that wis an exact replica ay somethin aff a jazz record but no really ma ain, then tell me that aw the others wir getting the groove an I wisnae but it's awright. He'll nevvir, evvir say the words, but somewhere in thae grand monologues is a code fir me that means he's the truest, maist oppressed, maist genius artist that exists an that I'm hauf cooked, an I can nevvir fully grasp it.

Then a weird moment happens, a sudden shiver up the back, an ma defences are triggered, an I begin 'ae shut doon. But this time feels different.

Eez issues are nevvir unfounded; maybe musically the band never cooks, an ma investment is limited cos at the end ay the day it's trad music that's wherr ma heart lies, an he only has ears fir blue jazz an gospel. Eh's "Heavy unhappy": eez ain words. Eez been "let doon" a loat. But eh doesnae mean it, eez juist...complicatit. So we try again, I want 'um 'ae huv somethin. Wullie's album: perfect.

Cathal's musical philosophies ur immense, bookworthy, an

complex. No 'ae me since I've spent mair time listenin 'ae thum than any other human. When they ur listened tae, they unfold, build, gain momentum, colour, nuance. Eh's maist alive when talkin aboot music. When they urnae listened tae, eh'll turn an take it oot oan the wan that's stuck wi 'um. The trick has always been tryn'ae find people who wullnae be blunt wi him, who will listen juist enough, take 'um wi a pinch ay salt.

Since rehearsin fir the album, since I fun oot aboot the wean, started workin in the supermarket, workin oan the Gaelic every day, the distance is growin again, an eh becomes bitter as eh senses, fir the millionth time, that I'm slipp'n awiy. I need'ae put the effort in, need tae dae somethin fir 'um.

Aonghas Speaks Again:
Three Days Tae Wullie's Life's Wirk
February 2018

We'd juist aboot gied up oan Aonghas. He'd goat mair an mair confused, hard gaun, misaligned. When eh came roon, ye'd hear the buzzer go an take a deep breath. Ye could practically feel the weight ay eez troubles movin up the close wi him. Ye'd open the door, an eh'd be staunin there, bunnet oan, dressed well, guitar oan back, always lookin doon, as if ye wir aboot tae scold him. Eh'd tell us eez situation, week tae week, which wisnae pleasant, in eez mixed bag ay accents an wirds.

This week we wir nervous. We'd thought aboot tellin him we didnae have time fir this, we should just play sessions thegither. Mibbe I'd go oot wi him tae the folk clubs masel, til eh'd less oan eez plate. Nee'ae tell um aboot the wean soon. Eh'll talk, fir aboot forty 'ae fifty mins, while takin oot the guitar. Sip a can, strum a bit, we'll start. Eh tells stories, funny wans. Haun gestures, facial expressions, timin. Aw natural. Except yir sittin there tryin tae rehearse fir a gig that's very very impendin.

Fuck. Iona an me must be hinkin the same hing. It must be time fir a break, eh cannae haunle this the noo. I'll talk tae um, after the gig in Perth, after we tell 'um aboot the wean. We aw sip wir tea an get ready 'ae run the whole set lit we planned, like we agreed. I luik at him mair the night. While he's talkin. Fine physical health, quite pleasant tae luik at. Cool even. A white t-shirt, auld tattoos oan show, the big fore-erms. Thae powerful erms ur betrayin signs ay saggin though, some ay the solid muscle is wrinklin...

The only sign ay the torment eh goes through, juist fae existin, is the constant herryin ay the beard an hair. I know it well. We aw move wir chairs closer thegither, closer than we've ever sat afore, sip wir tea, tune up. We start wi "Jock Stewart" as always, me oan the high whistle insteed ay the low, weekly fixation. Nevvir been a problem, fine, done, even glowed a bit.

We plough through, each song soundin a bit stronger an a bit stronger, an eez no firgettin the words sae much. Me 'n Iona even relax a bit. Wir careful 'ae steer the conversation in the direction ay the tunes an the gig, avoidin big subjects which could get us loast. The last song ay the second set, eh shuts eez eyes, takes eez time, an fir the first time in a year, moves us. Iona's boax rings, unselfconsciously, the low whistle behaves, an hope is recoiled, immediately. By the final notes, I'm convinced that eh's back. Somehow, amidst the chaos ay eez life, eez tortured, misunderstood brain, eez fun 'umsel again.

The irony, in the madness an mystery that is music, that when ye gie up oan somethin it finds ye again - is that no juist always the wiy? We break fir tea an biscuits, plan, ma heid swims wi possibility. I will buy a mandolin again, finish the sound that the bands missin. Me an Shug can be lit Planxty, juist like Aonghas always wanted. I'll dae the website an get us bookings, me an Aonghas if we huftae, support slots. It'll be the two ay us in the motor sippin take away coffees, pourin wir hearts oot. I can see it aw, it aw pours in front ay me, it's decided. A mandolin, that's the final piece. A guid yin. Lump it oan a credit card.

We return 'ae the second set, an it's even better. Aonghas' voice, that had been withdrawn an reserved fir years is back, an we've launched back intae the heavy stuff. Bothy ballads, ten versers, aw the great east coast stuff. Eh firgets the odd line here an therr, naewhere near as much as usual. In between songs I try an subtly cue the next wan.

"Great stuff, whits next?"

We fly through, I join in wi aw the choruses, an even Iona tries wee bits. We grow light hearted, joke aboot the songs, replace the titles wi hilarious puns. We slow a bit towards the last two songs. Aonghas talks mair, an Iona slumps an looks doon. She's hit the point, nae point in pushin, an we wrap it, juist two short ay the whole set. I'm delighted, relieved. The best we evvir soundeed. It wis music, it flowed, wis alive, wisnae deid an sluggish like so much ay what we've tried. We chat aboot music again wi-oot bitterness. We laugh; Iona even laughs, a rarity fir her in rehearsals these days.

The ludicrousness ay it. We dae impressions ay singers, an Aonghas tells jokes, smiles. We're back, somehow, fir some reason, the music's returned. Mysteriously, fae naewhere, at the weirdest hour. Can't wait tae tell Shug, who missed the night. We wave the big man bye at the door, close it, an I cautiously offload the new plan 'ae Iona. She doesn't object, though I know she hinks I'm ill. She just luiks at me wi wan, raised, resigned eyebrow...

She's writin 'er buik in real time. She informs me when I've juist done somethin that she will use fir ma character, such as the day when she found ma accounts fir ma tax return: wan A4 sheet a' scribbles in ma weans haunwritin oan the back ay a chordsheet. She laughed oot loud.

As always, we wind doon wi Friends oan the laptop wi cups ay tea an I try tae hold oan tae the night, til 'er eyes begin shuttin heavily. She's asleep minutes efter, while ma brain is in a state a' pure determination. I will somehow, despite a crippled bank account an havin a wean oan the wiy, buy an F hole mandolin tonight. I can only describe this state that comes ayr ye as pure instinct. It isnae a choice, no wance in ma life have I ever stoaped an slept oan it.

The Gods of Frequency

I flick through finance plans fir mandolins, skippin through pagees an pagees ay contract an warnings, no wance hink'n aboot whether it's right...it is right...

The mandolin arrives the morra. I faw asleep while ma brain gets tae work oan re-learnin tunes oan the mandolin, how I'll play it oan Thursday at the gig, an in the studio next week wi Wullie.

Viktor's Farewell
March 2017

Two days tae go til the album. I sit in the flat sookin filtered black coffee an dwell an dwell oan this wan day at the end ay the tour last year.

"Do you guys want to go get a last pint?"

"Ach sorry mate, need tae get up the road."

Viktor's big face wis visibly hurt by us again. Eh wis in denial, we aw ur, really, that the tour was ent'n other than a musical failure. That these five very interestin, professional and talented musicians did not gel wan bit, and Iona wis in hell. I could feel 'er misery radiate.

"Ach come on guys, wan mair!"

Eh wrenched ma heart, eh'd been usin the Scottish patter; eez accent developin lit oors. Eh'd loved it, the gigs, havin us wi 'um. But Iona'd telt me privately she planned tae quit the next week. It wid crush 'um. Wullie widnae last long efter. Puir big Viktor.

"Sorry mate, eh, we need'ae git haim, see the cats 'n that.'

I gied 'um a sincere hug, an meant it. Puir man. He wanted nothin mair than Scottish pals, to be Celtic, to take us aw ayr the wurl wi him. Eh walked aff on eez ain 'ae get a taxi 'ae Embra, the rest ay us the bus tae Glesga. It clawed the hert tae see 'um gutted an that wis afore the bad news, that the band wid, inevitably, collapse oan its arse.

Wullie and I tried wir best tae find positives oan the bus haim, things we could work oan. Deep doon, I knew Iona wis right. Of course the band, like aw bands, wis destined tae crumble. Wullie an Viktor bickered constantly, two left feet, chalk 'n cheese, two positive ends ay the magnet. Wullie wid be fine. He'll always be fine.

When Wullie left us at wir flat, we greeted the cats again, emotions brimmin wi the barrage wir psyches had taken ayr the previous two weeks. Fourteen days a' drinkin, the profits we'd dreamed ay spent. Gone. I sat wi ma hauns ayr ma face fir ten minutes. Potless. Skint Eastwood. In debt, we'd gambled it aw oan a tour that didn't work, wi a band that wis noo fucked. The rent wis due. Fir the first time in years, I wid need tae get a joab in a kitchen; aw I wis qualified fir.

Efter aw that...I still couldnae play fuckin triplets properly.

Perth Folk Club:
Two Days Tae Wullie's Life's Work
February 2018

"How ye aw daein the night? Ah'm Aonghas MacNeill an thisees Iona MacRuary, Shane Johnstone, an Hugh Thomson. Glad tae be here!" His wee intro bit, comes oot less rehearsed, mair fluid. We launch in'ae "Jock Stewart", wi relative confidence, an the audience, though they've heard this song forty times a week every week ay thir lives, sing the joiny-in bits. Aonghas is almost relaxed...no even touched eh Guiness. The set trickles oan, each song passin wi-oot incidents or mistakes. The audience clap an sing along, we aw make jokes in'ae the mics, even me, an they laugh. At the sandwhich break Aonghas offers iz a revised review ay the mandolin.

"Awright awright, I'll gie ye it, that mando's a fuckin tool man. Sweet as a nut."

"Wir soundin guid the night, don't ye think?" I offer 'um somethin in return.

"Ach, ma singin could be better eh...nee'ae practise mair. Mandolin sounds guid though a charaid." We go back oan fir the second set. As we near the end, wir attention wanes, the mistakes rear thir heid, an the nerves hit us suddenly, the last songs descendin intae discomfort. But it's fine.

Efter the gig, various folk club types shake ma haun an talk aboot thirsels. Thir aw learnin a tune instrument, thir aw strugglin, they aw love Iona's playin an comment oan 'er talent.

"Yir a decent mandolin player," I'm telt aff a big baldy beardy suit wearin folk club goer. The undertone bein: decent, nothin special, don't get above yirsel. Ah Scotland.

"This guy is the best though, he's unbelievable." He shows me a video on eez phone ay a guy playin what tae me seem tae be completely normal jigs oan a mandolin as ma boady language turns away an I try tae pack my gear.

"He's goat a Zobell, best a' gear."

They all tell me aboot thir instruments, an no wan ay them has spent less than a grand oan thum. They aw look at ma new mandolin.

"An Eastman? Ach aye...thir guid mid level instruments ah suppose."

In yir ain heid, every note means a million hings, carefully chosen oan flowin oot ye. I suppose nae matter whit I dae, I'll never affect wan ay these folk clubbers like a true Highland fiddle player. But it's fine. Aonghas floats between the crowd, talkin wi ease, drinkin tea, relatively unmuddled.

We didnae reach "it", but it's fine, it wis nice, an in two days,
Wullie's Life's Work begins.

Wullie's Life's Work Day Wan
February 2018

The difference in the intensity a' life between five days spent recordin a live album ay a life's wirk and five days in the hoose practisin, toilin, drinkin, ay anythin other, is vast, mountainous, infinite, a trek acroass a desert. We wirnae wirsels fir thae five days, Wullie an me. We wir constantly changin, movin, adaptin. Ye could see eh wis stretched, strained, tested, but eh held right up tae the bottle a' champagne aw ayr eez face oan the last night.

We left Calder Street oan the twenty fifth ay February, cars packed tae the hilt wi bags a' food, aw the instruments that wir the fruits ay wir adult lives, claithes, crates, boatles, sleepin bags, bog roll, elated an impatient an very worried. Ma mind had offert me constant visions a' Cathal's face along wi aw the possibilities fir friction atween him an the rest ay the gang. Some a' whom he hadnae met yet, some a' whom I hadnae met. Pete cruised aheid wi eez middle ay the road Astra, tunin pegs fir the double bass jabbin in'ae ma temple oan the turns, but never broachin the speed limit, always a bass player.

These days eh offers nuggets a' conversation. Eh asks aboot the sound engineer who's meant tae be a bit ay a genius, the fiddler who's meant tae be a bit ay a genius, the box player who's meant tae be a bit ay a genius. Eh always did think I knew everythin, everyone, an persisted even when I wis terrible tae 'um, took um doon, slagged um. Loyal 'ae a fault those boays. I'm glad eh's weathered the last ten year wi me. Eh always hated ma negativity that wis too much fir Rab in the end, so I strain no tae moan an keep it light.

"Fuck the caravan." Eh swivels the wheel an shoots doon a side road oan instruction fae his sat nav, towards a wee petrol station at Abington. Wullie follows in eez da's Voltzwagon, the piles a' gear visible in the back even in the wing-mirror. We have coffee guiltily in the Starbucks - Christ it's guid. Wullie is somewherr in eez heid; eh spends ten minutes oan eez phone. Eh's processin stress and worry, I hink. Eez face is expressionless, eez life's work an four grand of fundin restin oan nine other people who huv'nae aw met each other, no wan ay thum sane, wi the exception ay Pete. An even then, he's g't three crates a' Budweiser, two boatles ay whisky an a lump a' grass in eez boot.

Michelle buys the round, she's at ninety percent happiness, tae be travellin, surrounded by mental people 'ae observe. She's offert tae cook iz aw three meals a day every day a' recordin, a fact that plagues every wan ay us wi guilt, but the alternative bein eatin oot the McD's at the services. It could mean the difference between feelin fine an eventual morale annihilation. We'll make it up tae 'er wan day. We move oot, another side road, an the landscape starts tae look familiar. The actual beginnins ay the River Clyde appear oan wir right, mountains start appearin roon corners, tapped wi snow, or "snae," as Pete says wi a smirk. Eez comin oot eez shell. Hink that wis a joke. We go too far, we turn back, get beans 'n toast (loast). We enter a creepy farm estate in a forest, back oot. We make wrong turns, drive intae the heart ay another abandoned farm, phone the soundie whose referenced the place, an finally find it.

It's smaller than I remember, lit everywherr the second time roon, but enough. The recordin room has aboot ten expensive mics oan stands an two pianos, baith juist within the spectrum of acceptable tunin: perfect.

It's Baltic. I rattle ma stuff in the wee, partially foosty bedroom wi twin beds at the far end an head straight fir the piano. I've no played piano in six months, but I've tae record it oan wan ay the tracks, wan of countless potential disasters. It comes, tae ma surprise easily. Hauns cauld though they ur, it puts itsel thegither. A guid omen, I hink.

We unload the cars, put the kettle oan an sit roon the kitchen table. I restrain masel fae spoutin as always these days, an Wullie is quiet, conservin. He drinks herbal tea, textin an emailin last minit plans aw the while. Ma three companions tonight don't betray any sign of excitement verbally or through body language. But it can be felt, in the air between us, in the absolute stillness ay us an the hoose.

Michelle starts dinner. The clinks an tinkles ay cutlery fill the air along wi the smell ay cheese in the oven, wa'er boilin an steam waftin. The rhythm section (Pete) an I head through 'ae the recordin room firra last run through ay the songs. Wullie's movements and speech ur slow an almost medicated lit many musicians under excitement, worry an pressure.

Eh wants the ruim as it will be fir recordin. We begin work - thirr's at least fifteen mics randomly placed on the flair on stauns, so we pile them in the corner. We remove unusable amps, an set up the kit in the corner. Wullie's pal's hit. Cathal doesnae own wan any mair and isnae bringin wan (at least the first omen ay difficulties between musicians an pals) an we make wir ain wee stations alang the wa' facin the door.

Pete lines up eez stand up bass, complete wi new Hercules staun, an eez amp, pedals an electric bass. Wullie runs aboot, leaves the room. I set up eez three guitars, tryin tae breath through ma neurosis lit Aonghas taught me, impatience wi an awkward smile. Wan Seagull acoustic, wan Godin hollow-body electric, wan nameless Baritone in the corner. Then ma five string banjo, new F shape mandolin, pal's telecaster oan loan an a wee table fir picks, tuner, capos, an a solitary D whistle, juist in case.

I cannae staun still, but the others still betray nae excitement or nerves openly. Wullie's face is stone. Pete plays eez usual warm up bass lines wi shoodirs ever so slightly mair hunched. We noodle separately, him sippin a bud, me ma coffee, til Wullie sits doon fae eez consant back and forth. If he wisnae always lit this I'd say it wis the mania.

Eh's been tryin tae sort it wi Cathal, whether eh'll bring drumsticks an eez ain amp - wir wan short here. Cathal says he won't, eh'll use the wans here. Eh'll need tae leave oan Wednesday noo, noo he's bringin the amp, noo he's no. Could he go through a keyboard amp, use a pedal...

I cover ma face wi ma hauns an try 'ae breathe. Yir fine, it's no your hing...take it easy...It's doon tae me an Wullie tae address this logistical nightmare that tae me could be resolved by every cunt just daein whit they said they'd fuckin dae.

Wullie offers tae pay Cathal a taxi tae Central Station, get 'um picked up the other end, fir him 'ae use some ay the gear here. But then if eh's leavin Wednesday, we're left wi nae amp. Fine, Wullie will play acoustic on thae tracks. Each soloution is met wi barriers. Wullie's worried, we should be re-stringin, rehearsin. He addresses me.

"I'm a bit worried about Cathal, he's not bringing sticks, an amp, he hasn't learned the songs..."

"It'll be fine man. Eh is a bittae a genius, juist does hings eez ain mad wiy."

Finally Pete pipes up, eh's been lyin oan the couch behind iz wi eez Bud. Get Stan the soundie 'ae pick 'um up an take 'um haim oan Wednesday night, they baith live in the Southside. Then eh can bring the amp. Wullie an I breathe a sigh ay relief, a flawless plan.

We restring each ay wir instruments, a banjo, mandolin, Telecaster, Godin, Seagull, Baritone. Pete sits wi eez Bud the whole time. Eh nevvir tears eez hair oot. Aboot anythin. Eh's goat eez Fender Jazz an stand up bass an that James Jamersonesque zen seems tae be guid enough fir him.

We pick up the instruments, tune. Thirr's an ease, wi the three ay iz, a flow, that cannae be acheived wi mair people. Even mistakes ur ironed oot in seconds. We staun in a wee triangle, facin each other. I d'no if it's a spiritual current or cos wir pickin up each other's boady language, but music dosnae get better than staunin inches fae each other. What a shame maist performance situations require so much distance between us.

We finish, re-assured, an oan return tae the kitchen, find cauliflower cheese an baked chips oan the table, alang wi a boatle ay wine, which induces a wee pang of neurosis as I smell it an Wullie takes a wee toty gless. S'fine, s'fine...wu'll huv a joint 'n a tea later... naebdy's gettin smashed the night. We sit at the table an breathe. Nothin mair can be done. It's in the hauns ay the Gods noo. We've taken the gamble, invited insane people, some a' whom've nevvir met, tae come thegither, in a wee hoose, somewhere in the Borders near the start ay the Clyde, tae record ten or eleven weird story songs, a slow air an a poem.

The four ay us laugh an appreciate the scran, sit back, drink wir tea, an thank Michelle ayr an ayr. We go wir separate wiys, Wullie an Michelle 'ae thir ruim, Pete tae eez wee blow up mattress, an me 'ae the wee ruim at the tap ay the cottage wi twin beds. I unpack, get wir bearings, an head back tae the kitchen where the first joint ay the week will be rolled. Michelle is haufway through it when I get back, an Pete's goat another can opened. Though we'd worried he might hit the cans wi ferocity this week, ye cin see the restraint in his sips - I know it well. I keep the swirl at bay wi deep breaths as I hear Pete crack the can.

Wullie says eh won't touch alcohol, coffee or grass til the album is finished, apart fae that wan gless ay wine. He stays in the kitchen wi a lemon an ginger tea. The three ay us go through the side ruim, wherr Pete's set up camp, through the wee slidey windae an oot intae minus five degrees wind an a big cloudy grey sky wi nae stars an nae light.

We smoke an shiver, an I wait til the second passin an head in 'ae try an catch thirty seconds alone wi Wullie in the kitchen, which we won't get a lot ay fir weeks tae come. Eh's sittin oan his phone, no nullified an vacant an millennial, intently absorbed. I stick the kettle oan, the noise masks the sounds ay the stoners gigglin ootside.

"We'll be different people efter this mate. Don't worry aboot Cathal, it'll come thegither. It's gonnae be amazin."

Part ay baith ay us does worry, but we cannae gie voice tae it. I telt 'um Cathal wid be guid fir this, even though dosnae believe in learnin songs, rehearsin. I thought I finally understood Cathal. Eez wirds don't match eez actions right noo. Eh's no bringin a drum kit, eh didnae answer when Wullie asked if he wis bringin sticks. He uised tae rage at me, other band members firra lack of commitment, fir bein late, fir...bein lit this...

Wullie voices it. "It's going to be the best week of my life. Will he be okay though? He seems a bit defensive already. He wasn't totally getting into the songs at the last rehearsal."

"He can pull it thegither when he wants man."

I hope I'm right. I vouched fir 'um.

"But he told me at the last gig that he's not played the drums for a year an he doesn't need to practise, he doesn't even own sticks."

"It'll be sound. Eh's capable man, eh juist needs an 'oor behind the kit an eh'll be fresh."

The others return, an Pete's determined that we aw watch an episode of Black Mirror an then Rick and Morty, insistin that "they're pure dynamite." I'm skeptical, but agreeable as the effects ay the joint warmly start seepin in. Quality. It's wonderful, an warm, an easy, an we take in an incredibly unnervin episode 'a Black Mirror aboot a hive ay mechanical wasps that ur hacked tae control the British Isles, an an episode of Rick and Morty. The colours ur, juist smashin, juist right, an the four ay us feel lit a faimly. I'm overwhelmed wi love an gratitude fir thum. Big Pete whacks a family bag ay Hula Hoops oan the table an Wullie makes teas fir us aw. The greatest cup ay tea I've evvir had. We talk an laugh through the shows an trail aff, early 'ae bed. I faw straight asleep an wake up at eight wi ease. First day ay recordin the morra.

Wullie's Life's Work:
Day Two
February 2018

It's luck. Blessin. God's eye. The Big Bang. The stars alignin. Tae try an control it wid be futile. We congregate at the kitchen table where Michelle's made porridge. The excitement is palpable. It could go in any which direction. Cathal might offer brilliance or trample Wullie tae creative ground zero. It has a place, that fear, mibbe if wan or two ay us have the heightened awareness that comes wi tension an discomfort, we'll find some musical layers that we'd be too comfortable fir otherwise. It's no like he's wir only wild card though, yir askin a lot when no wan ay yir team is totally sane, an ma ain attachment tae reality itsel wavers thin.

We eat, joke, an take turns tae shower. I pace the length ay the cottage, blast the dishes, make coffees, til we hear the door open an the mid conversation ay a group at the end ay thir travel enters the hoose.

I can feel Cathal aw the way tae eh reaches the door-frame ay the kitchen. Eh's tired, grumpy, an smilin.

"How ye daein man?" I throw ma erms up firra hug.

"Ach awright, knackert, only goat two hours sleep."

I can see he feels this is a great injustice, put oan him by people wi nae clue. Eh'll be feelin it, congruently. He prefers tae record at night. Thirr's a smile but at the corner ay it is irritation an defensiveness. Stan the soundie an Stacey follow. We aw shake hauns an hug, I offer teas an coffees. Wullie zips aboot, arrangin, checkin, askin ma opinion every two seconds. If eh wis a dishwasher eh'd be set tae a thousan spins.

Cathal sits at the kitchen table wi his legs crossed, leanin back. Fir the first time that I've evvir seen, eez hairs no brushed. It flops aboot fuzzy an strawy at either side ay eez heid.

"Pure howlin bein up this early."

Oh dear – nae I'm glad tae be here, nae this will be great craic, juist "howlin."

Through in the recordin room, Stan an Wullie perform a sound engineers dance, re-arrangin the ruim completely fae whit we'd spent an 'oor daein last night. It will be some time, ye can tell. I put a walk oan the table, fir ev'dy, since we are in The smashin Borders surroonded wi mountains an rivers an "snae." Michelle an Cathal accept, we jaicket up, leave, the coffee starts tae seep, up tae the neck, sloosh...sloosh, the heid, the brain.

The mountains ur snowy, aw decorated the wiy mountains ur these days, wi artificial square forests, in perfect lines. We start oot walkin the wiy we came, along the river, past train tracks, ayr a wee stony bridge. Cathal, brain tired but always reviewin, regales us with eez opinion of a particular set of islands, that I happen tae be particulaly fond ay. Michelle is fond ay auld Cathal, she likes charactirrs, prefers thum, never judgin, always absorbin.

"Uist is a shytehole, my parents wir therr, said it wis freezin an it wis juist borin an deserted. Said it was heavy, heavy borin." Ma erms an legs clench slightly.

"Well, Uist is a pretty big set ay islands, an they're slightly mibbe they wir on wan ay the wee-er bits. I had a great time there."

"Aye they said it's a total shytehole, had two weeks there, I'm glad I never went. I had fowk up the hoose, fir the empty. I just had a mad burd up. Was brilliant, an they had a shyte time in Uist. They said it's a total shytehole." The train 'ae England hurtles past.

"That's the train I got on the way tae see Bob Dylan down south. Stoapped in the biggest shytehole in Britain, Carlisle! Just a row of shyte shops and huns and tories. The gig was brilliant of course, but we had to stop there."

Eh pile drives. I understaun, I dae it tae, when sae tired, but eh makes nae effort tae censor. We make wir wiy back, ma decision, far too aware ay the clock these days, a habit learnt fae Viktor nae doubt. Michelle an I maistly listen while he talks. Eh knows whit eez against. Back at The Cabin the team are chaotically gearin up, unprofessionally, unconventionally. A mess ay legends. We've chosen wisely, I hink. It's the perfect scene, or wid be fir wan removed fae it. Pete lies oan eez mattress wi heid phones in, Wullie's walkin aboot makin gruntin noises that sound sore which I'm guessin must be some kind ay vocal warm up. Stacey's havin a fag, Cathal lugs eez enormous amp in'ae the live room, the cause ay so much confusion. Switches it oan tae let it warm up, an goes away an sits doon.

Only hauf an hoor tae we start. Stacey approacheez Wullie an me: "Goin to do some vocal warm ups in the wee ruim if you want to join."

She leads us through vocal warm ups and boady loosenin exercises, aw ay which I've done afore. A few years ago I'd ay had a heart attack a' self consciousness.

It seems that hauf hoor is impenetrable and eternal, but somehow, finally, four ay us are staunin in the live room, tuned up, waitin fir Wullie. Always movin, stretchin, makin herbal tea. Faff...faff...faff...faff...yes! Eh's here, eh's peed, stretched, tuned. We run the newest song, four times, the Doo-wop progression: Oklahoma Sunset. Stan back and forthin, checkin the kit, bass, vocals, room mics. It's nae easy task wi aw ay us in the same room. We run it four times, an Wullie looks wi narrowed eyes at the grun, strokin eez chin. "Shall we do a different one? We won't have the accordion for another three hours?" Eh looks only at me when he asks.

I take a deep breath, anticipating a loat ay this. "Albatross?" This wan, "Wandering Albatross," will be the title track ay the album. I walk in'ae the instrument room, put doon the telecaster, pick up the banjo, picks, capo, tune while walkin. This is it. It will come thegither, that magic that I know is real, that's waitin fir us, after years ay stoats wi Cathal, that I've convinced Wullie ay, an that he's put his faith in.

Wullie put's eez heidphones oan, checks the level.

"We all guid to go?"

Nods, thumbs up, here we go. He starts the intro, hangin oan a D:

"For teeeeehn loongggg yeeuursss,
I've rammmmbllllled roundddd,
Nuth-"

"-Haud on a wee second."

Cathal hauds up eez haun, shakin eez heid fae side tae side, eyebrows scrunched. We collectively inhale sharply.

"Mind we were g'na start all together and then the guitar an bass keep going an the rest ring out an then come back on the chorus?" Wullie's eyes narrow marginally, he's thinkin. He replies:

"Well...we were g'na try just me startin. It's a bit difficult for me to get into it that way."

Wullie looks doon and, I imagine, tries tae breathe.

"I think we should all come in together, it's a lot stronger. It's a lot more confident." Cathal's voice contains nae doubt.

I look doon. I don't give a flying fuck about that stuff, neither does Wullie. Neither does Cathal, usually.

"Okay we'll try that."

We try it Cathal's way, it's fine, but wir aw slightly aff balance. I come in oan the chorus, wi a hint ay uncertainty in the banjo an backing vocals. We run it this way aboot five or six times. It never feels lit I'd pictured, none ay us ur blown awiy.

"Shall we move on?"

"I don't think we'll dae it better than that the noo."

Stan plays it back tae us in the mixing room. The electric guitar is too loud, which eh tells Cathal softly. He takes it well, phew. The guitar distracts fae the banjo Stan says, which occupies the same sonic space. It'll needs tae be thinner next time. Everyone breaks up, heads fir the toilet, the kitchen, oot fir a fag. We regroup, tae set up fir the kit, the accordion. Andy, Wullie's slightly famous accordion pal who taught Iona back in the day, arrives wi eez wee boax an a gust ay cauld air, an shakes ev'dy's hauns, somewhat nervously. I suspect he senses chaos, eh'll be uised tae organisation.

The next song oan Wullie's list is a poem, a waltz, that eh co-wrote wi eez pal, the mad poet Dòl, when tourin thegither in America: "Livin By The River." I start tunin up the banjo.

"Are you playing banjo on this one?" Cathal slides the question oot the side ay his mouth.

"Um, I think so, I dno, spose I could play mandolin." Shit.

"Banjo would be guid, it's a banjo song about Texas an Mexico!" Wullie chimes in, tunin, still lookin doon.

"I think mandolin would be better for this, I don't think banjo makes sense for slow stuff. It makes sense in the fast stuff but not the slow stuff."

Cathal must be lookin at wan ay us when eh says this but I cannae tell as I'm lookin doon. It's no a command, but tae argue wid be too weird, wid cause friction.

Jesus me It's tense. Wullie concedes. I concede. We nee'ae press oan. Wir budget is limited. Guess I'm playin mandolin oan this then. Wullie really wanted that banjo.

Stan moves us aboot the ruim, rotatin roon the center mics, a wee solar system. Fuck it, we'll just get it done. It's nae bother 'ae me, will still sound guid. Better even. Ma new mando is a steisher. We start 'n stoap a few times; the overall sound is beautiful. Andy plays big swells oan the boax, I trill oan the mandolin. Cathal's guitar sounds country an glowy, but we do not nail the changes. We try, again, five or six times, fir the instrumental, but wan hing faws oot each time. We head through 'ae the mixin room tae listen. Ma backin vocals sound a wee tate odd amongst the chaos an don't quite sit between Stacey an Wullie, thirr's an accordion clanger in the lift at the instrumental. Moments feel like real music, durin the spaces, a glow builds and ebbs an faws.

Nae matter, it's a live album, the overaw sound is guid, it's unmixed, an we've goat a schedule. We break tae the smell ay bean stew cookin, an fresh made scones oan the table.

"Aw my god cheers mate, yir a fuckin legend."

We fire up the tea, chat excitedly, each tan a scone, an zip back in, fir the last song ay the day, "Oklahoma Sunset." Cathal sits behind the kit, tinkers, tightens the snare, works lightly roon wi the brushes; he does have a wonderful lightness of touch oan the drums. It's careful enough.

"Shall we just batter it?"

"Aye mon."

Wullie starts it up 'umsel before anyone can suggest an alternative, an we're underway. I let oot the opening licks, Andy's accordion slinks in, we're glowin, wir aff! We have landed.

"When ah first sawww you Oklahomaahhhh,
Your smile lit up the rainnnnnn."

It's a mid paced doo-wop ballad, wi endless space fir me ay fill leisurely oan the Telecaster wi fluttery fire-fly lines. So easy fir me ay convert feelins intae emotion oan the electric guitar. Mibbe Iona's right an I should just dae whit's easy fir me. Nah. Big Pete keeps it plodding an zen as always. Cathal creates a wee comfortable blanket wi the kit, wi lots ay cymbals that fill the room juist enough. Stacey harmonises every second line. Tae look at Wullie ye can see the moment eez shoulders loosen an his posture straightens as a light bed forms aroon um. When the accordion joins, we lift. No up... no up the wiy an up the wiy lit a dance tune, it's in...doon...deep. We reach the final turnaroon:

"Dddddd, Fsharp G, Fsharp Ddddddddd........"

Ye feel everyone collectively exhale, the sounds ay wid creakin come back, stretchin, laughin. We made somethin, within poackets a' that performance. Somethin came forward. Oan the other side, we sense it's a keeper, that it will translate well fae the air in'ae WAV file an back oot intae air. We try wan mair fir safety, then Wullie calls it fir the day - he's logically happy, wuv worked hard.

Thirr's a nag, that I nevvir rid masel ay in recordin. That the wan true take, the transcendin that ma brain tells me should happen, when an how, wis loast among the movin aroon mics, the re-arrangin ay the intros, the talk, the stretchin, peein, even, dare I say, the patter. Nah. Awiy ye goeth! Tae the cupboard wi ye!

Contently exhausteed, we shuffle 'ae the kitchen fir wir dinner: New Orleans Gumbo a la Michelle. Roon the table is elation, numb brains, fragile identities, absolute madness. We aw thank Michelle, Cathal mair than embdy. He gies it: "We all appreciate it so much, so selfless, no an ounce of selfishness..."

Stan an Andy say thir byes an drive haim tae Glasgow an Edinburgh. It's Wullie, Michelle, Pete, Cathal an masel. I get up tae dae the dishes, motivated by a momentary flash ay a trio ay desires: tae have the others see me as the sort ay person who washes dishes when cooked fir, tae no sit daein nothin fir a single second, an cos they need done. The chat at the table lulls; Wullie must take this oan eez shooders tae. These urnae people who will make necessary socialisin happen under pressure, in mad circumstances.

"Thank you all for today, it was great, I really appreciate it."

Eh's riddled wi doubt in a wiy I've nevvir seen 'um, in Europe, nevvir. Wi the dishes clean an the table clear, Michelle rolls a big doobie. The hasty rustlin ay waterproof jaickets is audible, an wir ootside. Cathal joins us. The night the stars are oot; ye cin still see the mountains, very pretty an moderately sized. Baltic. We, Michelle, Pete an me, pass roon the joint, while Cathal drifts through topics, I didnae hear the segway:

"...Just sick ay bein let doon aw the time, by bandmates an pals an..."

Eh talks seamlessly, lit Iona says I used tae in mania. An as the joint goes roon, I have a last shiverin sook an excuse masel early again. A pang fir Iona tugs at iz; the tiredness, aw ay a sudden. I stoap in the bathroom fir a breath, look at ma mad, stoned face in the mirror ay this strange hoose an hink that it's uniquely weird an oot ay proportion in a wiy that everyone reserves fir thir ain face. The plooks ur gone but the eyes, nearly...no quite...yir nearly there man! Hah!

Back roon the table, scones an tea ready 'ae go in the event that munchies arrive. Big Pete sticks oan Black Mirror followed by Rick and Morty as is wir ritual. As ma vision blurs pleasantly wi the joint, ma peripheral widens tae take in the whole table. I sense Cathal's dissapproval ay somethin vague that we're daein - eh doesn't laugh wi the rest ay us, excusees 'umsel an goes tae bed. I've no known him tae go tae bed at nine since I've known him. We giggle an stumble aff tae bed in the wee ruim; me an Pete tan a whole packet of raw tottie scones, and fall asleep shortly after.

Wullie's Life's Work:
Day Three
February 2018

I look at the phone: 8:10am. Nae snoozin, the boady is ready, the mind is oan fire. This nevvir happens. Nae struggle wi the snooze button, nae blackness in the brain, nae legs lit lead, nae heaviness. Sconey, breakfasty smells ur waftin through the hoose. Efter a rushed, impatient brushin ay the teeth, I find Michelle in the kitchen, calmly stirrin porridge wi wan haun an oan some recipe website wi the other.

"Morning mate, yass! How ur you daein this?"

She smiles, says hello. Stacey walks in, followed by Wullie, baith yawnin stretchin thir erms in the air. We aw take wir porridge roon the table; the ruim's flooded wi shiny white light. The mountains an fields ur covert in snow, the river frozen.

"What's the agenda fir the day?"

"We're gonna start by shootin some videos, 'Albatross' an 'Oklahoma', if the takes are better than last night we'll use them for the album. Then 'Blue is the Colour' an 'Green Dress' later. We're ahead because we did three yesterday."

"Fuckin Barry, as ye say in Edinburgh."

Eh smiles. Efter showerin it's still only ten, so I try an assemble the troops firra walk, first they aw agree, then Michelle hits a slump, Wullie grins.

"Think we're gonnae, eh, get some sleep". Me an Pete head oot. Pete is a true gentleman an stalwart bass player. I've known 'um fir ayr fourteen year, but we do struggle, oan occasion, tae converse. If ma mind is a constant monsoon ay chaos his is a still loch wi patches ay sunlight drizzle. We stoat up tae the frozen river an lob stanes at it, throw a few snowbaws.

"How ye enjoying it so far man?"

"Aye it's guid."

In the age aul' tradition of eez bass playin forefathers, eh does not elaborate. Back at the hoose, everyone's up, an Cathal's tak'n a bath. Hmm. I have excess energy, but knowin that it must be tactically reserved, all there is tae dae is batter the coffee.

"You want'n a coffee? Wullie? You want'n a coffee? Stacey? Want'n a coffee? Michelle?"

What a desperate junkie I must seem tae these people. If I'd grown up in Leith in the eighties, wi otherwise the same life an genes, the chances ay me no bein a junkie wid be zero. Finally the sound ay tyres oan gravel - Stan is here, accompanied wi a bark, eez brought eez dug an Cian. Shyte. Cathal hates animals, or so eh constantly maintains. I know exactly what eh'll dae an say havin seen the whole hing afore. Eh'll wait fir the dug tae dae somethin, anythin, an eez "I fuckin hate animals" speech will follow. It's comfortin 'ae repeat hings aboot yirsel, even if thir negative, tae re-enforce yir essence. Eh's lit a massive elaborate gravestone, rooted, immovable, ornamented, permanent. Even if one 'ay eez essence's beliefs hauds 'um back, embitters, poisons 'um, causes others tae dislike 'um, they wullnae change. So strong is the need for eez Springsteen booted feet tae touch solid, unchangin flair.

So the dug explodes in'ae the house an a' course, it's big, slabbery an dug-like.

It's no really allowed in the live ruim, no really meant tae be in the hoose. Stan sets up the ruim, I tune up the banjo an warm up, pace, the others ur the same. Cathal goes there.

"Aw naw no a dug. I fuckin hate animals."

I knew it, thae exact wirds.

"Oot!" Cathal shouts at it, it's under the piano.

"Don't shout at 'er man, she doesn't like it eh!"

Cian has a hint ay upset in eez voice. Eh knows her, looks efter 'er while Stan is away back haim in Hungary. I wish we coulda juist came doon here an recordeed some fuckin songs. It wid be a dream. That's the dream. Juist record fucking songs an that's it.

We play a verse ay "The Albatross," an Wullie commands wir positions, wi heidphones squashin eez barnet. We rotate, this time wi me oan the other side ay the room 'ae Cathal, near big Pete. Michelle has a camera strapped tae 'er front wi some professional luikin apparatus an rotates roon us an the center mics. We look guid - Wullie wears a flowery white cowboy shirt, American jeans an cowboy boots, wi eez curly hair an bum chin chiseled face. I wear a checkered shirt, broon troosers an pointy boots, Stacey does the aw black hing, even Big Pete's put oan a shirt, though eez comfortable sketchers ur in ma view, irkin ma obsessive compulsions. They juist don't go! The incongruous line between sannies an music, I mean, come oan!

Wi the pressure ay nailin this particular take gone, Wullie blooters in wi the intro wi an easy confidence, him an Pete formin a solid, un self-conscious bed, mair natural than yesterday. When I come in wi the banjo, it finds it's place wi ease, meetin wi Stacey's fiddle an minglin. Stan comes in the ruim, lookin apprehensive.

"Could we turn the guitar down a wee bit?" He asks Cathal oot the side ay eez mooth. "Aye sure." Eh does so, ever so slowly, wi hauns slightly shakin. Eez mood seems slightly better the day, mibbe cos ay eez existential assertion. We run the chorus, news travels through the heidphones, the volume ay Cathal's guitar must go doon again. It's staunin oan the banjo an nooadays people will side wi the banjo. Ma will is refocusin fae music tae gettin through this wi-oot ma pals fa'in oot.

"Okay, we're ready. Here we go."

The intro chugs, swings, confident, present, unapologetic.

"For tennnnn long yearrssssss,

I've rammmmmblllled rounnnnd,"

The groove is guid, it moves, lives. The solos are guid. When aw five ay us are in, ma heart lifts off the flair, fir the first time since we've been here.

"Shall we move on?" Wullie addresses only me. Every instinct tells me that we reached fifty percent soul here and we need three mair takes. Every inch.

"Up to you mate. I hink we could dae a better wan."

We do. It's lovely, satisfies us. Ish. We'll use these takes fir the video an the album. Phew.

In'ae the instrument room, put doon banjo. Pick up Telecaster, tune, warm up. Fresh coffee, dry scone, back in'ae live room.

"When ahhh first saw you Ooohhhkllahooommaaahh."

Easy done. This's whit the Americans call a roll. Each take we sink slightly deeper, no doon, maybe doon, towards it! We sink toward. We break fir lunch; the soupy smells ay various orange substances float through the door. The sound ay gravel again. We gather roon the table, an the dug darts under, a pre-emptive strike oan the lunch.

"Oot!" "Oot!"

Cathal an Stacey baith shout at the same time, followed by a dramatic stooshie, which I don't look up fir, but continue eatin ma soup, havin always felt oddly normal in the midst ay a rammy. Ahhh. The dug has apparently had it's teeth roon Stacey's boot, and is growlin. I try 'ae converse wi Wullie but he's occupied wi the stooshie. There is some yelpin. Stan comes runnin in, flustered

"I told you, you can't order her about."

He takes her oot, puts 'er oan Pete's blow up bed in the side room, shuts eh door, an we aw return 'ae lunch.

"What a horrible bastardin dug." Cathal announces, in that tone. The tone I know so well. I don't know if he does truly hate animals, or if it's mean'ae be a joke. But I dae know that eh'd risk social rejection if it means eh'll be the same person the morra that eh is the day. If it means the wurld will be the same place wi aw its black an white an if it means he needs tae clamp eez two feet tae the flair, eh'll day it. The others don't know that. They juist take 'um at face value, eh's a strange eccentric arsehole tae them that hates animals.

"I fuckin hate animals. I do. I fuckin hate them. I've always hated animals." Well there ye go.

The Gods of Frequency

I make a round ay tea fir everyone. I hink if I focus ma energy oan Cian, it will calm me doon an stoap me fae snappin. Eh says thanks fir the tea. Eh's juist back fae tour an luiks exhausteed, wi eez wee cheeks a wee tate red as if under strain, distractin slightly fae a naturally handsome face. It's always easier tae be a mad alchy when ye've goat the thick Irish black curly hair. It never gets aw greasy an strawy lookin lit mine did. I join um fir a wee fag ootside, immediately hit wi a baltic breeze an the whiff ay cow shyte.

We talk aboot music, the state a' trad music. I have tae say, these Edinburgh folkies, they aren't so monstrous as I'd imagined, no really thon snobby, superior wiy. Might have tae start re-arrangin the aul' furniture in ma heid soon, I hink. As we talk I try 'ae get a sense ay how eh feels music, is it colours, lines, waves, imagees? Eez reserved, inward, positive, unbitter. But eez definitely goat that hing. That same hing that Iona's goat.

Therr ur some musicians like 'um in the folk scene in Scotland, I've met a haunful. Thirr no institutionalised, in thir music or thir thinkin. They live an breathe tunes. I hink the tune underlies thir every thought. They don't seem tae slam thir intellect too hard on thir wiy tae music lit me, like Cathal, lit Viktor, as much as we'd like tae be them, we're no. They don't seem 'ae picture notes in thir heid, D, E, G, B, or chords, G major, minor, the seven, the diminished, lit Vik, or see them in colour like me, dark red, green, gold, silver. They seem tae feel them. An they make ye feel the hing. They also bevvy fir weeks at a time, unaware ay rules, free of guilt, free of bitterness...I feel fondness fir 'um and wish that I hud what he's goat, fir a flash ay a second. Efter ten mins chat, successfully soothed, we head back in.

"Shall we warm up 'Blue is the Colour' man? I could dae wi a wee run through."

"Sure let's do it."

Wullie's elbow cranks an ignites it oan the deep baritone guitar, a mournful, lazy groove oan an A5, an I slide up tae a major third oan the tele, tae the fifth, the flat sixth...nice...

"Haud oan, haud oan." Cathal interrupts fae behind the kit. Aw fir...

"I think we should speed this up. I thought we were going to speed this up?"

"I was going to try it slow, it's better for the words." Wullie's eyes ur slits.

"See to be honest, to be honest, I think it's a drag. It's a total drag when it's slow like that."

"Okay..."

It's hard tae imagine two mair days wi nae fawin oot. We dae, we try it, it does groove well, Cathal's drums are swingy but no solid, more 'ae ma taste than Wullie's, I can tell. We make lots a' nice sounds. Cian's mandolin parts are tasteful an seemingly withoot effort, ma solos oan ma borrowed Telecaster interestin, even, dare I say, smashin. Stacey's backin vocals ur pin sharp. But Wullie is uncertain. Thirr's a part ay 'um that isnae wholly in the ruim. We play through it three times, spannin the spectrum ay subtle feels, an I can see that eh hits a wall.

"I need a break, shall we grab a wee tea or coffee?"

We go wir separate ways firra bit. I staun oan the balcony wi ma coffee, tryin' 'ae come back tae the moment, be mindful, take deep breaths. It works. The sky gets dim, awready, it's only five in the efternoon. Flecks ay snow begin 'ae faw. The wind blaws thum in'ae ma face. The wee moments happen every day noo. Wee crystallisin moments, where yir vision clears, an the colour shoots back intae hings. My day is done, I'm no required fir this particular song, I'll dae some writin in the kitchen wi Michelle, like we'd planned, an help 'er wi dinner. It's a relief. It'll be craic.

I take wan last deep breath an open the door ay the hoose, straight back intae the bustle, folk walkin past each other in the hall. In the ruim where I've bin sleepin is ma fully charged new iPad, purchased oan credit, of course. I take it oot, somewhat proudly, walk intae the kitchen an set it doon. This will be quality. Cup a' coffee an wirk oan the buik. Brillant. Mibbe dae some Gaelic, then help wi dinner. Gonnae be magic. Michelle is sitting at the table, already writin. She grins at me.

"How's it gaun mate? Up fir some approximate writin?"

"Too right man! Looking forward to it!"

"Are you not playing on this one?" Cathal asks fae somewherr in the doorway. Ppffffffffff.

"Nah mate." I reply wi-oot lookin up, wi-oot eye contact, intent tae dive intae ma shell firra bit.

"I think some piano would be guid in this one, at the minor bit." I don't luik up.

Wullie arrives in the doorway, eh's heard everythin.

"Then it till be too like 'Cathy'. You should come in though Shane, your presence in the room is uplifting. Maybe some mandolin?"

"I think piano would be guid. At the minor bit."

I sigh, flattered, but disappointeed. I won't fight. Two is tension. Two is guid. Healthy. Three's a rammy. We set up again, in a rhythm noo. Roon the mic, I place masel next tae Cian. A still surrounds 'um. Eh asks fir nothin, nevvir slags anyone, nevvir moans. We work through a verse an chorus; Stan moves me back, asks Cathal tae turn doon eez amp, asks Wullie 'ae take a step closer. Cian and I had been playin weavin, sparse, intertwinin parts, very spare, since "The Green Dress" is a slow, fragile poem.

"You two try comin in at the minor bit, like what I was saying about the piano," Cathal offers, no quite speakin in the infinitive, but no hidin eez belief, like so many male musicians I know, that he knows the absolute truth. His voice contains the belief, like that many, that he alone has the ability tae hear special music in eez heid that comes wi some divine blessin or authority. An that others simply don't, are internally blank.

Or mibbe eh just thinks what wir playin is shyte. Either way, Wullie is sinkin in'ae umsel, he battles oan. Whatevvir inner strength eh has access tae is harnessed tae juist keep gaun, get through these takes. Ye see 'um considering the fight an the sinking. Wir oan a fuckin schedule here.

We dae whit wir asked, incidentally leaving plenty a' space fir Cathal oan the electric guitar, an...hmmm. It does sound the tiniest bit Eric Clapton,tae ma ears. Cathal's whole musical philosophy as I've come tae understaun it is aboot ridding yirsel ay the ego. Is that whit he's daein? Does this particular maistly acoustic poetry-based ballad really require a fuzzy electric guitar solo? The fear that plagues aw musicians at aw times strikes in the midst ay his confusin notes. I juist don't know if they make me feel the "it", is there somethin that I'm no gettin? That I'm no "real musician" enough tae understaun? We come in, as instructed, at the minor bit, string style, wi natural harmonies that need no be explained.

It's easy, requires little concentration, an we wrap up fir the day, satisfied. It can't be denied that that worked in its own way. Stan shoots Cian straight haim 'ae see his missus, eez presence is missed straight awiy, he added peace tae the ruim, the balance ay which is noo tipped towards slaggin people an hings.

We eat, the dinner that I widda helped cook. Broccoli pasta bake, cheesy sauce. The difference between eatin this wiy and eatin fae the local McDonalds or the local pub, unfathomable. Wullie informs us ay the plan fir the next day:

"First we do the videos, then Cian's tune, then 'The Pigeon and the Lawnmower', 'Colorado Springs', then 'Cathy', though we could do 'Cathy' on Thursday if we run out of time."

Cathal's eyes narrow slightly.

"So I'll just be hingin aboot when yous do Cian's tune? And are you not wantin me on 'Cathy'? I could get some great hollow body sounds for that, like the 'Green Dress'."

Cathal's mooth flickers. I see where it's gaun straight awiy. Deep breath.

"Mibbe we could do Dòl's stuff the morra since that's mair Cathal's hing, an 'Cathy' has drums oan it anyway," I add in ma best Switzerland voice.

It seems so easy in ma heid. Inevitably, Wullie an I talk it oot, an work it tae fit wi Cathal leavin.

We execute the nightly ritual. Joint. Tea. Black Mirror, Rick and Morty. We aw laugh at the laugh-y bits, except Cathal. He announcees the end of eez day, retires, an I offer 'um ma bed so eh can get a better sleep. We faw awiy wan by wan, til it's me, Michelle an Wullie. Michelle is European neutrality. She must watch aw this wi disbelief at the disfunction. Wullie batters straight tae the point as soon as the room is clear.

"What do ye think of the way things are going?" Eez tunnel vision can cut through conversational trails or witnesses in a group, right tae the subject. I take a breath, process the last three days, an oan the exhale, answer.

"I hink wir hinkin the same hing."

"Aye. What should I do?" Wullie uncertain, a sad, sad hing.

"'Ae be honest, ah'd juist go wi it. Arguments wid juist get in the wiy. Some ay it's right anyway, some ay it works."

"Sometimes you've got to just let Cantona take all the free kicks, penalties, shys an corners."

He says this wi narrowed eyes, a hint ay a grin. He reaches intae his archives tae find a lens that will get us through the morra.

"You know Alec Ferguson had to have one of his players assigned to Cantona to make sure he would turn up for his court-cases. One of the team went to his dressin room 'n eh was wearin a shirt with a massive, oversized collar and a gold chain. The other guy, it might have been Paul Ince actually, said 'Eric, you can't wear that to court!' And Cantona said 'I can wear whatever I want, I'm Eric Cantona!'"

He laughs, a specific laugh that we dae, at the wonderful madness ay humans. Michelle observes. Takin sips ay a can of Innis 'n Gunn wi an absence ay desperation an sheer need that can only be acquired fae growin up ootside Scotland. She prepares her question an asks it withoot agenda.

"Can I ask, if someone is making so many demands, making things so difficult, can you not just say: 'Fuck off dude, it's my album?'" Pfffft. We both consider.

"Ye can't cos" -

"No because" -

We try tae answer at the same time.

"On ye go." I step aside fir Wullie's theory.

"Because it would cause too much tension and would be unproductive. Each time it nearly happens, you have to make the decision in that moment that you're either going to have an argument, or get on with it and get the recording done."

"Aye, but couldn't you send the person away if they are causing such problems?"

She speaks perfect, fluent English, very correctly, with the odd

Scottish word thrown in. It's brilliant. That she might be right occurs tae both ay us, but the enormity ay what she's suggestin is overwhelmin.

"It'll be fine."

Wullie's Life's Wirk:
Day 4
February 2018

A shyter, sweatier sleep, oan the couch that Cathal had been usin. Up, say "mornin," eat communal porridge, shower, walk aboot ootside, appreciate the view, welcome Stan 'n Cian back, tune up banjo, watch the others g'n through thir daily routines, aw wakin up in the same order, tak'n ages…ageez tae dae everythin.

Wir busiest day the day. Wullie even looks mair serious than usual. Him 'n Stacey've done thir vocal warm ups. The front door opens, Wullie is there right away greetin Dòl, the Heilan poet, an eez wife, Anne, fae the South ay England, two stalwart philosophers and bonafide nutcases ay the highest degree.

Thir presence is upliftin and mad, thir politeness infectious; they inject articulate chaos in'ae the hoose like a rogue unmeasured spoonfae a' chilli powder in'ae a curry. We aw hug. Stan, who knows Dòl in the special, affectionate wiy that everyone who knows Wullie knows each other, leads 'um intae the live room. Wullie's plan is tae record six ay Dòl's poems, solo. Wan or two wi us backin 'um, in the next thirty five minutes, despite ma protests that this wullnae be nearly enough time. I sometimes hink eh knows somethin aboot time that I don't, like aw true artists, since eez life always works oot somehow.

It aw happens very quickly, despite Dòl's nerves. He recites "Mountains," a dark poem aboot rural love, "Pissing in the Sink" a hilarious nostalgic account ay eez time in Aberdeen, an a couple aboot eez tours ay America wi Wullie. Cathal's opinions slice the air fae the corner ay the room.

"That one is absolutely brilliant, the one aboot the cludgey. I don't think we should record it wi music, I think that would only take away from it. I think you should put that on the album as it is an we can do another one."

Cathal sits oan the flair, legs crossed, speakin wi an absolute certainty that gains weight with each day. Wullie's eyes narrow. Eh'd hud a vision fir several songs to be done, blues style, but wi the banjo as the main instrument. Eez natural aversion 'ae authority developin begins tae kick in roonaboot the fourth day, always, as it did wi Viktor.

"Shall we get in therr an try it if you've got tae pick up Sam in hauf an 'oor?" I try an distract fae the awkwardness wi-oot takin sides. I juist want tae play.

Me, Wullie, Cathal, Cian an Pete aw head through tae join Dòl. We don't know whit wir gonnae play as planned, an if Dòl will be able tae read the wiy we pictured. Cathal starts up a riff that eez goat oan eez Tele, Pete joins him. Cian gets it right awiy, an Wullie plays a surprisingly felt an tasteful groove oan the drums. I come in wi ma usual comfortable rolls oan the five string. Dòl starts tae read a bit rhythmically in eez Highland lilt - it sounds somewhat like a schoolteacher havin a go at rap. Cathal hauds up eez haun, addressin, as maist people seem tae, me. "Don't play aw loose, just play the riff as one, then when I signal, just play a G seven an a C seven, then Dòl comes in. Just think, Chess Records, very Chess Records... nae improvisin, then back tae the riff...". Eh goes oan 'ae make a list ay blues an soul bands that we should reference, think of, that I've nevvir heard ay. Jesus, we must have aboot five minutes left here.

We try Cathal's historically accurate arrangement a' blues/jazz/ spoken word three times, Dòl soundin slightly mair confident an natural each time, speakin in time and fa'in oot. Cathal animatedly directs us wi haun gestures, pointin at Dòl, pointin at the drums. Eh moves back an forth, smiles, makes eye contact, eez absolutely comfortable, Wullie's squirmin. It's impossible tae tell if it's worked. It did feel lit somethin. The problem we might huv fir this album: it felt lit Cathal. Wullie zips awiy 'ae collect eez pal fae Biggar who'll be playin the second hauf ay the day an the morra. Hauf an 'oor later, wir warmin up "Le Pidgeon et La Tondeuse," another Wullie an Dòl collaboration. A Bluegrass/Cajun, double time story ay a pidgeon who faws in love wi a lawnmower.

"Awwwwww le piddgeeooon,
Awwwww le pidddgeoooooon,
Awwwwww lee piddgeeeooon,
Lee pidgeonnn et la tonndeussseee."

The three harmonies meet at the chorus an ring in the air. At this speed, breakneck, ye can't really go wrang, long as ye dig in. Wir in nae danger ay committin crimes against music here. When Cathal plays electric guitar, eez part ay the circle, eh smiles, an we aw exchange wee happy glances. The windaes lie open, sun pours in, bouncin aff the glarin "snae". We rip it up in three or four takes, break, tea, scone, cereal bar.

I stay awiy fae folk fir a bit, but they seek me oot every few minutes, askin this or that. Stacey cuts aboot gien fowk back rubs.

"You're all too fuckin tense! Yi'll play better if ye relax!" You wouldnae think she's under any strain 'ae look at 'er today. She goes tae bed first, rises first, a permanent smile oan 'er face, nevvir sayin a negative hing. Thirr's melancholy there, in bucketloads, but she won't gie voice tae it lit us entitled male spewers ay wir precious subconscious mulch. She's the silent hero ay this album, does a perfect take each time, nevvir rocks the boat. Another burst ay energy intae the room, a tall, bearded, be-denim shirted, be cowboy booted, guitar an banjo wieldin friend of Wullie's fae Edinburgh. Wullie introduces us:

"Shane this is Sam, Sam Shane. You are both legends so I'm sure you'll get on great."

Ha. Eez dressed item fir item the same as me, broon cowboy boots, Levi's, denim shirt...

Sam wis in Wullie's last band. Eh's only daein three songs oan the album. Eh talks aboot valve amps, mics, an loves the idea of the live album, though insists it's a major risk. He offers me somethin called an "attenuator" for the amp, but I say no thanks mate but thanks.

"I hope that whistle isn't making it onto the album," Eh nods tae ma whistle. I know exactly what eh means an fir some reason get a chill. A wee moment ay recognition ay the same person passin through Wullie's colideoscopic life twice. The weirdest feelin that this guy once held the same space as me in Wullie's heart. That this is a game changin energy fir the hoose, we've hit a turnin point. I get ma dizziness firra minute an think that we've juist pulled closer tae somethin. Mibbe ye should take it easy on the coffee an joints...

On'ae the next. "Colorado Springs", the bluey orangey Tom Waits Balkan nine minuter.

Wullie starts the groove, an Cathal suggests an alternative intro. Wullie calmly declines, wi slightly more authority than yesterday. Aroon the centre mics, Wullie, Stacey, Cian an Sam, then me, all movin wi the ploddin rhythm section.

It ebbs an flows, in an ootae time, pleasantly, an Wullie shuts eez eyes in concentration. Eh's away, in'ae 'imsel, awiy fae rhythm an rigid man made time, an in'ae story. Eh opens eez eyes when we finally aw slide in'ae the pocket.

"We'll try that a few times Stan, are we ready?"

The tension is considerably diluted by the two Edinburgh boays, who say nothin aboot the push an pull between Wullie an Cathal, rhythmically, artistically an personally.

"I think me and Pete should come in with you Wullie, so it's no juist startin wi the guitar again."

Cathal's voice for some reason, is less concrete.

"I'm gonnae start wi the guitar, for the singin." The tipping point, that Sisyphus boulder has reached the tap ay the hill. Oaft. Whit happens noo.

In spite ay the tension, the poacket forms, over two, three, four takes. Cathal an Pete form a temporary alliance; they'll come in efter eight bars. Cathal shifts between tight an snappy an jazzy drums, liftin wi the cymbals at the instrumentals, pushin an pullin the rhythm an flow.

Wullie hauds up eez haun, the international signal fir stoap, this is shyte.

"Too busy from the lead players at the start, leave it til the third verse to get busy."

"Nae worries mate, absolutely." I answer wi wan eyebrow raised.

A flow ay energy runs roon the ruim; the light is gone, juist two lamps oan in the corner an some fairy lights. It could be visual, wi the circle ay attractive instruments roon the mics. It could be in wir heids, but it's there, we aw know it. In the lead up tae ma break, Cathal skites the crash, gien me a wee shiver. I get a whole wance roon the chords masel. Favouritism fae Wullie possibly. Sam steps up tae the center mics, carefully, carefully, a plonky but tasteful storytellin tenor banjo solo, up tae the five chord and boom! Cathal skites the crash wi a big open switch to hi hats an cymbals an wee Cian's awiy oan the fiddle, part deep Celtic melancholy, part Traveller, part Bluegrass, an the vocals return. "C'moan" I will in ma heid, "Naebdy fuck up naebdy fuck up"...the vocals finish, we solo together, till fade.

Yaaass! I literally punch the air.

Somethin happened, aligned. We aw felt it. Tea. Scone. Back in. Ev'dy swarms back intae the hoose an I bee-line, focused, fir the live room again. There ur two pianos in the room, a wee upright an a grand. Being oan the lower end of the self esteem spectrum, I sit doon immediately at the wee wan.

"Spling...splongg...plingggg...dum plooong plingggg."

Amazin how it stiys wi ye. The chords come easy, I learnt these songs the maist absorbent way: ayr a year ay osmosis, oan several instruments, oan tour in a state ay suspended judgement. Thir part ay ma subconscious make up noo, they always drift in an oot.

"Do you want to try it on the grand?" Urgency trickles through in Stan's monotone, though eez face betrays nane.

"Whatevvir's best for yous man, don't want tae be a hassle."

Wullie an him toss it up fir a few minutes, an Wullie reaches within an decides we should try the grand. We move awwww the mics that wir piled in the coarner an remove the great, dusty grey cover wi much difficulty. Thirr's nae guarantee it will be close tae bein in tune. I sploing an ploink fir two minutes. Stan's classically trained face shows the faintest wince a' discomfort, or so I hink. Wullie clearly picks up oan it tae. "Brilliant, we'll use it." Eez eyes hardly visible.

Big Pete is a counter. He likes tae start fae the start, know wherr eh is, an count eez wiy through music. Ye'll be in the middle a' somethin an he'll blast in wi the very start ay the song, regardless ay where ye ur at that point, mid personal revelatory journey or no. Ye can see eez boady count, the knee bobs wi the wan... two...three...four. I uised tae hink this wis wrang. But Pete's zen has allowed a loat ay music tae unfold ayr the years...how much has ma neurosis trampled...

Eh starts, an I sploing in: "spliinnnnnggg." Sam literally slides in 'ae join us, oan eez strat, valvy splashy reverb lines enter the middle ay the ruim. Cathal meets the slide wi a soft snare hit wi the brushes, an we glide haufwiy through the chord progression. Fade awiy, start again, fade awiy...we've goat it...in between these instruments is the meanin ay somethin.

"It's far too fast." Wullie's joins us, directin his message tae the kit, withoot lookin.

"Okay, like this?" They strain 'ae meet each other, two Goliaths ay the unbroken line a' musical philosophy, sittin oan thir different ledges ay the spectrum. Cathal's mood has improved vastly ayr the three days, eh's tryin. They baith bury thir true words.

"Even slower. It's juist a wee bit too fast for the singin. It does eh...sound lovely though."

"Okay, like this?"

As the belief systems meet, behind the drum kit an behind the guitar, thir boady language is masked; I feel every twinge an clench. Two realities meetin an sparrin.

"We were thinking about a drum intro, rather than guitar starting again."

I look doon, wishing that oor wee moment could have been big enough tae overcome any a' this. Wullie looks at eez guitar - eh's considerin complete honesty. Eez defence mechanism tells 'um tae staun eez ground, but eez logical brain tells him tae budge an inch an try again the morra, when Cathal will be back in Glesga.

"Okay, we'll try it."

Cathal plays a jazzy, sensitive, exaggeratedly slow shuffle. We aw enter oan the D major, it sounds warm wi the piano sploingin, bass creakin an guitar glowin an meetin. Wullie relays the message fae heidphones: the kick drum is too loud, it's bein picked up in aw the other mics. I cringe. I couldnae gie a f...

Cathal does eez utmost tae contain eez beliefs; he couldn't gie a shyte about these hings, allegedly. Thus ensues a great faffin, puttin a booth roon the drums, then a duvet, a pillow in the kick drum tae soften it.

"Stan says it's still too loud, it's making the piano resonate. Could we try it without a kick drum?" Aw Wullie. I wish, fir ma sake, ye could juist live wi the kick drum, an we could just work in harmony fir the remainin 'oor. I see Cathal's taught mooth turn like milk left in the sun.

"Of course we can't do it without a kick drum, that doesn't even make sense. That just wouldn't work. It just, wouldn't work!"

Cathal's diplomatic mask slips. I juist sit it oot, tinkerin oan the piano, practisin ma parts, as usual, right up until the take. Be able ay boogie lit fk'n Stevie Wonder soon wi aw this practise.

Finally, we start: I know that Wullie has checked oot. We're filmin the video for this the morra anywiy, eez hinkin, we'll get an alternative take. Tae me, it sounds glorious, sensitive, warm, an emotional. Like sittin in the park in the sun when, efter an ecstatic night oot in the West End, hangovers used tae hug ye rather than cripple yir mind an boady.

Aw the sounds, the piano pedal makin the ffssshhhhh, the creak ay the double bass, even breathin, can be heard, but I know Wullie will want tae dae it again, which means a fawin oot further doon the line. Ach well. Wir done fir the day, an tomorrow will be simpler, if only because we can simply stick tae wan person's vision. Cathal packs eez his guitar an amp, eez elated with the takes ay that song, an lookin forward tae his ain bed. We aw hug 'um, but I don't meet his gaze, ma relief is tinged wi guilt, as always.

"It's been an absolute pleasure mate, as always." I offer ay um. Stan doesnae stay fir dinner, so they wheech the amp, guitar an dug in'ae the motor, an the two ay thum are gone.

The hoose experiences a calm as we sit doon 'ae dinner. It seems tae me that Wullie sits further back in eez chair, laughs deeper, an tans scones wi-oot a second thought.

"Ye did well mate, ye did a guid hing get'n 'um oan this album."

"Tomorrow will be fun."

The Final Day A' Wullie's Life's Work
March 2018

I wake at hauf seven, heid buzzin - the mental wind fae the night afore has calmed. Hauf the snow is gone, an the sun's oot. Even at this time Michelle is up, a full pot ay porridge made an scones in the oven.

Michelle never speaks aboot 'ersel, works constantly oan food fir nine people, an edits 'er buik in-atween times. A machine. We charge heid first intae a fast-paced philosophical chat wi porridge an tea, an by the time others start filterin intae the room she's talk'na-boot institutionalised abuse ay different sorts which has existed since the Greeks, an how it might have been an unbroken line tae today's elite.

"Ahchhachhhchhahah", Wullie glides intae the ruim mid stretch, laughin eez silent laugh.

"Ab-sol-ute-ly brull-yant. I heard the whole conversation move from classical philosophy to Jimmy Saville while brushing my teeth, and it's not even eight o'clock!"

Wullie an Stacey get torn intae thir porridge, smiles aw roon the table.

"Today is going to be great fun. A rammy." Wullie emphasises eez wirds by makin a circle wi his thumb an forefinger an jabbin the air wi it.

"We'll try alternative takes for 'Cathy' and 'Livin By The River', rattle out 'The Tide' with Sam and then Andy will arrives for 'Sing Me a Love Song' at the end. It will be brull-yant."

Pete filters in sleepily, smilin, stretchin, asks what the schedule is. Wullie repeats it, Cian, Sam next, they smile at me oan sight, we pat each other's backs, like we've known each other fir years.

"Yassss troops. Yasssssss!"

We break up, shower, each take a coffee, the smokers smoke, none ay us can staun still. I pace the length ay the hoose, dae push ups, squats, too impatient fir a full walk ootside.

Stacey finds me an Wullie, we'll do vocal warm ups again, tae pass the time. I'm lit a five year auld, cannae concentrate fir thirty seconds, cannae help resistin this organised attempt tae make wir music better. Aw hings except doin a live take ay a song ur purgatory, technical flotsam.

Finally, the front door clicks, the dugs collar tinkles, an in comes Stan, followed by Dòl and Anne, an aw the huggin an back slappin that comes wi thir upliftin holy presence. We've tae re-try "Livin By The River," juist Wullie, Pete, Stacey an me, along wi the video take. We staun in a perfect circle, any illusions ay perfect sound forgotten, an we sing at the tap ay wir lungs at the chorus. I have sole responsibility fir the lead playin, oan the banjo. Wullie insists I let it burst, what'd been held back. I splatter notes candidly aw ayr that slow, sensitive waltz. "Fuck it", I shout tae masel before each take.

"Fuck it, yassss!"

Three takes an wir done. The others walk aboot the hoose in the same way, impatient, waiting fir thir go. I make a pot ay coffee fir those that want it, the smokers smoke, an we each take a fresh scone, an wir back in the live ruim. I warm up oan the piano, it flows instantly, I can hardly stoap playin firra second, an Wullie's awiy again. Ma boady is tense wi the will 'ae let this flood oot! We run the chord progression three times in eez absence. Eh's worried aboot this wan vocally, so eh practisees the notes at the back ay his throat, right up until a take.

"Layyyy you're weeee-rayyyy eyeesss,

By the hoh-lllllowwwww,

On maaa shoooooouuuulllllderrrrrrr,

And too-nighhht, we'll preeet-eeennd

It's alll ooookayyyy."

Michelle's presence lifts wir spirits, as she walks roon aw ay us wi the camera, smilin. We make facees that mean nothin except tae encourage that accumulative buzz ay recording tae gain momentum. Stan says it sounds perfect, we pat wirsels oan the back, wir ahead ay schedule, soup smells waftin through the door fae the kitchen. We gather again roon the table, make wir thanks, fill wir bellies, break aff in'ae individual conversations wherr we aw agree oan matters ay music.

I find Cian, mindful no tae creep 'um oot wi ma interest in eez life.

"I fuckin love the Dubliners, an no ironically. Was raised oan the Dubliners man."

"Totally yeah, Barney was a legend, he made me want to play the banjo."

"Luke Kelly was the greatest folk singer ay aw time."

"Yeh the Lynched do that, totally stripped back thing."

"Ah love the Lynched man, brilliant, ye can hear the Dubliners in their stuff."

Fresh pot 'a coffee, back tae the live room. Positions, jokes, aw ay us this time. Tune up mandolin, run through solos while Wullie stretches.

"Make it very spare til Shane's solo then everyone do what you fucking want."

The backdrop to this very serious, dark murder ballad is fartin, maw jokes and Wullie takin pelters for eez mannerisms, right up until the first line:

"She's in the car still thinking,

Pale winter sun goes down."

Stacey sings in a creepy, breathy, ghostly unison wi Wullie the entire song, another Dòl collaboration. Another Balkan, four four, harmonic minor poem aboot a suicide oan Lewis. This is the other, personally uncomfortable side ay art that Cathal has pulled me awiy fae. It's a paintin wi words an sounds an no the line ay unbroken consciousness. But it's artful an emotional an haunts me. It troubles me that it sounds so good. Whit does that mean?

By the time we pass the solos, reach the climax, wi us aw trillin, slidin, buildin, I feel, and we aw feel I hink, the rhythm reach it's natural place in the air, the click that we wait fir, the poacket in which anythin 'ae be expressed is allowed oot. We do three, fir safety, an call it. Wullie's elateed by the end ay the third take, despite eez total commitment tae the horror ay the story. Eh thanks us aw, Stan gies eez approval, we aw find comfort in each other, knowin that we did it, reached somethin, in the second hauf ay that song.

Wullie, Pete, an I stay in the ruim, we're tae record a slow air that Cian wrote, un-named as of yet. Cian assumes the leader's position at the heid ay the room, dons the heidphones, an instructs us oan wir positions. He laughs at some private joke between 'imsel an Stan. Eh goes serious. Eh bows the first note, I join in immediately, distractin ma mind fae the opportunity. Tae play in unison wi a real trad player, a real Traveller, a real tradition. Tae close yir eyes ye'd think ye wir in a seaside bungalow in Connemara wi a sixty somethin Irish speakin fiddler, no in the Borders wi a 24-year auld.

Wullie an Pete join in the second run through, the electric hollowbody guitar glowin in the air, the double bass thuddin warmly. Cian swells an ebbs an flows naturally, an I follow wi the utmost ay ma instinct an concentration tae the last note.

"Fucking hell, guid craic like, we'll no do it bettir than that."

Juist lit that it's ower, wir unspokenly faced wi the tradgedy ay traditional music, ay soul music, blues, the overwhelmin'ness ay what we juist played. Some ay the most real blues, Irish, Scottish the best music ay ma life, what ma pals spend thir lives yearnin fir, bendin the entirety ay thir thought, will, essence tryin 'ae achieve. Settin up bands, pummellin thir facebook pagees wi media, talkin, talkin, talkin aboot music, practisin til we become ill, "Thisees how ay dae it...thisees how/-'ae-dae-it," redefinin rules tae fit thirsel, tae make thum artists, tae be invincible. Viktor, that puir big galoot, the big, sad, complicated, talented, intelligent hurricane, wants nothin mair than tae be an all drinkin, all craicin, tune machine, a Scots-Irish character, an it's like shackles oan 'um. Should really gie him a wee message.

The reality ay this music floods ayr me fir mibbe a minute, whit it takes tae play it, and the strange cruelty a' the universe that wid allow people like Cian an Viktor an Cathal an me 'ae aw exist alongside each other. Constant reminders ay the difference between a life ay thinkin and doin, theory and action, life an...the opposite. I knew then that Cian doesnae spend every inch ay the day thinking aboot "it", constructin reasons why eh has it, tearin eez fuckin hair oot, embitterin 'imsel, marinadin in the injustice ay it aw. He just does it. Thae puir, puir men. Amidst the chatter an chaos ay the next tea break, I find Wullie.

"Wan 'ae go eh mate."

"Aye. I'm not sure how it will work, it's not even arranged. Can't believe it's the last song. This has been the greatest an strangest week of my life."

We aw discuss the next song, which features every single wan ay the team bar Cathal. The door clicks again, big Andy the mysterious accordion giant enters. The kitchen is vibratin wi ten artists in conversation. Dòl and Anne compliment us aw oan wir musicianship, an Wullie calls Dòl the greatest livin writer wi total sincerity, thir erms roon each other. Fir five minutes we aw bask in pure positivity. Wullie's plan fir the last song is tae have nae arrangement, but he wants every single wan ay us tae come in an oot, solo, an sing wherrevvir an in whichever order we want.

"Yeah cos that won't sound chaotic at all..." Sam, a careful note selectin type, says this no as a criticism, but in that "ach whit're ye like", wiy. Wan by wan, we enter the live ruim fir the last time, seven different people ay varyin mental health, on different paths, fae different schools ay music, rangin fae 24 'ae 60 somethin, who've never played this song thegither afore, an wi only Wullie 'ae glue wir drastically different musical lives thegither.

"Andy's solo will be hilarious but amazin." Wullie had telt me. "It will be the most east coast country band accordion sounding solo ever heard and it will be brull-yant."

We staun in order roon the vintage mics, by pure chance: Cian oan mandolin, Sam oan electric guitar, Stacey oan fiddle, Andy oan accordion, me oan five string banjo, big Pete oan bass an the man himsel at the helm.

"Should I play a harmonica solo at the end? I'm a shyte harmonica player."

"Och I dunno," Sam had clearly been a voice fir reason in thir last band.

"Is there...harmonica on the rest of the album like?" He edges tae Wullie, reluctantly.

"Fuckin right you should have harmonica mate. Fuckin tear it up. But what order shall we dae the solos man?" I blurt. He deserves it.

"Just whatever order yous want." He's overwhelmed.

"Will we go clockwise? Startin wi Cian?"

"Yass, bluegrass style! Take a step up to the mic when it's your go too. What's that Stan? Okay are yous all ready?"

The minit the guitar, bass, an accordion burst into that bluegrass shuffle, Cajun, gospel, life-affirmin chord progression, an I say this wi-oot a hint ay pretence, thir appears a force in that room. Ye could tangibly cut it wi a knife, the thickness ay the air, the flow ay energy between seven people.

"Sing me a love song, where nooooooo-body cries,
No one is left Looo-ooonely and no-body dies,
(No bodeeee dies)
Sing me a love song, where we both lie in bed,
Write soooongs to each uuh-uuh-thir where neither of us are dead,
(Neither of us are dead)"

Ma logical brain tells me 'ae haud aff oan the banjo but I cannae haud it, the energy bein too immense.

"Ploing digah dogah diggih!"
"Singgg me a love song an then kiss me on the cheek,
An I won't end up in a coffin we can dannnncee in thah streets!
(Dance in the streets!)"

The boax flashees, flood'n the ruim wi a solid reedy groove. Cian, smilin, steps up fir eez solo, pure rhythmic flurries at first, then bursts in'ae bluegrass, wi the effortlessness ay wan that's nevvir known ent'n else. Wir heids turn 'ae Sam oan electric guitar, a bendy, chicken pickin, busy hing, closely followin the chords by whit I suspect is a mix ay knowledge an instinct. On'ae Stacey, who digs in'ae the fiddle, a grin oan 'er face, swayin side tae side in an unaffected wiy, aw double stoaps an substance. Then the big boax man, wi a peaceful look oan eez face, wan eyebrow kinna raised, aw steady rhythmic notes that don't push or pull or deviate, pure metronomic east coast, country dance right enough, it's wonderful. We aw exchange smiles, Wullie laughs wi pure joy, an ma heart fills wi adrenaline, pumpin it through the limbs, up in'ae the heid as I step up tae the mic fir ma solo, wi a smile oan ma face. I'm aware ay nothin, no ma sins, ma past issues wi the bevvy, ma mistakes, ma joab, any a' ma beliefs, an it's over. Wullie simply focuses eez attention an vibration an energy oan the moothie, bendin, pure happiness an relief, the true culmination ay eez experiences, trials, beliefs, and a year ay the philosophy club, til we're aw soloin togeth-er, mental, unashamed, laughin, joyful, beyond ego. The Gods spin thir Wheel, thir eyes oan us, pullin us up an up an further in...til we aw come oot but fir Wullie:

"Sing me a love song..............an then get out your big knife......... tae cut our wedding cake and then..........you can be my husbandor-wife............

Sing me a love song with no tears in your eyes.........where you are never lonnnnnley. and.....you'll neverrrr dieee."

We aw crash back in wi gatherin speed, rattlin at full tilt, nae awareness, 'ae the refrain, turnaroon, an everyone watches Wullie fir the cue:

"Nooooboddyyyyy diessssss,

OHHH Where noooooobodyyyy dieesssssss,

Nooobody diessssss"

The final chords, a big country dance endin, an the last note stoaps deid in the air.

We aw look roon. I laugh, Wullie laughs. Sam looks slightly unconvinced, the boax man bemused, Stacey and Cian wi ear tae ear grins.

"Fuckin yaaaaassssssss!"

We juist shout, any self consciousness long gone.

"That's it mate! That's fuckin it!"

"Oh my god...we're done!"

Wullie hugs everyone, we aw huddle, shake hauns, an Wullie opens a big boatle ay champagne an downs some, spillin the foam everywhere, eez face, the cerpet...

"YASSSSSSS!"

The next twenty minutes pass in a blur – I begin packin my stuff, as am gettin a lift haim wi Stan, I'm fillt wi joy an sadness. Thirr'll be a party which will include everywan drinkin, which may ruin this perfect day. I cannae be aroon the ecstasy, as the urge tae down a can ay Guinness an light a fag an be consumed is overwhelmin. The homin instinct kicks in. Need'ae git haim, it's too much. Ma eyes ur filled wi genuine tears a' confusion, at what juist happened; the reality needs tae be confronted. That it's aw real, music is some kinna gateway, an aw the doubters, nay-sayers, "whit the hoodies croaked fir doom", they wir wrang. We juist broached it.

I feel lit a scientist havin juist discovert an element efter bein telt it didnae exist. Packin ma stuff, I hurry roon the hoose that's become so familiar, stayin ootae the wiy ay the chatter. I juist want tae see Iona, tae tell her everythin, tae see my ma n da, ma sister, they need'ae know...they need'ae know it's aw real. Stan says ur ye comin, eez takin Stacey wi 'um back tae Glasgow. Ma eyes well up. Wullie finds iz, alone in the bedroom. Ma eyes ur still moist so I don't make eye contact.

"Thank you so much, you legend. I couldn't have done all this without you, I wouldn't have done it if I hadn't met you." Eh offers some heartfelt shit.

We hug, fir longer than men ay oor generation usually dae.

"I might boost mate, I don't know if I can be aroon the boozin."

"Nah stay, you should stay, it will juist be a quiet one, we'll eat pizza and drink tea and play scrabble. It will be so...guid." Eh makes a wee circle wi eez thumb an index finger an stabs the air. I take a deep breath.

"Okay man. I'll phone Iona 'n then come through."

Iona's happy 'ae hear fae me, we talk fir hauf an hoor, she brings me back up an doon, grounds me. I thank 'er, tell 'er I love 'er, how grateful am ur, how sorry am ur, that I wis tempted tae huv a drink but I wont, I won't. She says she knows I won't, if it gets bad juist phone 'er again. I say that I better go, thir waitin oan iz. In the kitchen, the mood turns fae ecstasy 'ae calm, we aw chatter among wirsels. I staun at the oven wi Michelle.

"How do you feel man? You relieved?" She observes me wi a smile.

"I feel aw sorts mate. Fuckin aw sorts. So happy. Sad it's done. Juist...Don't know..."

Efter dinner, Andy, Dòl and Anne all say thir byes.

"See you in another seven years with seven totally different people!" Andy jokes. He'd played on Wullie's last album. We change in'ae wir comfies, congregatin wan last time at the kitchen table, me wi ma tea, the rest wi beer an chasers. Cian offers me a beer, innocently, Sam tae. I look at the can firra coupla seconds...if thirr's ever a time...pppppppfffffffffffttttttt...

"Nah, thanks mate. I'll have a wee fag aff ye though?"

Wullie sets up the scrabble board, an we allocate teams. I go masel, the thought ay the conversation too much. While the rest talk among thumsels an drink, preparin fir the game, I allow the flood in ma brain tae wash ayr me, knackert. I don't pretend tae be guid craic, tae be happy. Juist allow the thoughts tae come. What we experienced in that room wis the true alignment ay seven lives, ideologies, forms ay expression, relationships in'ae the medium ay frequency, directed through instruments. It's whit I've chased fir ma whole adult life, that whole manic seven year since The Festie wi Aonghas. What the entirety ay Cathal's philosophy is built oan, an eh missed it. Whit dis that mean? Eh missed it. But ye know whit it means. It means it's time ay re-arrange the furniture in yir heid...

Wir purpose as musicians is tae build the foundation under which that force, whatevvir it is, can come forth, but other than layin that foundation, we don't have true control ayr it. It's too myste- rious. The practise ay technique can only be a conduit, the writin ay songs, immersion in a tradition, the obsessive analysin and reasonin, rationalisin 'ae which Cathal devotes his time, tae which Viktor bends so much energy that eh mustae went mental - this can only put ye oan the road tae it. Thae, mental, tortured souls want it so much that they quash it, while Cian seems tae coast through life drinkin wi-oot consequence, experiencin it, embodyin it, withoot thought, wi-oot effort.

I know that these seven people will nevvir play in the same room thegither again. I know that nae "band" will result fae this album. That exact experience will never happen again. But it did happen. It wis real, spiritual, whether it wis God's eye or only a shared experience hap'nin in wir brains. The visions offered by ma brain meant this...this place that humans instinctively know they cin reach, that I always believed in, wi nae proof.

What the fuck dae we dae noo.

PART THREE: IT'S TIME

August 2018

A tiny, scared wee haun oan ma shoulder shakes me awake.

"Darling, it's time."

"Eh? Sorry? S'gnoan?"

"It's happening."

"Fuck!"

I'd like tae say ma first instinct is tae make everythin ready an easier fir her, so aw she'd need tae dae wid be sit in a taxi in pain an be looked efter. But I juist lie wi ma eyes wide open, adrenaline pumpin intae ma slammin heart, fillin ma stomach. I finally snap ootae it, look at ma phone, hauf three, jeez. I rise. She's scurryin aboot the flat, daein stuff. This is it. Shit, this is it, oh my god. Breathe, talk tae her, but be calm, she'll need ye tae be calm.

"Ye eaten anythin babe?"

Use ma best "calm" voice. Barked like an order. Pffffff.

"Yeah, you should get something down, it's going to be a long day."

I dae ma best tae grind down some cereal, the adrenaline shuts yir stomach right doon. Chew, chew, chew, mon! I staun, unable tae sit, til most ay it's done, that'll dae. I absent mindedly jump in the shower, the roastin jets pummelin ma chest. Ma brain's oan auto-pilot. Thoughts urnae words but abstract sheets ay sheer present. Between the sheets, that wan promise ye made. Don't look awiy. Take it in.

The shower is done, an ah fling oan ma claithes, an check the bags – it's pre-packed, thank fuck she's organised.

"That's me ready babe, what can I eh...dae?" Useless. I enter the livin room. She's bent double in silence, clutching a chair wi her wee pale haun.

"Aw are ye awright babe? Shall I do yir back like the midwife said?"

She nods, eyes screwed. I push ma thumbs intae her lower back, an feebly coach her tae breath through the contractions as we've been taught in wir classes.

"This fucking hurts." Is it meant tae this early?

"Aw babe I know. Ye want me tae phone a taxi?"

"Not yet, need to wait til they're-aaaaaaahhhhhh!"

"Jeez what's that two minits since the last wan? It's no meant tae be that soon!"

I rub her back, tell her tae breathe, try tae breathe masel.

"Aaaaaaaahhhhhhh!"

Her face implodes, she grinds her teeth in pain, baith hauns clench the chair fir dear life.

"Right am phonin a taxi."

***

"Hi can we help you?"

"Aye eh, ma partner's in labour, her watter's broke."

The wee wumman yawns, doesn't look up from the reception, doesn't show signs of anythin.

"Okay the labour ward is just down there to your right."

"Eh thanks."

I lug a car seat, four rucksacks an a bag fullae food as Iona ambles along, stoappin 'ae grasp a bench as the agony racks her. I staun, repeat the breathin patter that they tell ye tae dae, which is fast revealin itsel no ay work, arms fully occupied. The hospital is clean at least, an the gear looks brand new - that's good, I tell masel. A wumman wearin a blue NHS uniform at the desk ay the labour ward looks up ayr thick specs, 'er face impossible tae read.

"Hi eh, ma wife's in labour." They don't tell ye what tae say at the classes. How not tae sound like a useless prick.

"Okay and when did her watter break?"

"Aboot hauf three." Ma eyes shoot tae the cloack behind the nurse's heid. Five am.

"Okay usually we'd send you home okay? She's still got a while to go, okay?"

Iona says nothing, she just grasps whatever is near.

"Aye, sorry but the contractions are awready two minits apart? We've nae car, goat a taxi here!"

"There's a waiting area over there, you can wait for a while but these beds are for people who are further along, okay?" We walk ayr tae the "waitin area," a collection ay metal chairs, magic.

"Sorry darling, s'pose we'll need tae wait, can I get ye a tea or water?"

She grabs a chair wi baith hauns instead a' wan, something in 'er ominous boady language implies a corner has been turned, an this will be brutal. Hope ay a hippie drug free natural birth awready seems ludicrous.

"Aaaaaaaaa—-aaaaaaaaaaa——aaaaaaaaaaagggggghhhhhhhhhh-hhh!"

Oaft. Four oan the Richter. Her wee face - I haud ma eyes tae it, like a promised, an it's almost serene, strangely tranquil, the muscles don't move, but the noise is chillin. Like a child in a horror film. A flood ay real fear runs through ma torso, doon ma legs. This is real, nature at work, clawin ma partner ay aw thae years tae bits fae inside. A try ay press ma thumbs intae 'er back like they showed iz, an action which awready seems insultin.

"Right eh, let's get ye a bed."

We walk back tae the wee wumman, she doesnae look up. We explain, nicely, Iona tae in between, that wur no gaun haim.

"Okay, I'll be back and see if I can get you a bed. All I can offer in the way of pain relief at the moment is paracetamol okay?"

"Aye geez that please, thanks!"

She returns, shows us past a clinical blue curtain; thirr's no wan patient in this rom. Iona lies doon an tans the two paltry wee pills. She tries tae lie doon, but rockets straight back up, 'er face contorted, sweat latherin aff 'er awready. She's only allowed watter or juice, so I hold a boatle awkwardly, ready 'ae offer it. I try 'ae fit in the word "breathe" aroon the screams which are growin mair an mair ominous. The nurse, face as bored as a teenager, humfs her heavy haun methodically in there.

"Okay, you're only two centimetres dilated okay? Needs to be three before I can move you onto the next ward and give you something stronger okay? You might feel better if you stand...okay? And dad, remember to coach her to breathe, okay?" Iona stands up, bends over, and wails. I try 'ae look at her face, viscous blood slides ontae the flair. The midwife leaves and returns tae mair an mair blood.

"Okay I think we're going to move you to the next ward okay? Get you some drugs okay?"

We baith nod wi wide eyes, thirty somethin weans needin a fuckin adult.

***

The diamorphine makes her smile at first. She drifts intae a mad slurry sleep in between convulsions and screams. I sit by her bed and study her face, the face that I've spent years passing by, that I've passed by in ma manias and obsessions and selfish compulsion. Ye've no 'ae luik awiy...Another wave racks her, she groans, groggily, an I sip a cheap black instant coffee, grateful fir the artificial temporary boost though it acutely increases awareness ay 'er pain.

An hour passes, slowly, eerily. The contractions gain momentum, an the diamorphine, she tells me in between dozing, becomes a psychedelic Stephen King nightmare. Each movement she makes is magnified in ma brain - I clench tae keep focussed oan this constant batterin. Images ay each contraction stack visually til several play at the same time as the wan happenin right then an there. I squeeze 'er wee haun, aw pretence that breathin could help forgotten. In between the genuine agony, she's a picture of peace. Whatever young life is causin it, I still access a picture ay it. Thirr's juist this person in front ay me that's been battered by nature fir years, noo more than evvir.

***

Five am, the followin day, an the labour suite, wir ain wee wan, is dimly lit. Wir ain personal midwife sits oan her chair, browsin her laptop casually, waitin. She's seen it aw. Iona batters the air and gas rhythmically, the contractions will not falter. A problem. The cervix wullnae open despite the ceaseless graft. It sits at three centimetres, has for hours. The anaesthetist prepares the epidural, wi the undreadable expression ay a professional who's spent countless years honin the minutiae a' specialised work.

I sit oan a leather chair, still lookin fretfully oan, as if somehow my concentration will absorb some ay the pain.

She's oot 'er tree. She winks at me, tans the gas through the mask as the epidural begins to filter intae 'er back, her enormous, excruciatin, miraculous bump forcin 'er upright; the screamin and clenchin becomes instantly flat. Aw the rattlin rush, the constant forward assault ay Yang that has it in fir her seems tae dissipate and hang, obscure but ominous in the corner, as the clear medicine spreads through 'er. A chemical calm, a completely manufactured, wonderful relief. She lies back and breathes for the first time in thirteen and a hauf hours. I put ma haun oan hers, wi aw its drips and wires and bleeps, she looks at iz.

"I don't even know where I am. Out my box."

"How do you feel now?"

"Absolutely starving."

The hours pass, amidst endless coffee, an we both attempt sleep. Surreal average pop songs drone through tiny speakers, random lengthy Gaelic phrases that I've spent weeks drillin desperately come to me in slow motion: "...Agus an-diugh tha mi a' dol a dh'ionnsachadh dhuibh ciamar a chuireas tu badan air leanabh..." "...An do rinn thu bab? An do leig thu bab nad bhadan?" "...Cagainn gu math air a shin a ghraidh...bheil thu ag iarraidh dhearcan-gorma?" "...Abair gu bheil thu glan. Sin thu fhèin. Tha badan ùr ort 's tha thu glan!"

Flashes ay pictures hit me ay wir flash weddin a month ago, her so big even then. And always, always, I hink ay aw the terrible things I've done, though now so grey in memory, they fade tae mere concept, but remain enough tae remind me ay look.

***

"Darling?"

My eyes shoot open.

"S'happnin?"

A new midwife, the last wan's shift ended, explains the situation tae us, every calmly, the word "Okay" pepperin 'er patter regularly.

"So the cervix is caught, it's not opening properly, okay? And we can keep labourin, induce you with some more hormones, okay? Or start thinking about a c-section, okay? It's totally up to you."

"Well...What would you recommend?"

"We're not really allowed to recommend anythin to you, personally I always think a natural birth is preferable, but as I said it's up to you." I look at her, squeeze her hand, an she squeezes back, frail and defeated, the weight ay a million earthquakes an the nature that never stops attacking, the reality ay 'er boady bein sliced hangin there, completely and utterly a reality. It's six a.m, she's lost blood constantly, hasn't eaten in over twenty hours. Fuck.

She smiles at me. I just say, heid bowed: "Whatever ye want to do babe." It sticks in ma throat.

"I think I'll just take the section. To be honest I've nothing left in me."

The team ay unsurprised workers, like a DVD bein unpaused in mid action, spring tae work, aw limbs flurrying like ants. They swarm over 'er and suddenly, she's gone. I'm taken through dark corridors by a kind man, who says somethin nice that I don't hear, sits me in a wee room, gies me scrubs tae put oan and tells me to wait.

***

Hauf past six in the mornin, allegedly. I walk in slow motion through the long labour unit tae the theatre, an staun ootside at the door, lookin through the wee perspex windae. I'm nodded tae by an exceptionally handsome medical guy that looks like Tom Hardy, whose hauns urnae bulbous and designed for howkin tatties but soft and manicured.

There she is. Flashes. Nae time, constant adrenaline, the room, 'er wee face, tremblin and shudderin wi the anaesthetic, teeth chatterin and eyes rollin back in 'er heid: mair drugs. This is the cost, the fuckin cost ay bringin a life intae the wurl. Nothin is free, it's aw taken an given. Fuckin sucks when it's took aff ye. I look on, ten professional, busy people flurry roon her, a screen covers her bottom half. I sit by 'er heid, machine noises start up, she's yanked, tugged, ma whole body tenses wi sympathy. Say something husbandy.

"What eh...ye gonnae order fir curry when we get back tae the flat?"

Amidst chronic shudderin an teeth clickin, she stammers:

"P-P-Prawn k-korma and pashwari nahhannn. You?"

"Mushroom curry an pakora. Listen ye fancy watchin Wuthering

Heights again when we get back? The wan wi Tom Hardy?"

I look up at the nurses chatterin - the handsome one, eez face is either naturally serious or, that's no worry, is it?

I blab tae her, talk aboot 'when we get haim,' as if we will wan day. It's aw I can hink tae say as they open 'er stomach. Every molecule, glob ay sinew, muscle, bone an blood vessel strains in concentration as if that will get us back tae wir wee flat, wi some abstract other wee person an two mental cats, eatin curry an watchin Wuthering Heights.

She seems tae lean energetically the other wiy. Some fowk ur less tightly bound tae this plane than others, an she's never felt that attached. 'Er face is ghostly, 'er eyes roll, something weakens - there's flatness, desert. This time is meant tae be joyous, where's the joy...this room is choc fullae a blackness and fatigue beyond possibility. Would I know?

"Fk'n waaaaaaaaaaaaaaaaaaaaaaaaaaaaaaaaahhhhhhhhhhhhhhhhhhh-hhhhh!"

Iona's face crumples in'ae tears, medical lights shine this way an that, in ma face, up the wiy, an I look up. Ma haun grips hers. Business, bustle and one absolute batterin in flurry ay professional limbs later, an a wee, be-toweled, purple, wrinkly cosmic...hing is presented an papped oan me.

A whirrrrrrrrrrrrr and click! The periphery ay ma vision whirls and focuses, time is constant, an a wee, squat heid, a pair ay blue, milky eyes blink aroon, aulder than the earth. They squint at me - nae sound, stillness and the transference ay somethin. Fir the fullest, maist real two seconds. The eyes rest on me, an ma tear faws ontae the toty face, an I know absolutely everythin that wis ever known by embdy.

"Hallo wee yin...It's yirsel! Hah!"

I'd like tae say it it's joy, peace, happiness, but that widnae be it. Lit usin only red, yella an blue crayons tae paint the ceilin ay the Sistine Chapel. Juist...immense profundity. No the heid, no the boady, somewhere else.

I place the wee heid next tae Iona's.

"Is she okay?"

"Absolutely grand, amazin."

Yankin, a heavy browed or worried lookin surgeon, a bag ay - what in the name a' God is that alien fuckin madness? Finally, they take the wee cosmic bundle, they pap Iona carefully ontae a clean table, an start takin thir gloves aff.

"Is she awright?" I ask big Tom Hardy surgeon.

"She's lost more blood than usual, sometimes people need a transfusion in this situation. Hopefully not though." Eh...

We aw move, rollin lit the Blazin Squad through tae wir wee room.

They sit 'er up oan the bed an try 'ae whack the little ethereal crea-ture right oan the breast wi the same methodical motion ay me pummelin stock ontae shelves. They seem tae sleep. I barter wi a nurse for some biscuits and tea for her. They put the wee yin doon in a see through cot hing, and tell me tae go haim an get some sleep, let her dae the same.

I sit in ma taxi, no really hearin the drivers chat aboot thir ain sons birth, about how we've nae clue whit's aboot tae hit us, how that's juist the easy bit done. The whole hing replays. Again as I get in the door, again as I faw asleep. As I shut ma eyes, I promise masel, again. Don't look awiy. This selfish hing ye dae, this millen-nial, musician, spoiled, self important, stupit prodigy aspirational class pish, playin yir ain film in yir heid, it's aw goat tae stop. It needs tae fuckin stoap. I shout the words in ma heid along wi the promise fir emphasis.

What nature does tae her...the wheel ay fortune...

The promise becomes a mantra, I know how this goes noo, ye know how it goes, if ye could just shift, if ye could...

Keep yir promises.

Galoot

September 2018

Poor man. Fuck. Fuck. Poor, poor big, stupit galoot.

Wullie sit's acroass fae iz. Fir wance, no rattlin an vibratin, juist slumped.

We sit in Gusto an Relish. I badger ma baldy heid wi ma fingers til it's oily lit I dae in times ay trouble.

"How d'ye find oot man?"

"Marit messaged me on Facebook."

"Fuck. Fuck. Shit man."

I wirk up tae it, thirr's nae other wiy 'ae put it.

"How'd eh dae it man?"

"I don't know. She didn't say." Eez eyes drift tae the flair.

Guilt an nausea stream through iz, ma stomach filt wi acid. I keep pummelin ma baldy heid wi ma fingers an sayin, "Fuck". I'd always meant tae git back 'n touch wi 'um, meant tae offer an olive branch, efter it aw collapsed. Does this mean...wis it...us? Eez last hope fir that hing eh'd always wanteed, abandoned that sinkin ship wan by wan an left um...

"I don't know whit tae dae wi this man...nevvir thought eh'd..."

"Can I get you guys anythin else?" The barista doesnae quite read the situation. Through the grindin, cloyin sleep deprivation an horrifyin shock the auld habit ay always takin another coffee still perseveres.

"Eh aye I'll huv another americano mate, ye want'n wan?"

I nod tae Wullie.

"Aye fuck it oat milk latte please. It's horrible. I feel horrible but he wasn't a well man, such a shame."

"D'yehink..." I lower ma voice tae a whisper. D'yehink thisees oor fault man?"

"No, no...I nevvir told you this but, he had a history. In an out of the hospital. We tried our best."

"Aye? Still but, if we'd...I d'no..."

"One in one out eh."

"Aye it's...it's creepy man."

We tan wir coffee, try 'ae return ay wir chat aboot promoting the album, the tour. The tour ay the student toons a' Western Europe, Viktor's stompin groon. We hug each other distractedly at the entrance a' Gusto 'n Relish an I start the walk back tae wir new flat, through the Queenie. Too quick, it's gaun too quick. Fuck it, breenge up the flagpole firra seat, don't fling this under the cerpet...

Some view right enough - oan a guid day, wi space, ye can see Glesga Uni, The Necropolis, oan 'ae the Campsies. I sip ma take awiy coffee wi wan haun, harrass the jaggy baldy wi the other an allow the flood tae come...the immense unimaginable connectedness ay everythin. Eez big wet Aryan eyes, the long blonde barnet, the tattoos, the bunnet, the Irish accent. Eh juist refused tae be what eh wis, tae be fae a German small toon...refused tae be a classical violin player...refused no ay be "it". Eh telt ye: "Shane I know you think everything here's easy but it's not!" Shoulda stayed somehow man...stuck it oot...puir big Galoot...

Ah the inescapable cliché. Wir millennial brains a maze where every neural passageway connects tae another that leads ye back tae yirsel. So tortured, fuk'n tortured artist, sittin luikin oot at Glesga, hink'n yir some deep Dylanesque figure, feelin aw guilty aboot yir deid pal. Awfy convenient fir ye, a wee story fir yir buik tae gie yir painfully pretentious flawed character some depth. I worry wi a flash that I'm a psychopath that only feels guilt ootae worry a' bein fun oot. Fun oot fir bein bad, fun oot fir feelin guilt an no overwhelmin grief: yet. Coupla young hipster types stroll past wi the bairds an the accents, young fowk wi nae worries, no knowin...no knowin the weight ay hings.

I haul masel up, ootae ma narcissistic haze a' guilt, an start the walk haim 'ae Mount Florida, past aw the young ladies that frequent the Queenie oan a day lit this, try'n no 'ae wonder if they can sense ma deep woundedness, an roon 'ae wir wee flat. Cathcart Road, that joins, fortunately, on'ae Cummings Drive. Ma hauns ur unloack'n the door, feet ur tak'n iz in'ae the grey livin ruim that she hasnae left. An ma mooth's gien Iona a kiss as she sits, starin doon, weighed down, blasted to the floor by that nature, its final revenge oan her fir lettin that wean oot. Erms ur pickin up a wean, swayin 'er, vocal chords ur rattlin against each other, an frequencies come oot in'ae the air under the guise ay an easy Gaelic lullaby. "Ò bà bà mo leanabh…"

'N eyes ur watchin a wean faw asleep, 'n watchin, 'n watchin, before the erms put 'er doon in the wee wicker Moses basket.

'N eyes ur shuttin. 'N therr eh is, the big man. Too much musician fir this wurld.

The Auld Yin an The Wean
May 2025

The sea gies us peace firra change, allowin fir semi-free movement aboot the ferry. Iona, seasoned mariner an travel sleeper, snores lightly, mooth partially open an ready ay catch sea-flies, jaicket ayr 'er face, peaceful. We rose early the day. Wee Rhona tugs at ma erm.

"Tha mi ag iarraidh muc-mhara fhaicinn a dhaddaidh am faod sinn dhol suas dhan deic?" Whit...eh...

"Duilich a ghràidh? Whitsat?" The slow, bone deep tiredness ay seven years ay parenting laps ma face.

She says each word again, impatiently tuggin ma erm. Yir awiy again, oan a stoat ay the mind. Catchin flies. It's bad the noo. Every twenty seconds. She catches me aff guard oan a tired day. So many thoughts of her own awready. Endless curiosity. That nevvir stops surprisin ye. I've tae take 'er up tae look fir seals an dolphins, she goat binoculars fir 'er birthday. She took thum in'ae school, an came back un-bullied. How times've chynged.

"Ceart gu-leòr, tha mi dìreach ag iarraidh cofaidh beag 's an uair sin, thèid sinn dhan deic." She accepts an tugs.

It's close an clammy, but nice. Wee playful spits ay rain but nothin 'ae dae yir nut in.

We luik fir an 'oor, see nothin but birds, the names ay which she knows. Wi the average quality coffee seepin, turnin the blood its dark broon, an pushin the power switch oan ma brain, I become that wee bit mair animated, mair Daddaidh. We'll go luikin fir seals wan day ay the hoaliday, I promise.

The wee bilingual announcement ayr the tannoy: wir here. Iona wakes sluggishly upon measured shooglin fae Rhona. I hoof aw the bags an instruments an Rhona insistently carries 'er ain wee fiddle an suitcase. The big silver baird is visible fae the tap ay the ramp, leanin against the big humped fa'in 'ae bits Land Rover. A smile nae doubt hides under there fir shelter. Eh welcomes Rhona first, then Iona, then shakes ma haun. Nae eye contact, but a grip lit a JCB digger. Bet eh hinks I've goat wee jessie hauns. Eh gies the wean a sweetie, an his eez eyes smile, mooth obscured. Ma oakies begin 'ae sweat. Christ, it gets clammy here fir a Sco'ish Island.

We hurtle doon the wan main road through the bare heathery broon terrain, hilly fir stretches, flat fir ages, towards the toon Co-op. Eh catches us up oan sland politics, we don't huftae ask. This person fell oot wi that person, this or that trust is campaignin, this or that festival's oan, a bunch ay mainlanders wir ayr playin tunes in the hotel. Eh speaks rapid, fluid Gaelic, when eh speaks it, which is only sometimes an I'm under strict orders no tae push 'um. Eh nevvir says the new words, always "washin machine". Iona briefed me, advised me tae juist say thae words too. It's compli-catit, apparently. I've juist tae say "washin machine". Definitely no "inneal-nigheadaireachd". Eh spits at the mention ay wan property owners name, who I wis telt no 'ae mention. Literally spits oot the windae, messy when ye've goat falsers. Bit ay a charactir. At the Co-op we fill up oan pizzas, easy cook pastas, coffee, snacks fir Rhona, who's sadly inheriteed ma tendency fir blood sugar annihi-lation. The Co-op's been done up. Aw the signs oan the wa's ur in Gaelic as well as English. I always get obsessed when I know I'm comin here. The shoap people aw know Iona, an noo the wean, who speaks confidently 'ae wan ay thum in Gaelic efter I suggest it. They laugh an tell 'er she's lovely an she'll be wan 'ae watch. It's subtle, but they seem 'ae prefer her "natural" Gaelic tae ma "Sabhal Mòr Gaelic." There's a wiy they talk tae Iona an the wean, no in wirds or boady language, somethin I cannae pit ma finger oan. Thirr's nice-ness there when they talk tae me, smilin and humourin, but thirr's juist somethin no the same. Iona says I'm imaginin it. Intuition tells iz that I'm still a stranger. Coigreach.

The further we go fae the toon in that big humped Land Rover, the sparser the view. It's get'n awfy broon this time a' year, the scarce trees seem fewer, the sun slinkin away.

Iona looks straight aheid. She slumps in 'er seat, eyes blankly oan the road. I gie 'er haun a squeeze. She limply squeezes back. Twen-ty mair minits ay country road an the familiar post office, the wee sharp hill that leads tae the Auld Yin's hoose. The gravel crunches, we load wir erms wi the mountains ay bags, Rhona literally spins wi excitement an the Auld Yin cracks open the unlocked door. That glorious foost, the country damp wafts. Yass. We fling the bags in the room tae the right, nae need tae ask wherr, then the whole hing ay settlin the wean in 'er room. I cannae help notice it's no the cleanest, stoor oan the windaesill an fluff an dust. Rhona's wee windae looks oot oan'ae the yard, then the sea. The yard is the last ay a generation. Piles an piles ay chopped wid. Actual axes, tools, shovels, rows ay planted carrots, neeps an tatties. I widnae know whit tae dae wi wan single hing in that yard.

We congregate in the livin room, instant coffee an old person plain biscuits await us. It really is wan ay the greatest hoosees. The original bit, the centre, that wis built afore oo'ae place extensions anywiy. Broon timbers haud it up, the ceilin is lined wi mad jugs, mad ornaments that hing above yir heid, the wean asks er granda aboot thum aw an eh loves tellin. A big oak chest wi eez whisky collection that him an Iona will get stuck intae, that I cannae touch, towers tae the left as ye walk in, next tae the wee black fireplace wi logs scattert roon. Wan wa' dedicated tae buiks. Wildlife ency-clopedias, buiks oan the war, always the first, nevvir the second, biographies, modern Scottish history. An trinkets. Eh loves thum. Wee planes, wee boats that ye build, in boatles, they cover every surface. Eh takes oan the granda mantle, and he an Rhona crouch in an light a fire. He laughs, becomes silly, rubs 'er heid.

The Auld Yin explains wir week tae us: the pub the night fir scran, go an play a few tunes fir some cailleach in the care home that knows Iona who she disnae remember - they huv a quick bicker aboot that, then it's take the wean 'ae see the seals. Oan the third day I'll get tae see Iona, an the Auld Yin'll take the wean 'ae look fir eagles. They'll have tae be careful, eh winks at Rhona, ay the wee fowk.

Eh sits back'n eez chair, worryin eez baird wi eez hauns, eyes narrowed wi mischief, ye'd hink it'd faw aff wi aw that hassle it gets. Eh slurps eez coffee, liftin eez moustache wi a finger. "Shhh-hlllllluiiiiiickkkkk," right through the falsers. Rhona cackles an goes "aaaaayyyyyy." Oot the corner ay ma eye, I see Iona smile. Eh loves it, bein Granda. Eh leans back an eez eyes narrow again. Eh briefly catches me studyin 'um. Tae this day we've nevvir made eye contact, nevvir will. Just fir the totiest a' seconds, I get a full oan swatch at 'um. Such a complicated face: ridged foreheid, thick eyebrows, eyes still bright 'n grey, so grey thir nearly white. Haudin plenty weight roon the middle, but hard fae graftin. Fore-erms lit tree trunks. Eh seems fully lucid, sharp, impenetrable. Someone should paint this legend afore eh goes. Iona announces that she'll be gaun 'ae bed firra bit, she'll meet us in here at seven. The auld yin will take Rhona tae the beach fir an 'oor while it's light, show 'er the rock pools lit eh uised tae dae wi Iona. I'm no tired, so I put oan another instant coffee that tastes lit weetabix an fags tae ma spoiled, city pallot, take oot the laptoap, open up google documents an awiy.

***

It's that time ay year, where thirr's some festie or other oan. So many a' thum noo. Americans, Canadians, Australians, Germans, Dutch, Belgians, northern Italians feel the need tae be among the islands in the summer. We walk past the hotel; the tunes are in full swing, so much so ye hear thum through the wa' an through the van.

"Mar a chanadh sibh ann an Glaschu, 'A lot ay fucking shyte'."
"Dad! Bi modhail!" The auld yin over-pronouncees the "u" fir empha-sis, daein an impression ay ma accent wi a deep chesty chuckle. Eh hates the festies, they nevvir once asked a local 'ae play, eh says.

They bring in mainlanders fae the cities tae play their music. I peek through the windae, no wan ay thum is ayr thirty years auld. Ah. They must be the new elite. A new thirty people, passin the same gigs between thum, in thir twenty different amalgamations. They play wi thir backs tae the crowd, aroon the table, tae each other, makin eye contact only wi others in the circle. "Oh yeah we're so into it!" "Such a mighty tune player." Their body language is furiously hurled at each other to parry incomin influence. Seen it a million times. The hotel is fillt wi tourists, no wan native tae be seen, the wans that did try 'ae join in widda been frozen oot the circle long ago. Ah the scene, the scene. Nothing mair important than the execution ay a tune tae a specific standard an get'n up, up that ladder. Their faces burn wi ambition, their learned nonchalance wracked with fear and anxiety. I chuckle wisely ay masel, so a hink. Don't envy thum.

We cerry oan 'ae the pub, the smell ay seafood wafts straight oot an awiy doon the street. Three huge local lads sit at the bar. Some auld boays play darts, the barman stauns at the bar wi the paper spread oot. Eh nods tae us at the passin, says somethin in a low voice tae the Auld Yin, they chuckle. Two separate, alert tourist couples sit in the restaurant, they eye the Auld Yin, eh wears a t-shirt, cover't in paint, jeans cover't in dust an dirt, bald at the tap, rid faced, earring, baird huge. Here fir the festival nae doubt, they'll no ay seen many "natives" ootside this place.

The auld yin orders us aw curry, chips 'n fish fingers fir Rhona. Eh orders 'umsel an Iona a pint ay Guinness, even though eez drivin. Watter fir me, juice fir the wean. Eh rants aboot the mainland weans, this new priviledged class a' musician, eh cannae get a gig 'umsel noo wi-oot gettin oan a ferry, even in this pub. Iona smiles inwardly, whit's that auld cliche, ye end up marryin yir da. How Wullie wid love this man, shame they've no met, though as is the wiy wi these tortured wans, they'd a' said the wrang hing 'ae each other eventually.

Awiy I go inside, awiy fae ma faimly, who talk light heartedly aboot the birds, the seals, things that I strain tae show interest in fir the wean's sake. The curry comes, an I'm surprised by the standard, used tae be a bit dodgy here. The auld yin makes quite the mess, it's in eez beard, oan eez tap, oan the table. The wean eats every single chip, hauf the fish fingers an no a single pea. She tugs ma erm. Sigh.

"Daddaaaaidh? Am faod sinn dhol dhan taigh osssda? Tha mi 'g iarraidh na tunes a chluinntinn."

Aw nawww, no traditional musik, don't make me. Iona's eyebrows make the decision fir me. She's here partially oan business.

"Ach, awrite then!"

We agree, tae ma near despair, that I'll take 'er, an we'll walk back efter.

Oh dear. Tunes.

***

The tourists aw look oan in awe as the session hits aw the usual markers. The musicians continue tae filter in fae thir various gigs oan the island, an accordion joins, fiddles, a set a' border pipes. Each wan lifts it, they smile at each other, but it seems tae me, it's a smile ay one who knows the rules, knows the right smile 'ae dae. They say aw the hings, like "craic," "michty," "epic," "boss," an new hings like "perf", an praise each other, but nevvir too much. They simultaneously appear 'ae care and no care. I feel nae jealousy, nae agitation, just pure unadulterated amusement. Well...almost nae jealousy. Ah but your fingers uised tae fly tae. Ye nevvir appreciate how they fly while thir flyin. In an involuntary flash, I imagine they wir aw here, the eccentrics, how they loved tae talk, tae rant, tae dissect.

How Cathal wid pick apart this enormous soundin circle ay privilege, categorisin each single musician in'ae thir archetypes, thir futile backstories. Eez poor heid wid spin its webs aw the wiy back tae his safety zone, him, alone wi the burden ay bein a genius wi an internal monologue. Wonder how eez daein. How big Aonghas widda ripped the pish right ootae thum fir thir seriousness, a private joke juist fir me an him 'ae enjoy in the motor on the wiy haim. Eez face comes tae me sometimes. Wullie'd be in therr anyway, in the middle ay thum, vibratin, eh'd find someone here, the special wan, take thum under eez wing, away tae China or Hungary or Argentina. Viktor (fadoom) wi eez big wet eyes, eh'd rip it up, play the fastest, the loudest, the maist perfectly, eh'd know every tune an they'd no be impressed cos eh'd never be wan ay them, nane ay us will. Fir thae few 'oors though, eh'd be at peace.

The wean loves it, she's fascinated, she watches the fiddlers, eyes wide, always absorbin. Aw dear. No another wan. But ye cannae choose whit they're intae. Thir wee programs are awready hauf written. Hauf ten oan the clock oan the wa', jeez! She starts liltin, an it's time 'ae go, thank Christ. Wir hoose is a forty minute walk, doon a dark road, an the coos still para me oot. Rhona asks questions between yawns, who wis that 'n whit wis that. Then it's the whole too tired tae walk patter. Jesus. I look at the hill in front ay me. Ah man, how the. I pick her up an put 'er oan ma back, 'er wee erms roon ma neck. This will be solid.

"Mon hen."

"Haha, hen. Pukaak! Pukaak!"

The plough is situateed right above the hoose - thir's theories that that's why the settlement wis built here. I point oot aw the constellations I know ay 'er, aw four ay thum, she probl'y knows thum aw but doesnae correct me this time, she's fawin. When yir tired, the lens ay yir mind never comes right in'ae focus exactly, nevvir quite lines up wi the other lens, the wan through which ye see the hings ye really want. When yir this tired, thirr's maistly a clawin pull at yir limbs. But the tiredness comes an goes in waves an we're allowed windows ay that milky rural contentedness fir ten, fifteen, twenty seconds at a time. It's warm, the wee yin is driftin. The constant thorn in the side ay ma ability tae be present tugs at ma trooser leg. The hing I have tae work daily ay water doon 'ae be any kind 'ae parent. Ambition. Ambition fir nae reason at aw. Ambition 'ae learn a specific set ay ornaments on a specific instrument, learn a specific language, or experience a moment that might or might no be possible. I wrench it back tae ma vision an the feel ay the wean's wee erms roon ma neck an the burnin in ma legs an back. This is wan ay thae moments Shanedo. Come oan.

Ma thighs an back ur loupin by the time we reach the hoose. That wis solid. I turn the haunle - naebdy loacks thir doors here – an ah see a wee orange glow comin fae the living ruim. Cracklin - the fires oan, it's lit a furnace. Iona gets that fae 'er da, she says, the terrible circulation. Thir voices, that had been buzzin at a low level, stoap oan wir arrival; they've been huvvin these chats recently, faimly matters, I nevvir asked. The Auld Yin announces eez retirement fir the night, nods tae me, takes an age tae git up. Eh kisses Rhona an Iona, an trudgees oot the door. The self-mutterin begins when eh turns the corner 'ae the dinin ruim an fades oot. Three cans oan his side ay the table, wan oan Iona's side.

"Whit wir yees talknaboot?"

"I'll tell you in a bit. Shall we put 'er down?"

The weans nearly crashed oan iz, so I lump 'er in'ae the bedroom. Iona does the whole hauf awake rigmarole takin aff ay the claithes in the wee pink sideroom next tae her auld room an the whole puttin 'er doon hing an the story.

The bed in this hoose is incredible. It's memory foam, apparently, wi electric blankets, big, expensive cushions an light, airy bedclaithes. "Yass" ye hink, when ye slide in.

She fills me in, faimily stuff, stolen money, lost fortunes, Canadian an Australian relatives, mibbe even a murder far enough back. It's hard tae follow fae the start, how 'er parents faimlies knew each other - wan relative wis a crooked accountant fae Inverness, moved here, helped swindle money fae residents. Some dodgy, juicy shit. She looks straight ahead, serious.

"He's moving," She finally says. "He's got a girlfriend...on the mainland, moving to her place."

"Your da?"

"Yeah, I know."

"Fair douze, fuckin hell. Whit aboot this place then?"

"He's leaving it to us."

"Whit? Ya fuckin dancer! I mean, sorry, what are you wantin 'ae dae wi it?

"I don't know."

"I mean, ye want'n 'ae move here?"

"I don't know."

Ma brain goes straight tae wakin up here every day. Writin in the study, the wa' ay buiks, wee walks doon 'ae the sea every day, work in the wee pub part time, the wean get'n the real healthy rural life, Iona wirkin in the wee school wi twenty pupils, the peace, wee carrots an totties growin in the garden...

"Think aboot it firra bit?"

"Aye."

***

Time is different here. Ye wake, havin slept fir seven 'oors, feelin lit ye've been gone a day. Ye don't take an 'oor battlin the snooze button, yir juist awake. Ye saunter through 'ae git yir breakfast, an take yir time in the shower.

Still no nine o'cloack. Me an Rhona play a gemme in the livin room waitin fir Iona. It's an app oan 'er wee tablet, wherr ye name aw the types ay local wildlife oan the island. Fuckin island has it's ain app, who thought ay that?

The Auld Yin has probably been up since six, eh stoats the hall, mutterin. Eh mutters aw the wiy oot tae the van, sits in the driver's seat, slams the door. Ooaft. Clearly we wir meant tae be ready by noo. We squeeze in'ae the auld motor, the spider webs oan the windae, inches fae yir face, are mair pronounced the day, the sun peltin through thum. Fae the tap ay this hill ye can see acroass the sea loch tae the toon oan the other side, an awiy ayr 'ae the mountains oan the other island. Tae wake up here every day man. At the bottom ay the road we turn right, oan the wiy 'ae the hospice. On'ae the main road fir fifteen, then a wee windy wan fir five. The sea oan the left ay us, another island visible. The Auld Yin tells the wean aboot the other island, it's history. Naebdy lives there noo. Ahh the melancholy of a wance inhabiteed island, surely we aw feel it. Cianalas. The drive is in fact no twenty minutes but thirty five, an the off road is extremely bumpy. Bein the only wan wi travel sickness, it bothers me the maist.

I step oot feelin groggy. Wir ootside the hospice in the big toon. It's a tiny white buildin, pleasant fae the ootside. Wir welcomed in, the lights ur dim, wee green lamps dotteed roon the room. Looks a bit better than it uised tae. Thirr's tea in 'er wee room, they've tae get 'er ready, an wir 'ae wait ten minutes.

***

Ten minutes turns in'ae twenty. Twenty five, then they come fir us. Wuv packed light, Iona 'er flute, me the whistle, The Auld Yin eez bouzouki, Rhona 'er ain wee whistle. A wee faimly band. Hah. That auld fear waits oan the sidelines, daein it's stretches in case ay opportunity for a substitution. The Cailleach is sittin up oan 'er bed, 'er mooth hingin open a wee tate. She doesnae huv falsers in. Wan ay the nurses beckons us up tae the bed, we drag the chairs.

"So this is Sìne and she knew you a long time ago Iona, didn't you Sìne?"

Sìne says absolutely fuck all. She's ancient. Iona doesn't say too much either. I don't ask. Some hings ur fir thaim. The Auld Yin sets these hings up, just so we aw git a chance tae play I hink, an eh means well. The Island used tae huv a wee scene fir the locals, an eh hud a wee band who played almost every night in aw the wee pubs – they made a guid wedge, tourists loved thum. Noo eh only plays when we visit.

Eh starts wi a slow hing, that eh likes the noo, "Waltzin Matilda". Jeezo, bit inappropriate is it no? A difficult wan 'ay join in oan; Iona underblaws the flute, eh eyebrows 'er ay dae an instrumental section, an she looks doon, hair coverin 'er face like when she goes awiy in. We finish, eh seems happy enough, an eh takes a sip ay eez tea. We don't really talk tae Sìne, juist dae the whole hing in front ay her. Christ ma fingers are lit lead...

Iona rummagees in the bag, the hair annoyin 'er, fumblin, fumblin, rummagey rummage, aha! A black velvety bauble, paps the hair back. Therr's the face, noo wi wee faint lines at the corner ay the eyes...Ma eyes flick tae the wean as the Auld Yin starts up the next hing, strummy strummy in that auld wiy. We'll huv aboot a minute afore we huftae join in. Same black hair, complicatit eyes lit 'er maw, lit 'er Granda. Rhona watches 'er maw tae, an therr, that wee subtle tightenin ay the eyebrows, that wee tick, she repeats it, wee eyes slightly narrowed wi concentration, a Wooooosht!

That wee whooshin, the snapping in'ae place ay hings, so calmly, aw the fuzz an whirlin colour an chatter oan the sidelines goes firra second, a minit, an the circular sense that the universe can make hits iz, in a wiy that it dis less an less these days. The space opens, in which connection an conversation an real life happens, an firra second or minit ma seasoned analytical brain re-allows the possibility ay anyhin wance again...anyhin at aw. I look fae Iona 'ae the wean an back fir whit could be an 'oor. But it cannae be, the same song is blastin awiy an they've joined in noo.

It's "Tell me Ma," we aw, know this in wir sleep, even ma anvil hauns mind it. They seem ay like the Irish wans here, it gets a wee flicker fae Sìne, which could be joy, disgust, or juist an involuntary twitch. We play oan through the usual Irish songs, Gaelic songs, Eric Bogle, an the auld wumman's face shows flickers ay a smile fir some, nothin fir others. The sound is actually quite nice, the whistle an flute are allowed tae ring in the reasonable heat. Rhona, understaunably, shows signs ay impatience. No exactly Disneyland. She'll get a run aboot later...she sometimes tries tae join quietly oan some ay the wans she knows fae Comhaltas, that 'er Granda plays tae. Ma wee window disappears slowly, chase efter it though I might.

We start "McAlpine's Fusiliers," aw fast 'n jolly, an suddenly, a reek. Warm pish emanates fae the bed, impossible fir woodwind players tae ignore, pullin me oo'ae it. I try 'ae breath through the mooth. She obviously disnae notice, what a terrible sin. The wean notices. Iona notices. Ye juist know. The Auld Yin disnae seem 'ae notice. Eh suggests the wee yin takes a tune, nods tae her. Eh always loved the whistle, always wanteed tae play it himsel, never got oan wi it, hauns lit spades. He bought her a nice wan, a' course, as soon as eh could.

She's been learnin the whistle at schuil. She seems tae prefer it tae fiddle, awready get'n that hing, the watchin how people play it, watchin me, 'er maw, askin iz fir tips, practisin, askin Alexa 'ae put oan Ryan Flanagan. She smiles, wis waitin 'ae be asked, bless.

"Flleeeeeeew newwww naaaaww nawww nyeeeewwwww..."

She plays the first three notes ay "A Pheigi a ghràidh", an thirr's a flicker ay somethin in the Cailleach's eye. It's ootae time in that wiy that weans ur, but it is the melody. We aw look at Rhona. Wee, black haired an pointy featured, pronounced black eyebrows movin aw ayr the place when she plays, shakin slightly, but that'll stoap in time. The Auld Yin strums three chords alang in the background oan the Zouk. Juist respectful, single strums. She'll be awright. Look at that. She's played it aw the way roon. We aw clap at the end, includin a couple ay the nursees. She beams.

"Quality ma wee pal, better than daddy awready!"

"Bha sin àlainn a ghràidh! Nach math a rinn thu."

"Roight, 's fheàrr dhuinn togail oirnn ma tha."

The Auld Yin's attention is awiy, lit mine. Next.

SHANE JOHNSTONE

***

We walk in hauf silence doon 'ae the pier, walk up it, medium wind keepin the midgeez subdued fir the time bein. We dae that hing a' lookin oot at the wa'er, try'nae get ootae wir parenty heids fir just a minit, an be moved by the natural beauty. It really is the maist healin, beautiful place in the...Aonghas widdae wanteed iz tae move here, eh'd 'a thought it wis the right hing, so nice fir the wean, aw the writin we could git done, 'n ye widnae nee'ae worry aboot her as much. Iona laughs.

"Whit're ye laughin at?"

"Ach nothing. Just. You're absolutely gone. Like away."

"Sorry. Here, is it awright if I ask who that auld cailleach wis in the care home there? Yir da nevvir mentioned."

She goes quiet for a minute, weighing it. She kinda sighs. Sometimes these hings just don't get a respon-

"That was Aonghas' mum."

"Whit?!"

"Yup."

"She must be-"

"About ninety seven years old."

We don't talk about 'um much. I inhale, ready tae unload the questions, then quash it. I'm learnin. Don't press further now, it doesnae seem lit the time. An fae whit fragments ay the story I know, it's no the happiest tale.

"Whit ye hinkin aboot movin here then?"

"I don't know...it's tempting. But...I don't know I found today difficult. Certain things you forget when you live in Glasgow. You can't get a shop whenever you want. People talk about each other. Get in your business."

"Rhona though, imagine gaun ay schuil here, well you know, you did! She'd have the run ay the place an we'd no huftae worry. Sake naebdy's loacked thir door here fir aboot fifty year. Thirr's only two polis an they must be bored oot thir nut. An thir's the Gaelic. Real Gaelic, no like that wattered doon stuff at her schuil!"

"I think you might find that you've got the holiday glasses on m' eudail. We don't have a car, we don't drive, how would we get shopping from all the way over there (she point's across the sea-loch tae the toon wi the Co-op) to here? And her school's not 'wattered down', it's great. And she's got your parents in Glasgow, they love her to bits, Roisin, her cousins..."

"Wid be guid fir 'er ay see your Auld man though..."

The sun starts fawin behind the two big mountains, oan the opposin island, the night's purpley orange. We start walkin 'ae the next toon wherr wir meetin thaim fir dinner. We say nothin fir another five minutes. I put ma erm roon her. She softens an sinks in'ae it.

***

We sleep til ten. Ten! You fuckin beauty. Best sleep fir years. Early this mornin the gettin ready sounds, jaickets gettin put oan, pick'n hings up, the van startin, the Auld Yin's deep voice, the wean gigglin - we juist heard it an went right back tae sleep. The sky's slightly grey, drizzly, perfect atmospheric stoatin weather. She stirs an is instantly awake in the wiy ye cin only be oan hoaliday, nae snoozin, nae heaviness.

"Fuck the showers an get breakfast at Alison's?"

"Fuckin right."

Fling the claithes oan, grab the wallet, phone, oot the door 'ae a gust a' salty wind. The view the day is a baw-hair obscured by poackets ay drizzle, but what drizzle! It dances in wee circles wi the wind, rests oan yir face, sits oan yir slightly greasy baldy hair, alerts yir nerve endings, tellin ye: yir awake noo pal! I dae love this island. It's juist goat that hing, that heals ye. We talk aboot it every time, movin here, another wean. An every time talk wirsels oot it. She nevvir quite came back fae the pregnancy. Alison's is open, the wee wumman is in a fair mood the day, no joyous, no crabbit. She's always been suspicious ay me, gies iz a sideywiys, squinty look.

"Two rolls 'n egg 'n scone a coffee 'n a tea please."

"Okay."

The wa's are covert in wee pictures ay the Island, paintins by locals, an bits ay shyte. We sit, quiet, starvin, waitin fir the rolls. It takes agees, as everythin does here, but mibbe I could get used tae that, I'm far too uptight anywiy. She takes a break fae makin thum 'ae have a wee chat tae an auld wumman cawed Margaret. Sake, c'moan! Fk'n hoaliday 'ae get oan wi here.

Tea arrives, Coffee, then the rolls.

"Right! Let's dae this."

Ay be fair, what a roll. Yolk drippin oot, hoachin wi butter, no wan ay they crispy wans that hurts yir mooth. We skelp thum in under two minutes, an breath. Ahhhhhhhhhhhhhh. The coffee revolution has reached the Western Isles. What a coffee. Perfect. Ma boady an mind welcome it in, lit that "C'mere, get in here, come haim." Up we perk, an lit that (clicks fingers) the conversation comes oan like a tap.

"It's nice fir yir auld man 'ae see the wean so much. It's guid fir thum baith."

"It is. He's doing better. Still not...great...but better."

"We should make mair ay an effort tae see him, noo eez auld."

Empty, coffeed up words. We pay up, the wee wumman's suspicion starts meltin awiy, intae wan ay thae conversations ye cannae git awiy fae. We break free, marchin straight fir the shore, straight fir the route we always take, tae the toon. The wee specks ay drizzle have picked up tae a spit, the wind hits yir face an foreheid.

"Woo! Brisk!"

The walk is four 'oors there, five 'oors back wi tired legs. Come aheed. We hit aw wir markers, the writin world, Gaelic, politics, Rhona, tryin ay be mair grateful. Then I ask her, at the point ma eyes ur poppin oot ma heid wi the anticipation.

"Right, goat tae ask, ur we daein this then?" She sighs. Takes a wee minute.

"Darling, I know what you think about this place, you think it's a Gaelic communal utopia, but it's not. It's difficult to live here, people can be closed and begrudging. There's a lot of drinking. There's loads of Gaelic in Glasgow now, and she's settled there, her school is great, she's got your parents, her auntie, she's got the Comhaltas thing. I think this place is a nice holiday house. Where we could have lovely summers." She looks straight aheid.

***

As the conversation hits a natural lull, the tiredness surroondin us an comfortin us. We edge back toward the wee hill that signals the last stretch ay the journey, tae that wee hoose that probably isnae the answer efter aw. Aw the colours ay the island emotion: depth, beauty, connection, loss, security, impossibility, the absence ay somethin, abundance, aw the greens, aw the broons an the blues, an always, always the frustration, ay somethin that ye cannae quite reach, have exhausteed us in'ae happy acceptance. We haud hauns lit we used tae, no claspin fingers but whole haun haudin, fir the last stretch. Fir wance don't talk aboot the serious hings, havin exhausteed thum. Juist playful silliness. We faw in the door, soakin, legs burnin, feet blisturt.

The Auld Yin has the fire oan, three empty cans in front ay 'um, buildin eez model boats, hair aw angles, specs wi the gold chain roon thum, baird glowin orange. The wean's wee coupon is serious, absorbed by the tablet that we caved in'ae, eventually, oan the couch next tae him. A perfect, textbuik rural scene. Through the tiredness I wish it wis pemanent, this moment couldnae happen in Glesga. Glesga means worry, aspiration, business, constant grindin noise an light. It's wherr the bad hings happen. Two days we'll be gettin the ferry 'ae the mainland, the smelly bus back tae the bustle. It's painful every time, leavin.

Iona faws straight asleep, mooth slightly open. I read ma buik, aboot the steady decline ay Gaelic in the West ay Scotland an recent resurgence. I close it efter five minutes, an try an sleep. Can nevvir make a full dent in it. Should try somethin lighter lit ma maw's always sayin. Wi eyes closed, boady knackered, the Wheel ay Fortune spins, landin oan aw it's targets. No an onslaught, mair slow, two at a time. Pictures ay a perfect life here flash lit in the showreel style: Wean runnin aboot wi a dug, Gaun ay a real ceilidh, growin carrots an tatties, the view in the mornin...I dream aboot seals...the wean gettin kidnapped an tryin'ae speak Gaelic tae an auld teacher but the words wullnae come...

***

Wan ay thae wakins, fae seven an a bit 'oors ay solid, dense, uninterrupted sleep, wi an idea in yir heid, the answer 'ae a question that ye don't mind.

"How dae ah no take the wean the day an you an yir da can catch up then?"

"Aw that sounds nice, I think she'd like that. What are yous going to do?"

"Will take 'er fir lunch, 'n go ay the festie firra bit. Hink she's been want'nae go. N'en get yous at the hotel the night fir dinner?"

"I think that's a good idea. Go and tell her then."

A wee lift in the eye brows there. Is that surprise? I go intae Rhona's wee room, she's absorbed in 'er wee tablet, face deid serious lit her maw's wi the wee eyebrows doon.

"Madainn mhath a ghràidh."

"Madainn mhath a dhaddaidh."

Sit doon next tae 'er. The room is dusty, foosty, an aw Iona's auld beanie babies line shelf's oan the wa' above 'er, auld tin whistles lie aboot, tune buiks, suitcasees, a pile ay hoardeed junk the the corner.

"Hink I'm gonnae take ye oot the day ma pal, juist the two ay iz. Bheil sin ceart gu leòr?"

Thirr seems tae be a lightenin up ay the features that brings instant guilt, we've no hud a full day thegither fir a while as this current illness hings ower iz, another project, another life an death obsession. I repeat the mantra ay masel "Spend mair time wi the wean, spend mair time wi the wean, git oot yir heed, bit ye nee'ae work, ye nee'ae work..."

"Are we going to the festival?"

"Wis hinkin a wee lunch then go 'ae the festie whit ye hink?"

Right, thirs definitely surprise oan that face. Nae guid Shanedo.

Quick granny wash fir me, oot the door wi a back pack fu' ay emergency scran, juice fir her, jaickets, a wee whistle should the wean feel bold, an wir awiy doon that road, the wan awww the wiy doon ay the loch, wherr ye can see the main toon oan a clear day oan the other side. Coupla wee boats oot therr, guid that thirrs still fishermen at aw in this day an age...

"Daddaaiiidh?" She tugs ma erm. Miles awiy.

"Sorry hen whit wir ye sayin?"

"PukAK! Can we go to the wee shyte shop? Grampa gave me twenty pounds."

"Hawl! Wherr'd ye learn ay caw thum that?"

"That's what you call them!"

"Is it? Whoops." We smile at each other.

"Sure hen, it's a fair wee walk. Ye upfrit?"

"Yeh I'm up for it!"

"Let's dae it then."

We take a right at the boattom ay the hill towards the next port, which harbours a shyte/coffee shoap, a hotel an a pub which will nae doubt harbour festie goins oan. Pure sun the day, t-shirts, sannies, wee warm breeze lit milk poured ayr ma baldy napper, salt in the air, coo shyte, but, ye know, the guid kind ay coo shyte, the silky smellin type, no the sharp smellin kind. I offer 'er a haun, she takes it. We pass heilan coos, stoap an luik. Sheep, stoap an luik, birds fly past. It takes agees. Stoap fir juice. I dae that da hing, wherr ye kid oan ye hink every bird is an eagle, kid oan yir blind, so ye can huv a wee kiddie oan argument aboot it. We walk slowly, jump oan the grassy bit when a car goes past. She looks at me sideywiys sometimes, as if gaugin if it's awright tae ask some'n. Of course her wee legs get tired but, I mean whit cin ye dae? It'll take as long as it takes.

Thoughts attack ma heid, slowly, some ideas, some ay the bad hings fae way back, the guilt, thir facees, makin iz cringe. She tugs ma erm if I drift aff, I struggle ay come back, stay present, feel the sun an the rare moments that should be memory makers. We reach the wee toon, it's a wee bit bustlier than ye'd want, bein festie time. At least there's nae gig tae play, thank fuck. The wee shyte shoap is teemin, but she's buzzin firra swatch, so in we go. It's better quality stuff noo. The scarfs an rings an hings ur made by someone oan the island, she picks up hunners ay hings, gets stimulated, picks a toy an a' course I say awright. I dae that da hing of suggestin ridiculous items fir 'er, giant hats, giant wellies, she laughs. She buzzes intae the buik section, maist ay the shyte no bein kid friendly. She's nearly auld enough fir Harry Potter, they huv it in Scots. I try 'n sell it tae her, tell her I'll read it tae her, it's wan ay 'er maw's favourites, it's goat an owl in it, 'er current hing is owls. She's sold. We get that an some other wean's buik aboot owls. That's three hings aboot owls.